出世入世集

肖建国 著

南方出版传媒
花城出版社
中国·广州

图书在版编目（ＣＩＰ）数据

出世入世集 / 肖建国著. -- 广州 ： 花城出版社，
2019.8
　ISBN 978-7-5360-8932-7

Ⅰ．①出… Ⅱ．①肖… Ⅲ．①散文集－中国－当代
Ⅳ．①I267

中国版本图书馆CIP数据核字(2019)第122727号

出　版　人：肖延兵
责任编辑：蔡　安　欧阳蘅　李珊珊
技术编辑：薛伟民　凌春梅
封面设计：□□□□视觉传达

书　　名　出世入世集
　　　　　CHU SHI RU SHI JI
出版发行　花城出版社
　　　　　（广州市环市东路水荫路11号）
经　　销　全国新华书店
印　　刷　佛山市浩文彩色印刷有限公司
　　　　　（广东省佛山市南海区狮山科技工业园 A 区）
开　　本　880 毫米×1230 毫米　32 开
印　　张　11.625　1 插页
字　　数　250,000 字
版　　次　2019 年 8 月第 1 版　2019 年 8 月第 1 次印刷
定　　价　36.00 元

如发现印装质量问题，请直接与印刷厂联系调换。
购书热线：020 - 37604658　37602954
花城出版社网站：http://www.fcph.com.cn

目 录

1

辑
一

念亲恩

母亲生我的时候，难产。母亲说，她在县医院里躺了一天一晚，就是生不出来。痛啊，痛得她直想死。可是她不叫，一声都没有叫。只是咬牙抿嘴，直喘大气，眼睛死死地盯着天花板，汗如雨下。针也打了，人参汤也喝了，香灰水也灌了，都没用。后来医院也没辙了，交代父亲赶紧想办法送地区医院。那时候父亲在公安局工作，立即从看守所提出两个犯人，扎一副抬轿把母亲抬了，连夜抄小路走了一百多里，送到地区医院。

下午到了医院，傍晚时分，母亲就生了。

母亲说，就是生我的时候难，后来生我的妹妹、弟弟都很顺利。母亲还说，侥幸是在城里，如果在乡下，就没命了——这有可能。

母亲的老家，在邻县的乡下，离父亲的村子不远。村名皆以姓氏冠之。一个是廖家，一个是肖家。母亲十三岁说给肖家做童养媳，十八岁成的婚。结婚第二年，新中国成立，父亲考入地区公安干校，半年后分配到了这个县的公安局，当了干部。

母亲是二十岁进的城，她由外公陪着，一路走一路问，跋山涉水，走了两天，寻到父亲这里来。从此母亲就在这里住下了，生活了五十二年，终老于斯。

母亲小时候没有读过书。进城后，父亲送她到夜校学了几年。母亲学会了写自己的名字，也能磕磕巴巴地念报纸上的文章了。她在夜校还学会了一首歌："蓝蓝的天上白云飘，白云下面马儿跑……"她一辈子会唱的就是这一首歌。这首歌她只会唱开头这两句。后来的日子里，闲下来的时候，我偶尔会听她唱起："蓝蓝的天上白云飘，白云下面马儿跑……"这应该是一首抒情的欢快的曲子。可是母亲一辈子，过得一点也不抒情，也很少欢快的日子。

母亲到县城里后，很久都没有正式的工作。据说父亲帮她找过两份工，但很快就辞了。母亲要养儿育女，要做家务，每天忙不赢。那时候天下太平，父亲的一份工资能够维持一家五口有粗茶淡饭，足矣。可是自然灾害来了，全国人民开始过苦日子。后来灾害愈演愈烈，好多地方都断了粮，靠吃野菜、树皮、观音土度日。周围好多人得了水肿病，两条腿肿起好粗，光滑水亮，一按一个坑，好久复不了原。我常常看到水肿病人们坐在一起，比赛谁腿上的坑按得深。我们有城镇户口的人家，日子要好一点——但也好不到哪里去。给我们定量供应的粮食，要搭配杂粮——高粱、苞谷或者红薯。拿粮票买高粱、苞谷，一斤是一斤；买红薯，则可以买十斤。母亲要的都是红薯（蒸红薯、煮红薯、煨红薯），晚上才能喝到两碗米汤。红薯和米汤都是饱得快饿得也快的东西。我常常不到半夜就饿醒了。睡不着，起来喝凉水。喝多了凉水，更睡不着——不断地要撒尿。整夜折腾，饿不堪言。这些，母亲都知道。可是，她不作声，只是默默地难过。正所谓：听在耳里，痛在心里。她自己饿一点不要紧（事实上她也总是把东西让给父亲吃，让给我们吃），但不能饿到子女。她一定要想办法找到东西把我们喂饱。母亲说：鸡不喂它都知道自己去找食，何况我们是人。母亲在乡下长大，从小劳动，历经艰难，找吃的本事是很大的，她找食的天地，当然比一只鸡广阔多了。我们那地方是山区，县城四面环山。山都不大，可是泥土肥润，草木丰茂，野产很多。母亲应该是最早一拨到山上去寻找吃食的人。野笋子、野薤头子、野韭菜、野茼蒿、野苋菜（又名马齿苋）、地菜子、地衣（其状如木耳，无味，色泽死黑，打雷下雨后在山里的岩石上才能捡到，所以，我们那里俗称"雷公屎"）、土茯苓、益母草、毛栗子、蕨根、椿树叶、桑树叶……后来附近山上的东西都搜刮干净了，母亲他们就往远处推进，一直推进到二十里外的南岭大山。母亲常常天不亮出门，天黑透了才回到家。手里提着，背上背着，带回一大堆野菜。这些东西，都很难吃。那时候做菜的方法很简单。烧半锅水，把东西放进去，撒几粒盐，滚几滚，舀出来就吃。没有油，没有调料，怎么会好吃呢？可是我们都抢着吃，吃得津津有味，肚子滚圆。

母亲还在山里开出了十几块地，地都开在岩石的夹缝间，都很袖珍，大不过桌面，小则仅可立足。种了南瓜、辣椒、茄子、小白菜。还在家里灶旁边用纸箱圈养了两只小母鸡。那时候政府禁止居民开荒种地、养鸡养猪，母亲都是偷偷做的。我们在城边上的几块地，被镇里的治安队发现了，立即被踩平，还压上了大岩石，钉了禁牌。母亲看到被践踏得七零八落的菜苗，一屁股坐到岩石上，哭了一阵，咒骂了一阵，捐起镢头，到更远的地方又开出几块地。母亲做的这些事情，父亲是反对的。父亲是个很谨慎、很守规矩的人。父亲在中华人民共和国成立以前，就以乡村教员的觉悟参加了地下党组织，可是因为政治斗争的原因，他那段光荣历史被抹掉了。他也抗争过，发过火，说过狠话，可是没有用，也就认了。这当然是个致命的打击，而且，影响了他一辈子。也许因为这个缘故，他的脾气很暴躁，在家里动不动就发火（可是他在外面却十分和气。当了一辈子小干部，没有得罪过人）。母亲对父亲，从来是依顺的，只是在这件事情上，母亲少有地坚持，绝不让步。他们吵过很多次，每次都吵得很厉害。父亲把镢头，把鸡笼都摔到屋外，母亲又默默捡回来。摔多少次，捡回多少次。捡回来了，母亲就坐在鸡笼上哭，反反复复呀诉说一句话："我不晓得什么政策不政策，我只晓得我们要吃饱肚子，要生活。我一不偷，二不抢，靠自己下劳力找点吃的，有什么错！为什么就不让我做！"在母亲的疯狂和决绝面前，父亲还能怎么样呢？唯有窝在凳子上，不再言语，脸色铁青。或是一摔门，到单位去了。

　　我们几兄妹缩在门背后，惊恐地望着大人争吵，大气不敢出。我们直觉地感到母亲没有错，又隐隐约约地觉得父亲很憋屈，内心是很复杂的。

我那时候八九岁了，已经粗通人事。

我也经常会帮母亲做点事情。我家后面，是一条小溪，隔墙可听到流水潺潺，冷然有声，站在后门石阶上，便见水草漂漂，鱼翔浅底。可是母亲是不准我们去河边的。只有她寻回来很多野菜，才会叫我开后门帮忙洗菜。我扎高裤脚站在溪水里，让水流绕着膝盖舐啊舐，心里好高兴。有一年闹水灾，连降大雨，十几天才停。雨把田里的稻谷都打得倒伏了。雨一停，泡在水里的稻谷都长出了绿芽。县城里的人都涌到田里去掐稻穗。母亲带着我，也寻回来一筐箕稻谷。我看着绿芽森森的稻谷，心想，这能吃么？能吃！母亲指使我拿出到河里洗干净了，一根一根摘掉绿芽，把稻谷放在锅里焙干了，到一户农民家里借石磨磨成粉。我们母子俩磨了一天。真是整整一天啊！右手累了换左手，左手累了换右手，到后来都没力气了，就两个人四只手地攥着石磨把手缓缓地推，母亲把稻谷粉和地菜子做成粑粑，在锅里干煎熟了。这种粑粑连糠带米带菜，真难吃。吃在口里，感觉满嘴是砂，难以下咽。那筐米糠粑粑，吃了半个月。那半个月吃得我们，嘴巴也难受，肚子也难受，拉屎的时候更难受。我还跟随母亲去菜地浇过肥。都在大清早，天都还黑着，母亲挑一担尿桶在前头走，我紧随其后。街巷上没有一个人影，只有我们四只脚板踩在石板上嚓嚓嚓的碎响。出县城，穿过一条长长的土路（土路好长，天色就是在我们一步一步走着时亮起来的），到了山底下，母亲放下担子，往尿桶里掺满水，顺便也歇一歇气。菜地有十几块，散布在刺丛旁边，或岩石里，极其隐蔽。我去过几次，每次再去，都很难找全。母亲却熟悉得很，不会走弯路，也不会遗漏。一担尿水，刚好把菜地浇完。我还跟母亲去扯过笋子，捡过稻穗，挖过地菜子。我最高兴的是去山里摘毛栗子。那时候秋叶飘零，层林尽染，人在山上，犹如画中行走。一路走，一路采摘。嫩的，装进布袋里。外壳呈红色黄色的，就地捡块岩石砸开了，嚼而食之。新鲜毛栗子是很好吃的。脆，嫩，沁甜。每次进山，都要装一肚子和一布袋毛栗子回家。

稍长，我可以帮母亲做更多的事情了。锤石子。县里修马路，需要很多碎石子铺垫。山上爆破开来的岩石，大的有箩筐大，小的也有饭碗粗细，都不合适铺路。铺路需要的是鸟蛋大小的碎石子。我们从山下把大岩石挑到工地旁边，锤碎了，集了很多了，再又码成长方形的堆。碎石子是按方计钱的。这事很辛苦，可是赚钱也多。搓草绳。我家附近，有一家草绳厂。母亲按天去厂里领来稻草，在家里搓好了，再又送回去。一斤草绳四分钱。后来，涨到了五分。搓草绳坐在家里就可以干，随时都可以搓，不用日晒雨淋，所以，附近很多人家都接这个活儿做。入夜，星河璀璨，檐瓦晰然，家家户户搓草绳，那情景是很令人感动的。我们还挑河沙，挑煤炭，捎竹子，还跟人往乡下送过一次水泥电杆。少年时期的劳作，让我从母亲身上学到了吃苦耐劳、坚韧顽强的美德，这对我以后经历风风雨雨是很有帮助的。

母亲的身体不是十分强壮。客观地说，并不太好。可是她很少跑医院，感到不舒服了（她把伤风感冒、头疼脑热之类毛病统称为"不舒服"），就倒碗温开水，放一撮盐，掰开衣领扯痧。右手扯右边脖子，左手扯左边脖子。"叭——"一下，"叭——"一下，后边脖子够不到，叫我去。我扯一下，母亲问一声：红了没有？——红了。——紫了没有？——紫了。——紫了就是痧出来了，好了。母亲果然就好了，泼掉盐开水，挑担箩筐出门去了。母亲常常露着一脖子紫痕，四处走。

三年经济困难时期过后，父亲为母亲在服装厂谋得了一份职业，收入平稳，家道渐丰，母亲不必再为衣食多忧愁，就加紧了对我们的管束。

母亲对子女的管束是很严厉的，近乎苛刻，她对我们的要求很简单：发狠读书，拿第一。她自己文化不高，可是知道文化的重要性，她并不知道怎样才能读好书。她的要求是出自本能的、盲目的。她常常跑到学校里，猫在玻璃窗外边，看我是不是认真听课。我们在操场上体育课，她也远远地站在柳树下看（我们学校操场上有很多柳树，到了春天，绿条纷披，远看像一笼一笼轻烟）。有一次，我和同学们在操场上玩皮球，我们的争抢当然是十分激烈、十分混乱的。母亲冲进来，把我扯到场外面，气咻咻地训道："从小就教育你不准跟别人争东西……"每天放学，母亲必是早早地等在学校门口，护着我回家（她怕我又跑别处去玩）。母亲总像影子一样伴随左右，常常让同学们耻笑，我感觉很伤自尊心，发了几次火，她就让了一步。但是，规定我放学后五分钟内必须回到家里。她测算过，从学校到家里，刚好走五分钟。迟到一点，她立即出门去找。母亲自然是不能辅导我的学习的，但她自有办法：让我每天晚上写五个生字，每个字写一百遍（是一百遍哪）。她担心我偷懒，每天我写字的时候，神情是肃然的。

我小时候其实是个调皮的人。极其调皮。外面有那么多好玩的事情，我怎么可能按母亲的要求循规蹈矩呢？我不明白母亲怎么会有那么多的担心。担心我跟街上的小痞子学坏，担心我爬树会摔下来，担心我看课外书会耽误学业，担心我走夜路撞到鬼。母亲像看牛一样地看紧了我，一刻不敢松懈了她手里的缰绳。我却像头极不驯顺的小牛犊，一有机会，立即跑到外面玩去了。母亲也马上会跟踪而至，把我牵回去。母亲对自己的儿子，似乎有一种天然的侦察能力，哪怕我躲在很远很隐蔽的地方，她也能够嗅着气味找来了。我对母亲的这种近乎苛刻的管束真是十分恼火。当然，母亲也有找不到我的时候，她就大街小巷转着，大声地喊叫我的小名。我们那县城很小。我家在县城的东南西北四条街上都租房子住过。母亲跟县城里的人，差不多都熟。街上的人，大多认识我。听到她的喊叫，我感到极其沮丧，感到好没面子，只好跑出去，跟她回家。

"文化大革命"把母亲吓了一跳。她是怀了一颗张皇的心看待那场运动的。每次站在街边看到游斗"走资派"的队伍走过，回到家里就要"啧"半天，嘴里念叨：造孽！好造孽！她不明白世道怎么变成了那个样子。她也参加了厂里的工人组织。她从厂里领回一个红袖章，可是没有戴过一次（我很难想象母亲戴红袖章的样子。那一定是很滑稽的）。她每天照样上班。每有游行队伍经过，她也跟出去站在厂门口看。有一次回到家里，母亲跟我说，今天游街的队伍好长，县里一个副书记也在里头，戴了高帽，挂了黑牌子。她说年初还为父亲的事去找过副书记，她认得他，她说那人好和气的，怎么也被抓起游街呢？她说那位副书记一边走一边伸出舌头舔嘴唇，一定是好口干了，她好想端碗水给他喝，又不敢，怕挨打。顿了顿，母亲叹气道：嗨，我还是应该上去给口水他喝的！过了好多天，她还提起这件事，后悔得不得了。那一年，我也参加了红卫兵组织。那时的红卫兵真是威风。刷大标语、刻钢板、抢高音喇叭、砸店铺门前的石狮子，砰！一锤下去，石花四溅，欢声雷动。我觉得很好玩。运动发展到高潮，人们都发了疯，竟跑到武装部的仓库里抢枪。那天是傍晚，我也跟着大人们往武装部涌。半路上捡到一支枪，返身又往城里跑，一直跑进县政府大院。大门在身后呼的一声关上了。我在一根柱子门前站下，举枪一看，愣住了。那枪没有枪栓。忽然，这时停电了，四周一片漆黑。很多人在黑地里跑来跑去。门外面人声鼎沸。我忽然有了一阵恐惧，还犹疑着不知该如何办，一个黑影摸到跟前，一掌打掉我手里的枪，拉着我就贴着墙根往里面跑。越长廊，到一道侧门，一肩撞开门，就见母亲正守在门边上。看见我，一把抓住我的手，抓得死死的，一口气跑回了家。母亲拴好门，又拖张凳子顶死了，转脸骂我：你要再敢出这张门，我打断你的腿！第二天，母亲抓了只鸡去感谢那位把我从县政府找出来的工友。

　　几十年后，母亲还对我说，你们三兄妹，只有你让我操的心多！

　　然而母亲却是特别疼我的。我懂事得早，吃的苦多。很小的时候，大约不到五岁，我就会生火做饭了。母亲出门做事，常常忘了时间。估摸到时候了，我就会扒开炉灰，絮上刨木花，点燃，填进木炭，再把煤饼敲成小块，一层一层架上去。初时不懂灶底要通风，刨木花燃不成明火，满屋子的烟，熏得我眼泪长流。三年经济困难时期，晚饭是一锅米汤。往往是，母亲和我吃上面的清汤，父亲和妹妹吃中间那米糊，底下稠点的米饭，留给弟弟。弟弟只有一两岁。再长大点，家里烧的煤炭就是我包了。我们县城人家烧煤，都是到一个叫张家煤矿的地方去买。张家煤矿去城十几里，中间还要过一个渡口，尽是山道。每次挑五十斤，清早四点多钟出发，八九点钟，太阳刚刚出来，就回到家了。母亲把饭菜都热在锅里，另外还额外犒劳我一个荷包蛋，一碗糯米甜酒。辛劳半天，喝杯糯米酒，那真是很舒服的。我很勤快，差不多每个星期天都起早床去挑担煤回来。我家的杂屋、灶房、床铺底下，都堆着煤饼，母亲有时夸耀地跟邻居说，我家里什么都不多，就是一样，煤炭多。

　　小时候我有过一个不好启齿的毛病，尿床。早晨醒来，一摸床垫，湿湿的，凉凉的，又羞又怕，不敢声张。母亲遍访全城，求得一个偏方。她买一猪尿泡，洗净（我看她蹲在溪边，一点一点地揉，来回揉，淘洗了好久）。又量一筒糯米，加猪油到锅里炒，不停地翻动。过一阵，半熟未熟的糯米变得透亮，粒粒可数。起锅，悉数灌进猪尿泡里，缝紧了口子，再放锅里蒸。约三个钟头，取出来就热吃。那东西是很好吃的，皮略韧。里头的糯米饭，香，酥，软。一口咬进去，"吱——"一股香味透进心底。吃过几次，尿床的毛病就好了。我至今记

11

得猪尿泡灌糯米的香味。

过年了。我们小时候都十分喜欢过年：有新衣服穿，有大鱼大肉吃，放鞭炮，有压岁钱——年三十晚上等我们睡着后，母亲把压岁钱分别压在我们三兄妹的枕头底下。大年初一早上一睁眼，母亲对我悄声说，把压岁钱收好。弟弟妹妹都是两角钱，你的多点。我伸手到枕头底下一摸，好，给我的压岁钱是五角钱。那时候，五角钱可以买三四本书了，我很高兴。

小时候我有两件事让母亲很得意。一次是小学毕业升初中的考试，我得了全县第一名。算术100分，作文多少分，记不清了，大约是86分，但题目还记得，"我的一天"。考分出来，母亲拿着我的成绩单到处给人看。还有一次，是我入选了县篮球队。小时候母亲是不准我打球的。她觉得打球耽误学习。打球运动量大，肚子饿得快（吃得就会多），鞋子磨损也快。我只能偷偷摸摸地去打球。后来到了"文化大革命"中期，我不再投身运动，学校也已经停课闹革命，整日无事，母亲也就不再管我了。我和几个同学，天天出去找场子打球。我们都赤膊赤脚，只着一条短裤，一玩一天。我们都玩命地抢，玩命地跑，直到力竭倒地。我们终于玩出了一点名堂——我和另外两个同学被选进了县篮球队。我在队里，个子最矮（不足1.6米）。但矮个子能在篮球场上驰骋，自有其过人之处。我成了球迷们最欢迎的队员。那时候县城里的业余生活极其贫乏，篮球比赛就成了人们最喜欢的节目。所以，球迷众多。母亲的师父，就是铁杆球迷，不吃饭，也要先看球。还有母亲厂里的厂长、车间主任，都是球迷，每有比赛，必定到场。第二天上班还意犹未尽，会找到母亲说道一番，夸赞一番。母亲不懂球，好像也没有到现场看过我打球，可是每次回到家，就会跟我说，唐师傅他们又在讲你们昨天打球的事了……说时，笑意盈盈，两眼有光。那种时候，母亲心里一定是十分舒坦，十分熨帖的。

看到母亲的笑，我感到非常欣慰。母亲真是很难得这样笑一笑。母亲名青梅。她的一辈子，同她的名字一样，是生涩的，酸辛的。

现在，母亲去世已经好几年了，我常常在梦里梦见她。不知为什么，还是很少看到她笑。

我的小学同学

我的小学是在县城的珠泉完小读的。人们简称珠小。学校在县城的西门外头，大门是朝南开着的。门前一条小河，水从上头的丙穴涌出来，就有一条石板街道紧紧依傍着，流经"衙门口"，穿城而过，直奔东门外头去了。

学校很大。学校里的两个操场也大，一小一大两块操场其实是连着的，但在中间掐腰的地方稀稀疏疏地种了一排柳树，象征性地隔了一下，格局就大不相同了。也开阔，也摇曳，一眼还望不到头。进校门，要穿过操场，才能到达教学楼。操场上并没有路，可以直走，也可以绕行，完全随意。那时候我们很少走直路，总喜欢绕绕行行，兜好大一个圈才进到教学区。教学楼的左边有一个小小的岭头，岭上杂草丛生，灌木堆集，岭头上有一棵"痒痒树"，一摸树身，树上的叶子就怕痒似的卷拢起来。课间时候，我们常常飞跑上山，拍一拍树干，看着树叶慢慢闭拢，嘻嘻哈哈地笑一阵，才又打飞脚折返教室，各回各位。教室后面是一块高坡，厕所就建在高坡上，厕所后头，好大一片菜地。一畦一畦的，十分方整，四季青葱。我们上完厕所后，总愿意在菜地边上站一站，往下面眺望一阵。坡下不远，在一片瓦脊中，依次是县法院、县中队、看守所。有时能看到县中队的操场上有士兵训练，人数不多，但动作整齐。县中队定时就有军号声响起。嘹亮的号声远远传来，让人精神振奋，充满向往。

甫进小学，分在一甲班，然后就二甲班、三甲班、四甲班，一直升上去了。高年级是六十班。班里同学，少有变化。没有人留级下去，也没有新同学插班进来。我们同学，主要来自三类家庭，一类机关干部子弟，一类手工业和小商贩家庭，还有一类是农业户。

县城里头的农业人口还不少。他们大多住在正街背后的小巷里。那里的堂屋错错落落、高高低低，大多很低矮，很逼仄，但不少也明窗亮瓦，高房大柱，处处显出上辈人的生活痕迹。这些人家虽然住在县城，却还是农业户口，在城外有田，有土，有自留地，日出而作，日落而息，每天计工分。他们的堂屋里团转挂着镢头、耙头、镰刀、蓑衣斗笠，竹篙上搭着干红薯藤。那里的街头巷尾，常常忽然拉下一堆冒着热气的牛屎，不一会儿，就给人刮走了。他们的勤快，一点不逊于乡下农民。每天黑早，就挑着一担尿上自留地去了，到天亮时，已经披着一身露水回来，尿桶里头装着水淋淋的青菜、南瓜、冬瓜、苦瓜、辣椒及葱姜大蒜，穿街过巷，在衙门口的街边上一停，几下几下就卖完了。那里的巷道里，常年飘荡着熬猪潲的带点酸涩的气味。那里的人家从早到晚都不安生，从门窗里不时传出大人打骂小把戏的愤愤声（他们打小把戏不是甩耳光，

15

是用竹扫把、用竹响篙、用铁火钳、用鞋底板，恶起来时也有抄板凳、抄扁担的）。那里的婆婆姥姥时常聚在一起喝抬茶，男人抽烟都是裁报纸卷喇叭筒。他们吃饭用捧碗，夜晚出门点麻秆火照路，家里的小把戏上学路上拿个煨红薯边走边剥皮。他们的勤劳显而易见地影响了后辈。放学路上，我们常常看到也叫"李宗仁"的同学扎高了裤脚浸在河水里头洗红薯藤。

那时候县里只有一家国营的印刷厂，产业工人很少，但手工业很繁荣。我的小学同学的家里，就有打铁的、补锅的、做面的、理发的、修单车的、染布的，有铜匠、锡匠、木匠、油漆匠，还有几家是卖小东小西开杂货铺的。他们大多临街而居，房屋一水儿地皆为青砖黑瓦，都有一进、二进、三进，还有四进的。都是前店后家，是商铺，是作坊，同时也是住家。他们大多家道殷实，可以买得起黑市米、黑市肉，饭桌上不断荤腥，油水很足，每天能喝上壶把两壶水酒，耳朵上夹纸烟，家里小把戏的裤兜里总卷着几块零花钱。逢到丰和墟上的戏台楼头有大戏公演，或是义公祠（电影院）到了新片，或是县里的湘昆剧团演折子戏，他们都会挤到里头去凑个热闹。他们的生活大致还是艰辛的，可是总算稳当。他们脸上常常浮着一层满足的笑意。他们不少是外地迁徙过来的，几十年浸染，已经能说一口流畅的本地土话。他们女崽的衣兜里经常装了炒瓜子（南瓜子、葵花子），课间休息时就抓出来放到口里嗑，嗑得满教室香气馥郁。

我的小学同学中，干部子弟不是太多，大约四成里头占不到一成。这些干部，大多不是本地人，是从邻县、从地区、从长沙调过来的。他们在本地没有祖业，多是租房子住，因此，居无定所。住得也很零散，不可能相对集中，街两旁，小巷里，四处都有。因为是租房，不可能周正齐全，有的是从一栋堂屋里劈出半边，有的住楼上，有的是在一条长屋的后头隔出一间两间；还有的干脆是拿杂屋厕所改造出来的。这些人家在一个地方都住不长久，隔不好久就要搬一次家。这些人家的门一天到晚都是关起的，家里的墙壁都糊了白纸或报纸，简单的家具上都打着单位的印记，桌子上覆了塑料布，电灯是有罩子的。这些人家虽然逼仄，但都会给读书的小把戏挤出一块地方摆放一个小桌子、一张小板凳。他们大都穿中山装（很多时候就是披在身上），上衣口袋里插一支（或两支）钢笔，下口袋时时鼓鼓囊囊地兜一个笔记本。走路迈四方步。他们理发都是到衙门口旁边的大理发店。他们喝水都是用洁白的搪瓷缸，冬天穿那种毛领大衣。他们到这里几年或十几年了，却还不会讲本地土话，开口都是外地官话。他们当然都是有国家工资的，吃粮吃油扯布也有定量，但不少人家生活还是很拮据。家里的煤灶都很小，生火时四周的煤渣多过中间的炭。饭桌上经常是白菜豆腐，豆腐白菜，偶尔房东送过来一碟子坛子菜，会喜欢得不得了。他们似乎还游离在当地的生活氛围之外，但他们家里的小把戏们都融入得快，小把戏们在家里还是讲官话，到了外面跟小伙计们在一起，就都是满口的土话了，半点不隔。

那时候县里有三位老红军。姓陈，姓朱，姓高。陈家的大崽陈明元、朱家的大女朱景芳，都是我小学同学。陈父时任县公安局局长，四川人，小个子，浓眉毛，腰杆挺直，皮带上常年别一把手枪，不苟言笑。陈家住在县人委会院子后头的一栋大屋里。县人委是过去的县衙门旧址（所以俗称衙门口），门头高大，两扇大门包了铁皮，铁皮上整齐细密地凸现着拇指大小的圆形铁钉。县人委的大门平时是不打开的，只开一条小门容人进出。守门的是一位姓康的红脸膛上有几粒麻子的十分严峻吓人的老头，轻易不让人进去。我们每次去陈明元家玩，都有点吓心吓胆。偶尔碰见陈父，大约他知道我父亲是其部下的缘故，会难得地对我微微一点头。

在班上，我们交往密切的还是这帮干部子弟。所谓"人以类聚"。其实在那个非常讲阶级出身的年代，我们并不是通常意义上的一类人。那些干部家庭的人不少都是"地主"。如果在农村，或是年纪稍长阅历多点，我们这类出身"贫农"家庭的人是要跟他们"划清界限"的。但我全然没有这种概念。我只是感觉同他们在一起很适意，脾性合得来，意气相投，就厮混在一起了。这种率性后来伴随了我的一生。

我们这帮同学都是聪明的，很调皮，很活泛，学习成绩很好（但并不拔尖。拔尖的是两个女同学）。还有一个常常给老师批评的共同的毛病：上课时喜欢答下嘴。就是老师在讲台上说话时，冷不丁从下面冲上去一句半句俏皮话，惹得哄堂大笑。但老师还是很喜欢我们的，课堂提问时往往是点我们起来回答问题，我们的作文常常被作为范文张贴在走廊的墙壁上，字句下面画着一串串红圈。我们的体育也很出色。跑步、跳高、跳远、单杠、双杠、打抱箍子架，都不在人下。课间休息时，我们都是抢先占住教室旁边的乒乓球台。我们都有自己的胶拍，在乒乓球台上噼里啪啦一阵抽打，动作潇洒，神情夸张，快活地宣泄无知少年的表现欲。其他的同学都只是靠着墙壁呆呆地看，心里却是不服的，也会排队上去比试。但不过几个回合，一比六，二比六，有时甚至零比六，还没摸清方向，就稀里哗啦地败下阵来了，只好悻悻地退到一边去。他们知道，自己的世界在学校外面。他们的世界其实更为宽广，更为丰富多彩。他们在衙门口打纸嘛拐（三角板），打抱箍子架，打泥炮，打线香棍子；他们到拱花滩头挑水，游狗爬式，把水花打得四溅翻花；他们都很手巧（这是有家传的），会制作各式"短火"，泥巴枪、木头枪、铁丝枪、纸板枪，无不精妙绝伦；他们拿单车内胎做成弹弓，左边兜一副，右边兜一副，号称"双枪将"；他们最喜欢的是"工兵捉强盗"，挥舞着自制的武器，啸聚在衙门口，再从南门追到北门，嬉笑喧闹，兴奋不已，吵翻一座县城。那些农业户家里的小把戏则比较乖，比较木讷。他们都有着相对沉重的生活压力。他们放了学还要去生产队出点集体工，或到自留地里给菜秧子淋点水，顺带割些红薯藤回来剁碎了熬猪潲。他们比我们吃的东西要杂，但比我们吃得要饱。红薯、苞谷、高粱、麦子粑粑，总能尽量。冬天他们抄的火笼里装的是草木炭灰，比我们的木炭火要温和、耐久，上课时将双脚踏在上面，热力温温婉婉地注入全身，松快极了。火钵里煨上一个糖心红薯，香气漫出来，一教室的同学就都扯长了颈根朝那里望。曾经有同学拿煨熟的红薯分我一半，那焦焦糯糯的红薯皮害我差点把手指一起吞下去。

放了学，我们并不急于回家，常常聚在一起玩。那时的家庭作业很少，在每天一节的自习课里就都做完了。我们去得多的是同学黄其龙和成西平家。他们的父亲都是解放前的老大学生，家里成分都很高。他们家里都有不少藏书，还有杂志。我最早就是在他们那里看到《人民文学》的。虽是租房，但很讲究，家具齐整，房里很亮，地上、灶头上，都是干干净净的。他们的父母亲对我们都很友善，随我们追逐打闹，穿进穿出，从不干涉（后来闹"文化大革命"，成西平家门口墙上贴了好多大字报，罗列了成父——他父亲叫成伯卿——诸多罪状，其中之一就是给儿子起的名字。造反派怒斥：西平，西平，你是要祈望西方平安吗？！！让我讶然）。

　　很多时候我们是漫无目的地在城里城外四处闲逛。我们那县城是座古城，有四百多年历史了，格局十分周正。旧时的衙门正在县城中心地带。衙门口前面是正街。早先，县城当然是有东、南、西、北四个城门的。后来，旧城门没有了，城墙也没有了，只在南门口和西门边上余下几段城墙废墟。废墟上都做了菜地，早晚有人拿一把长柄竹勺往菜秧子上泼水。每个城门，都有一条长街。街，是石板街。街道两旁，不断有小巷口朝里伸延进去，一拐，一插，又衍生出更多的小巷子。于是，以四条街道为经，无数的长巷短巷为络，结构出了一座错综繁复的县城。生人进了县城，没人带路是很难转得出去的。传说旧时的南岭山上蛮子（土匪）多，时不时地就下山来骚扰一番。当年的先人营造县城时，精心结构这些迷宫一样的巷陌，就是为防止那些强盗蛮子的劫掠。我们把所有的大街小巷都走过无数遍，总走总不厌。县城四周都是山。东边的叫东塔岭。

东塔的塔里顶上有一座石雕的雷公菩萨。我们常常斜倚在宝塔的石门上，俯瞰城里的房屋街巷，能清楚地看到衙门口像城墙一样的门楼，能看到衙门口正街上的白花花的青石板街道。我们不费一点工夫就能辨认出自家房屋的屋顶。有炊烟从瓦背上袅袅升起，就知道自己的母亲开始起火做饭了，心里忽然一阵温暖。转过脸，一眼就可以看到岭脚下的麻地河。麻地河官名春陵江，又名钟水，我们却习惯称麻地河。官名总不及俗称更普及，更深入人心。这条县城内最大的河，从东头桥那头汤汤而下，在东塔岭下拐个大弯，留下一湾碧绿的深潭，又一直流，一直流，流到湘江去了。河上有渡船来往，船上载着三五个或七八个旅客，有的站着，有的倚船帮而坐，有的就坐在自己架在担子上的扁担上。老艄公（不知为什么，艄公都是老人）精赤上身，腰上扎一条大帕，撑着篙子沿船侧一步一步地从船头走到船尾。渡船到岸，老艄公忽然会"噭——"地高喊一声。他为什么会这么喊一声呢？是宣泄到岸了的喜悦罢。各种行当，都有自己表达情绪的一种形式。河里还有机帆船、小舢板。机帆船上载着高高的货物，风帆涨开饱满的肚子，突突突地吼叫着，跑得飞快。小舢板是打鱼船。打鱼人（多半是中年人）也是精赤上身，待船到了河中心，停住，把渔网披挂在身上，略一沉腰，双手一扬，撒网就在空中张开一个圆满的弧形，"噗"的一声罩进水里，然后，双手攥住网头绳子，一把紧一把地收扯上来。不一阵，撒网被收束拢来甩在了船板上，打鱼人低头一层层地揭着网缞。我们听到网底的铅砣撞在船板的"叮叮"声，看到了鱼鳞刺眼地闪着白光。常常地，河面上有木排或竹排漂过。那木排或竹排真长呀，起码有半里路长。木排或竹排上有年轻后生闲闲地慢慢地前后走动。排上面架着竹篙，晾晒着衣裤，随风飘扬。船行得很慢，悠悠地浮着，可是，转眼间就漂到了远处的白雾中，只看到一痕灰色的影子。

我们也常到西门外的水源庙。这是座古庙，据说早年间很有名，香火很旺。水源庙不大，但很雅致。庙里当然是有佛像的，就供在正殿的神堂正中间，是一尊泥塑贴金、高约一米、面容慈蔼端庄的坐佛，双手合抱一个小木牌，上书"风调雨顺"。佛像左右各有四尊更大的菩萨，鼓眼突睛，手执兵器，十分耀武扬威。佛堂两边各有一个副堂，排列着十几位小菩萨，有泥塑的，也有木雕的，姿态各异，形神俱很生动。解放后，水源庙改作了城关中学，一溜儿围墙围了起来。但人们还是习惯把那里喊作"水源庙"。我们对城关中学不感兴趣，感兴趣的是水源庙旁边的丙穴，是丙穴洞口上的一瀑大水。县里的八景之一"丙穴瀑练"，指的即是这里。传说炎帝神农为寻找人类赖以生存的谷物，在南方一个山清水秀的地方得到了仙姑娘娘从天上抛下的一株九穗禾苗，并教民耕种。据《衡湘稽古》记载："天降嘉禾，神农拾之，教耕于骑田岭之北，其地曰禾仓，后以置县。"丙穴是个山洞，很大很大的山洞，洞里头还有洞，其中有个洞就叫"神农洞"（又叫皇帝楼），神农洞里面有"金銮殿"，有"金交椅"，有"金鸡埘"，有"金犬穴"，有"金猪圈"。传说神农皇帝白天在外面劳作，晚上就在丙穴里头的金銮殿里休息，一待好几年。这个传说已经很迷人了，更迷人的是据说丙穴有九个出口，历代都有人深入探险，却至今只有一个人在九老峰的山顶上走通了一个出口。但这人一出洞口，再回头看时，却怎么也找不到那个出口了。我们受到传说的蛊惑，立志做天下第二人，无数次地进洞探险，手持三节电池的手电筒，打着松明火把，或是浸了煤油的布头火把，深入到洞穴里头，四处钻爬，却始终没有找到过一个出口，徒然留下很多美丽的想象和谜一样的空灵。丙穴既名"丙穴瀑练"，自然是有水的。一瀑很大的地下水，就从洞口涌出，腾浪翻花，往下流去。流到一个叫"猴公井"的地陡坎上，就直直地跌下去，冲出一个深潭。我们常常脱光衣服，站在猴公井的坡坎上，直直地像砖头一样往水潭里砸，砸得水花四溅。

我们有时也去教场坪。那地方有点远，要出西门，在县一中的背后，是一块大坪，据说是清朝时候修建起来做练兵用的。清朝最后一个县太爷，姓宗，人称宗太爷，在辛亥革命时自杀而亡。死后就葬于教场坪，墓地上粉以石灰。我们读书时，那里已建了砖瓦厂，挖了很大一个黄泥洞。宗太爷的墓地也挖掉了。石灰层清掉，棺木也起出来了，有人还挖到一个金戒指，到银行换了钱。我们在教场坪四处走动，时不时拿脚在地下划拉，希望也走一回狗屎运捡到金戒指。

南门外的丰和墟过去是猫仔丛，一座黄土山包。山上不长树，满地尽是灌木刺伙。猫仔丛是刑场，枪毙人的地方。据说押解犯人的囚车开到丰和墟边停下，两个战士夹一个犯人，一阵小跑，上到猫仔丛山半腰，将犯人往前一推，随即就一枪打到后脑勺上了。说是枪毙犯人不能面对面打。当面开了枪，死人的魂魄就会跟上来，一世不得安生。猫仔丛是个有点恐怖的地方，常常听到大人吵架，互相咒骂："拿你推到猫仔丛去打掉！"我们去过一次猫仔丛，那天大晴天，太阳很厉害，还是中午，可是一走进猫仔丛，就感觉阴风厉厉，头皮发炸，身上发紧，赶紧回了头。从此不敢再去。

我们另外去得多的一个地方是北门外的矮砠脚。一高一矮两座岭头，统一一个名字。两山脚下，夹着一条小河。河宽丈余，水草丰茂，水清时，可以看见有鱼游窜。小河两边，又伸出无数的渠圳。我们喜欢去那里戽水捉鱼。每年的夏天和秋天，河身瘦了，河水变细，我们就知道，鱼都集中躲到了深水涵里，就顶着日头过去，将两头一拦，拿脸盆和瓜瓢往外戽水。我们都喜欢捉鱼，可是不懂技巧，不会钓鱼（耐不得那个烦），不会泡在水里堵洞摸鱼，也没有本钱买渔网渔罾之类，只会下死力气戽干水捉鱼。拿脸盆戽水那真是件很苦的事情，戽不了几下，手臂就瘫软下来，十指发抖。这时鱼仔受到惊扰，在水底下乱窜，时不时地撞到脚杆上，身上就一激灵，像打了鸡血一样振作起来，更加用力地戽水。使人最振奋和欢喜的是河水将干未干时候，水里的鱼肚都现了白，密密麻麻地来回窜动，一边动着嘴巴吸气。有的鱼跳出水面，在空中翻个筋斗，啪一下又落回水里，惊恐不已。终于把水戽干了，鱼们侧躺在泥地上，任我们捡拾，一条，一条，一条。这时才体会到大人们喜欢说的一句口头语：捡死鱼仔一样。真是开心，真是爽。鱼仔收捡完了，又拿十指做耙，仔细地把水底的肥泥翻转来，又揪出许多泥鳅和黄鳝。我们戽干河水捉到的鱼，大多是两指宽三指宽的鲫鱼，泥鳅黄鳝也不过手指粗一条，但这已经足够好了。我们真切地感受到了辛劳以后得到收获的欢欣。

我们有时也去寨脚下、射马岭、灵官庙里玩。寨脚下的山上在旧社会啸聚过一群土匪，他们的首领大概是对瓦岗寨十分景仰的，于是也给自己的领地起了个什么寨的名字，时人就把山下地方喊作了"寨脚下"，沿袭自己。我想象那帮啸聚在山林的土匪大碗喝酒、大块吃肉的情景，胸中也似乎升起一股豪气。射马岭是古时将士跑马射箭的地方，那场景当更是引人遐想，壮怀激烈。灵官庙早已不存，连旧址都分辨不清楚了，但留下很多传说。据说本地最大的地主李子英（云伟）就是在这里给枪毙的，是解放后第一个给枪毙的人。又据说以前曾有人关了一群鸭子养在这里，为了保护水资源不被污染，族里人便出了一个告示，曰："此地不准关鸭，公出。"那时的书面文字是不打标点的。养鸭人照养不误。族里出面干涉。养鸭人大笑说："告示上讲：'此地不准养鸭公，出。'对不住，我这里没有鸭公。"

还有文庙、义公祠、普济寺……我们都不止一次去过（一位小学同学家就住在老文庙里）。这些游历给我留下粗泛而深刻的印象，感觉到社会的丰富和芜杂，为我以后的成长和写作提供了很多营养。

我是小学二年级开始担任班干部的。有时当学习委员，有时当文体委员。我虽然贪玩，却也是个守规矩、听话、很负责任的人。每个学期期末，老师给的评语都很好。每次评语最后，总有这么一句话："希望继续努力，戒骄戒躁，争取成为又红又专的共产主义接班人！"看了评语，我很困惑：我"骄"了吗？"躁"了吗？我不知道"又红又专的共产主义接班人"是什么样子。

大概在小学五年级或是六年级，县里的湘昆剧团忽然来学校挑选小学员。我也被喊去，摸了脑门，摸了耳朵，掐了掐后颈根，还让我打了个筋斗。后来据说我给挑中了，但始终没有接到通知。我一直心上心下，很纠结。似乎希望给挑中，又祈愿千万不要给挑中。我肯定是没有表演才能的，五音不全，最不喜欢的就是唱歌课。到了剧团，充其量就是个武生演员，把筋斗从这头翻到那头，高兴了再来个后空翻，到头来不知道能翻出个什么名堂。

有段时间我热爱起了画画。我画荷花，画小鸟。荷花艳红，荷叶翠绿，小鸟的嘴巴是一点淡黄。我把画挂在墙上，深夜父亲回来，看了又看，点头说："嗯，画得有点样子。"母亲很高兴，省下伙食费给我买了毛笔、白板纸，还买了一盒十彩的颜料。我一下就跟同学疏远了，放了学即刻回家，趴在饭桌上专心涂鸦。那时候能有十彩颜料的小学生极少，我宝贝一样地放进书包里，带到学校去。同学们都知道了我有一盒十彩颜料。一天课间，上了趟厕所回来，颜料忽然不见了。我没有吵闹，没有去报告老师。放学回家，蹲在我家后门口的溪水边大哭一场，把毛笔摔进溪水里，从此不再画画。白板纸裁开用作包课本，几年都没有用完。

很快地，小学六年就读完了。升学考试的科目只有两门：作文和算术。作文的题目是：我的一天。我觉得这个题目出得很好，能让每个考生自由发挥。我稍微想了想，就埋头写起来。我写了在一天里发生的很平常的三件事，有景物描写，有心理活动，有虚构，有想象，把平常看的一些课外书的东西用到里头去了。几天后，考试成绩出来了：算术100分，作文88分。全县里头，算术得满分的还有几个，作文88分的只我一人。我算是拔了个头筹。好多年后，有次回家探望父母，遇到那位也叫"李宗仁"的小学同学，还很奇怪地问我："那时候只看到你成天在外头玩，成绩怎么还会那么好呢？"我想了又想，回答说："我也不知道。"

　　我们那帮常在一起玩的同学都顺利考进了县城的中学（那时叫县二中，后来又改回一中），意外的是，我们都分在了一个班：81班。中学在北门城外。我们常常邀齐了一起去上学。读中学后，我们又多了一个共同的爱好：打篮球。

我的中学时代

　　母校嘉禾一中九十周年校庆，雷华清校长嘱我"赐文一篇""以励后人"，这让我很惭愧，还有点惶恐，有点为难。

　　雷校长的约稿让我想起了很久远的一些事情。

　　读中学时我所在的班级是嘉禾二中81班。我是1964年考的中学。升学考试中，作文考了88分，算术100分，好像是那年的全县第一名。这是我自己都没有想到的。据说算术成绩考满分的有好多个，但是作文成绩88分是最高分。那次的作文题目是"我的一天"。我并没有做什么准备（我们那时的同学都没有准备），也不紧张。考试铃声响了，我摊开考卷审审题目，一个大胆的想法就有了。我觉得不能太实在，可以做点加工，把几件事情糅到一天来做，写得日常一点，美一点，有点心理活动，有点景物描写。我把平时看课外书的心得用到了作文考试上面。这大约算是我最早的文学创作。本来，我考取的是嘉禾一中，但那时嘉禾一中在塘村，父亲担心我年纪小，到那么远去读寄宿不方便，就找人让我转到了嘉禾二中。我知道嘉禾一中是省里的重点中学，本意是很想上一中的。但是我是个不愿跟命运抗争的人，既然父亲决定了，就只有听父亲的。没想到几年后，一中还是转到了县城，虽然已经毕业，但是名义上还算是嘉禾一中的学子。这大概就是缘分。看来冥冥之中有些事情是注定的。

那时的嘉禾二中在北门外，算是城郊了。我家住在南门口。每天上学，需要穿过全城，走完长长又长长的石板街道，到染织厂门口，折上一条土马路，经邮电局，过工会大礼堂，再过银行大门，然后傍着银行的围墙一直走到头，才到我们的学校。

每天上学，我出门都很早，这样就不必急着赶路，可以晃晃悠悠，不急不缓地走。街道两旁，临街开了很多铺面。日杂店、香烛店、竹棕社、照相馆、铁匠铺、饭铺、文化馆、缝纫社、中医诊所，从"衙门口"的石狮子折过去是理发店、单车行、旅社，再在桥头的面馆门口往左一拐，一条溪水依在了石板路旁边。溪水是从北门外的珠泉水流下来的，一直傍着石板路。路拐弯，水也拐弯。清清亮亮，无语荡漾，弯曲有致。一路走上去，只觉得身上沾满了水汽。我后来在好几部作品中都有写到县城街上的情景，总会想起当年感触到的俗世生活的朴素和温馨，文字中不自觉地浸润了珠泉长流水的神气。

我记忆中的嘉禾二中校园不是很大，但是围墙很高，只比大门的门楣略矮。进门即是一片教室，平房，左、右各是四间。教室有点旧了，粉刷的石灰墙已经剥落了很多，黄泥筑的地面到处坑坑洼洼。从这排教室中间的通道穿过去，是一道慢坡，顺慢坡上去，约百步，是个大操场。大操场分割开四个篮球场，中间一条马路穿过。操场那头，是一排两层的教学楼。因为地势高，教学楼显得很有气势。教学楼左边，又是一溜平房，是寄宿生的宿舍。到初中二年级时，也搬去当了半年寄宿生。一间宿舍里住那么多同学，我觉得很热闹，很好玩。那一溜宿舍房子中间，有一间音乐教室，有一间体育教研室。我生来五音不全，一到上音乐课就全身发紧。可是体育教研室令我神往，里面的一大筐篮球常让我浮想联翩。每到下午的课外活动时间，我总是飞跑着过去排队领篮球。从教研室再过去，下几阶台阶，是学生食堂。我在学校寄宿的半年，就在这间食堂里吃了半年钵子饭，越吃越饿。

我们进校的第一年，是在进大门的那栋旧楼里上课。到二年级时，才搬到了大操场对面的新教室。搬到新教室最大的好处是，一下课便可以就近抢占篮球场。在学校读书时，我是个有点用功，但不算十分用功的学生；有点调皮，但又不算太调皮。我对体育的爱好，超过了对学习的热情。所以在班上，担任过学习委员，也担任过体育委员。忽然有一天，不知少先队辅导员李石玉老师怎么看上了我，让我担任学校的少先队大队长。虽然口袋里装了个三条杠的臂章，但并不影响我天性的放纵。我有时也会和同学一起溜课，偷偷出去打球，到丙穴探险，或是游水。我们胆子大，有一次远远地跑到麻地河去游水，游到河中间，再又折身往大坝上游。我们都不知道坝身长期让水冲刷，早已溜滑的了，同去的黄其龙一下没有撑住坝身，冲了下去。坝下的水流很急，都是来回翻卷的，黄其龙没有经验，不知道潜到水底往前蹿，只能任水流冲得在坝下面来回翻卷。我们看着他一会卷上来一个头，一会又翻上来一双脚，都吓傻了。还好，黄其龙没有死，给大人救起来了。但是，我们回到学校都挨了批评，回到家里都挨了打。

我的初中，正经只上了两年课，该学的，也学了，该玩的，也玩了，天性没有受到太多的压抑，还是过得很快活的，有点无忧无虑的样子。可是到了第四个学期末，"文化大革命"开始了。运动一来，什么都乱了套，学校不久就停了课。我们小小年纪，没有经见过世事。很多事情都不懂，刚开始只觉得很新鲜，很好玩，跟随着经历了"破四旧"、"大串联"、看大字报、写大字报、游行、集会……但是，很快就厌倦了，是从心理和生理上的厌倦。

我和一班同学都成了逍遥派，游离在了运动之外。我们这班人都喜欢打篮球，可谓志同道合，天天找地方去打球。一条短裤，赤着双脚，黑汗水一样地流。常常打了一天不过瘾，借着星光摸黑还要打好久。我们还终于玩出点名堂来了。我和同学江金山、葛增富先后被县篮球队教练宋殿池看中，先是选进了县中学生篮球队，后来又选进县篮球队，常常打比赛，好好地风光了一阵子。

这就要说一说1968年了。那年县里筹备篮球联赛，因为县革委会主任是个球迷，各单位也都特别重视，早早就开始备战，招兵买马，气氛搞得很浓。几支球队都盯上了我们几个，要拉我们加盟。我和江金山是67届毕业生，因为"文化大革命"的原因，68年还没有离校。我们的身份很模糊，可以算

在校学生，也可以算待业青年，往哪里靠都有理由。城关球队
还请我们喝了酒，许诺会发补贴，把球衣球裤都给准备好了。
我们哪里都没有答应。只等学校的体育老师吴际湘老师过来一
找，即刻回校，穿上了"嘉禾二中"球衣。我们觉得应该报效
母校，为母校争光。我们三个，加上吴老师，再加上教务处的
雷老师，组成了校队的主力阵容。我们没有辜负学校的期望，
每场比赛都十分努力。我们一路过关夺隘，连克强队，从几十
支球队中脱颖而出，最后打进了决赛。遗憾的是我们以两分之
差输给了县人委会球队。我们得的只是亚军，非常懊恼。可是
吴老师很高兴。他说十几年了，学校的篮球队基本第一轮都冲
不出去，能拿亚军，已经很满意了。

　　几十年过去，有时还会想起吴老师从县革委主任手里接过
锦旗的情景。不知道那面锦旗还在不在？

　　联赛打完，过两个月，我就响应毛主席"知识青年到农村
去"的号召，离开学校，下放插队落户去了。

　　算起来，我在初中时代四年，只上了两年课，却打了两年
球。上课让我学到了很多基本知识，打球让我倾注了很大的热
情，让我有了一副强壮的体魄，也给我以后的写作积淀了很多
滋养。我后来写的一些作品，《左撇子球王》《中锋王大保》
《中锋宝》，都跟篮球有关，里头的人物，都融进了我自己的
生活体验和思想感情。

　　如果我现在还算是一个作家，母校嘉禾一(二)中是给了我
最早的滋养的地方。

回望湘大

　　我们是湘潭大学中文系第一批学生，也是"文革"期间最后一批工农兵学员。这样，我们的身份就有点滑稽，有点特殊。本来我们在 1976 年秋季就应该入学的。可是那段时间发生了几件大事：毛泽东主席逝世，粉碎"四人帮"……举国悲恸，举国震惊，所有的事情都只能往后拖了。于是，我们就拖到第二年春天才到湘大报到。

　　湘大有个很奇怪的地名：羊牯塘。我们在湘大生活三年，看到过牛，看到过马，看到过骡子，看到过鸡猪狗，就是没有看到过羊。湘大四周，多是黄土荒坡，少有草地，绝对不适宜羊群生长的。这地名给了我们很大一个疑惑。

　　我们进校的时候，湘大刚完成第一期工程。没有围墙，也没有校门。一条土路从湘潭市郊区的柏油公路上接引过来，曲里拐弯，灰尘漫漫，路的尽头竖了块木牌，上书：湘潭大学。字是毛泽东主席手写体。站在校牌旁边，视野十分开阔，看得到几十栋建筑散布在前边和右边。没有树。学生宿舍后面的黄土坡也是光秃秃的，显得苍凉，荒疏。

我们那一级中文系一共37名学员，分作两个班。一为创作班，一为新闻班。新闻班的同学比较名实相符，入学前就都写过通讯报道，有的还在当地小有名气；创作班的情况差一点，好多人不知文学创作为何物。有一位同学给亲戚朋友写信，落款是：湘潭大学中文系创造班。半个学期后，才改过来。我们这班学生被安排在第一栋宿舍的二楼，我住1号。紧邻右是洗漱房，洗漱房通着厕所。常常半夜了，还有人哗哗地放水洗衣服，或是洗澡，一边洗一边大声地号歌。宿舍是直通间，两边靠墙各摆了三张双人床。一间宿舍，应该可以住12个人的，我们只住了11人。靠门的下铺没有睡人，供大家摆放箱子杂物。宿舍中间，并排摆了12张课桌。每人的课桌下面，都挂了一把小锁。宿舍前面，是一片空旷地。空旷地上，有一个篮球场。篮球架子很高档，可是场地很简陋。底下垫一层炉渣，再铺以黄土，夯实了的。炉渣很坚硬，有的地方黄土铺得不厚，炉渣顶出地面，穿胶底球鞋跑在上面，感到硌脚。每过两天，体育老师就要推着古灰碌子在上面画线。可是，就在这样的地方拉出来的湘大篮球队，那一年在湖南省高校联赛中，抢下了第二名。每天的清晨和傍晚，我都会在宿舍门口手扶水泥栏杆站一站，凝一凝神，看看近处和远处。我看到有老师夹着书本在路上缓缓踱步。我看到两个同学光着上身在操场上跑。两个人并排一起，大步跑着，甩着双手，挺着胸，很轻捷，很抖擞的样子。我常常看到有农民牵着牛(是大水牛哎)，从校牌处走上来，右拐，慢慢横过操场，转过教工宿舍区，不见了。

每天上午课间休息时，我把全班同学带到宿舍下面的空坪里（我那时当着班长），整队做广播体操。我站在队前大声领喊："现在开始做广播体操——第一节，肩上运动。一二三四，二二三四……"

我们常常搬个凳子，围坐在宿舍下面的空墙上开班会。

我们进校的时候，教学楼刚刚竣工，还没有启用。在校牌的路边，有一排简易平房，就做了我们的教室。红砖，青瓦，泥地。地面坑坑洼洼，极不平整。开课前夕，我们搬去一堆纸板和瓦片，费好大的劲才把几十张课桌摆平稳了。当年建房子的工人大约想着那些房子是临时用一用的，有点随意。做工粗糙，极不认真。顶上的屋瓦，很不严实。晴天时，从瓦缝里漏下的阳光，东一条西一条。我有时会看着阳光中浮游的缕尘，发一阵呆。如果天降大雨，麻烦就多了。漏雨是肯定的。这里滴一滴，那里滴一滴，滴答之声不绝于耳。有一次雨下大了，突然"哗"一声，从讲台的顶上泻下一注雨水，浇了老师一头一脸，满座哗然。我们的老师真是让人可敬，完全是处变不惊，只是掏出一手绢，四指压着，在左边脸上摁一摁，在右边脸上摁一摁，再在头发上摁一摁。摁干了水渍，走到座位中间来，继续讲他的《诗经》："关关雎鸠，在河之洲……"竟是更加抑扬顿挫。

从宿舍到教室，将近有一里路。路是土路。湖南的春天雨多，所以，路上总是泥泞不堪的。我在工厂上班时，作为劳保用品发过长筒套鞋，从没穿过，以为会一直闲置了，谁知上大学了却能有了用场。我专门回了趟长沙，把套鞋带到学校。

教室下面，校牌旁边，有一块空坪。从湘潭市开来的公共汽车，到这里是终点站。终点站也是起点站。空坪里常常集合了一堆一堆候车的人。空坪里侧，有几个小妹子卖零食。倒扣的箩筐上，覆一只团箕，摆着瓜子、花生、板栗、甘蔗。我们在教室上课，常常听到外面汽车喇叭响了，很多人大呼小叫，夹杂着小妹子的叫卖声："炒瓜子，炒瓜子，又香又甜又燥的瓜子。不香不要钱！"……

在学生宿舍左侧下去一点，是学生食堂。食堂也是大会堂。学校每年都有几次大的集会，开学典礼，纪念"五四"，庆"七一"，传达最新中央文件……在食堂里侧挂一条横幅，摆一排桌子，蒙上红布，就是主席台。地上用白线画了长框，依次标写着：政治系、历史系、物理系、化机系、中文系……每逢大会，我们都是以系为单位，排着队，扛着椅子，唱着歌走进会场的。我们规规矩矩地坐着，闻着淡淡的饭菜香味，听着校长（或是书记）慷慨激昂的讲话，气氛很肃穆。有时下雨，我们的体育课也会搬到食堂里去上。我们在里面做操、打拳、运球、玩双杠。有一次跳木马，我起跑跑得飞快，忽然脚下一滑——我踩着了一块白菜帮子。我摔出去好远，"砰"一声，重重地绊倒在地上。老师和同学都吓坏了，都发出大声的尖叫，以为我肯定会摔坏了。还好，没事。

学生食堂再下去一点，是两溜十几栋教工宿舍。建学之初，师资匮乏，老师们是从全国各地的大学抽调来的，这些老师来自北京、上海、吉林、武汉、长沙，真是群贤荟萃，四方雅集。给我们授过课或是接触过的老师，给我一个突出的印象是，认真、宽容，宅心仁厚。老师们大多住在宿舍区，也有些后来的安置不下，暂时租住在周边的农民家里。我们也去租住在农民家的老师那里看过，那情景是很不堪的。通常是，一家人挤住在一间屋子里，横、直各摆一张床，就占掉了大部分的空间。行李大多都没有打开，堆放在墙角落里，上面拉一根铁丝，挂一块塑料布遮着。农村经常停电，用水则要到井里去挑，这让他们的生活很不方便，甚至——很不习惯。可是，没有听到他们有过怨言。租住在农民屋里的老师，离学校都有一段路程，近的一两里，远则三四里，可是，我们每天去教室里时，老师已经先到了。静静地站在讲台边，跟我们微笑点头。不论寒暑，无有例外。老师们知道我们这批学员底子差，求学欲望却很强，对我们很关心，很关照，很体贴，真可谓关爱有加。受到时代和条件的限制，学校发给我们的课本很少。课本基本用的是外校教材。古典文学和现代汉语教材来自湖南省师范学院。古代汉语用的是四川师范学院的版本。现代文学是上海复旦大学的。另外，如外国文学、俄苏文学、文学概论、小说创作技巧，等等，干脆就是中文系自己出的刻印本。老师们为了让我们学到更多的知识，备课时尽量详尽，授课时尽量周详，课外阅读书目也布置得尽可能多。并宣称：找不到的书，可以跟他们借。"借书给人是一痴"，他们都是读书人，当然明白这句古训。可是为了让我们尽快进步，只好有悖常理了。有了这个承诺，同学们也就无所顾忌，常常去老师家敲门借书。有天晚上，一位女同学去找老师借书。老师住在乡下。她有这书，可是书在行李包里，没有打开。几十件行李，怎么知道书在哪件包裹里呢？老师没做解释，只说："书有，我找给你。"叫上丈夫帮忙,扯开塑料布,搬下一件行李,打开,没有;再搬一件,打开,没有。一连打开七八件行李,终于找到那本书了。女同学感到过意不去。老师说:"来之不易,你就知道须下功夫去读它啊!"借了书,又聊一会儿天,不觉夜已深沉。老师同丈夫一起,打着手电筒把女同学送回学校。春风化雨,大地师恩。这种事让人难以忘怀。

中文系有两位从上海复旦大学借调来的老师。翁老师教现代文学,张老师教新闻。两位老师都治学严谨,为人也很严肃,不苟言笑。翁老师还教过我们写作课,开课之前,他让每人写了一篇文章。讲评时,翁老师对我的习作给了很高的评价,但是,也指出了一处硬伤:对"首当其冲"这个成语运用不当,意思反了。翁老师建议:自己去查一查成语辞典。翁老师让我明白了,一个搞文字工作的人,对文字一定需严谨。翁老师身材颀长,脸很光滑,戴一副深度近视眼镜,走路喜欢把双手背于身后,上身微倾,脚步匆匆,形态尊严。我以为这是位严肃得近乎苛刻的老先生,可是后来改变了这个看法。有天傍晚,我在教工宿舍区的横路上正走着,忽然听到身后一阵哈哈大笑声。回头看时,却是翁老师右手搭在张老师肩膀上,一同散步,大概刚刚说了件好笑的事,两人大笑起来。翁老师笑得还弯下了腰。翁老师没有想到会碰上我这个学生,怔了一瞬,即刻敛声,同时拉下手来,背于身后,又回复了平时在公开场合的形态。我顿时也不好意思起来,赶紧走开了。我觉得大笑中的翁老师离我更近。

我们宿舍下面的一楼,是中文系办公室。办公室有一个资料室，里面堆了很多图书。系资料室规定，图书只对老师开放。一些老师悄悄告诉我们，需要借阅什么资料，可以把书目开列出来，由他们出面办理。老师们每次借得了书，双手在胸前捧着，出门，转身就上了二楼。

中文系的老师对我们，真好！！

我有时候会问自己：我们有什么特殊的，值得老师们如此关心和帮助？

不算新闻班，创作班只有18名同学。工人、农民、知识青年、生产队长、公社干部，各色人等，都有。还有四个是剧团演员。文化程度差不多，年龄悬殊却大，小的只有18岁，大的却30出头，已经是三个孩子的父亲了。无论年纪大年纪小，同学们都很珍惜读书的机会，都非常用功。那时候有一句口号："把被'四人帮'耽误了的青春抢回来！"这句话真是很贴切。同学们都暗暗使着劲，到处找书来读，详尽地做笔记，追着老师问问题。有一位同学很迷恋古典文学，立志毕业后要考研究生（后来果然考取研究生了）。老师告诉他，古典文学一是要熟读能背，起码背诵一百篇以上。这位同学每天晚上都捧本书出去，很晚才回宿舍（我那时从厂里带了个手电到学校，晚上熄灯以后，就躲在蚊帐里头看书，常至达旦。因此，宿舍里同学的动静都知道）。睡下不一阵，这位同学就开始说梦话，——梦里还在背诵古文。叽里咕噜，似清晰又不清晰。再过一会儿，另一位睡在上铺的同学起床了。这位同学在练硬气功。他的练功方法与众不同，得在露天地里练，叫露水功。表现气功功力的方法也与众不同，蹲在地上，任你用布底鞋使劲往他身上拍打，打得叭叭叭地响。所以，他的背上、手臂上、大腿上，常有红红的印子。那位同学教我练过一招硬气功。他告诉我，练好了这一招，任何击打都不怕了。但有一点，这个功会稍微影响性功能。我起早床练过一段时间，可是没有能够坚持下来。

现在想起，有点遗憾。

在校三年，我应该是个很用功的学生。我读了很多的文学名著。读了契诃夫，读了屠格涅夫，读了高尔基，读了茅盾，读了老舍，通读了"三言二拍"。这些书都不是在学校借的。曾经有朋友介绍，认识了学校图书馆馆长，这位馆长很仗义，打开锁，让我在书库里浏览了一圈。书库里很多书，堆积如山，是全国一些高校捐献来的。但是，我很失望，里面大多是理工科和政治类图书。文学名著也有，不多。我只好不再麻烦馆长。星期六下午去，星期天下午返回。我挎一个黄书包，走到湘潭市雨湖公园门口等开往长沙的公共汽车。去时一包书，回也一包书。我跟朋友们承诺：按时归还，按时借。我把书锁在床头的课桌里，晚上熄灯以后才拿出来，躲在蚊帐里面看。同学发现了这个秘密，跟我转借。我拒绝了。我的担心很显然，怕出现意外影响了以后继续借书。我可以给同学借钱，可以借饭票，可以送鞋子送笔记本送钢笔，但是，这书不能借。在物资极度匮乏的时候，人会变得很自私。呜呼！但愿那样的时候不要再有。

我们入学一年以后，七七级的同学进校了；那一年秋季，七八级也涌进来了。这是恢复高考以后头两批考取大学的学子，积聚了12年的精华。这些同学，年龄、经历跟我们都差不多，可是基础比我们好（好得多）！我们感到了一种压力。我们的出路只有一条，那就是：更加努力地学习。我辞去了班长职务（我另外在学生会担任学习部长），退出了学校篮球队（那时我已经由主力降为替补队员了，那还有什么意思），我常常用面包充饥（学生食堂排队买饭的队伍太长了），我把睡眠时间压缩到了最短，我有很长时间不跑长沙了。我恨不得一天24个小时都困在书堆里。

毕业前一年，我由学校推荐，评为了全国三好学生、全国新长征突击手。我们那班同学，现在在各自的单位，工作得都很出色。

我们毕业的时间是：1980年元月。这个时间很难忘。

作家球队

作家班进入北大不久，就由我牵头拉起了一支篮球队，队员有简嘉、张石山、聂震宁，还有乔良、聂鑫森、蔡测海，他们的小说和球艺皆是很显赫的。建队伊始，我们似乎还制定了一套规章制度，譬如每天早晨六点起床，跑步、练球一个钟头，譬如每个星期六下午为集体训练时间，等等。可是头一天早晨，大家就都没有按时起床，等我一个一个把他们从床上撺起来时，早已到了吃饭时间。这些人都是夜猫子，都懒散惯了的，哪里愿意受约束呢？规章制度还没有开始实行就自行废除，从此各随其便，无为而治。

我们却都穿起了统一的队服，天蓝色运动衣，黑色号码，胸前赫然印着：北大作家班。全队七八个人走出来一扎齐，十分精神。

我们的第一场球是跟中文系打的。听说是跟作家班比赛，一下子到了好多观众。很多同学不是看球，是去看人的。他们在中学时代就读过我们中间一些人的作品，心向往之，闻名久矣。现在这些人一下子都来到了北大，跟他们朝夕相处，且同场比球，这就引起了他们莫大的兴趣，都赶了来凑个热闹，一睹为快。

球场四周都围满了人。

中文系球队在头一年的全校联赛中，名列第六。队员都是二十岁上下，都是高高大大，生龙活虎。面对我们这帮已入中年的人，似乎有点轻敌，有点不忍让我们输得太惨，便在两名主力队员尚未到场时匆匆鸣哨开赛。那天我们都打得很放手，很自如，防守很成功，进攻也很成功，竟然连连得分。上半场结束，我们暂时领先二十分。这时，中文系的那帮同学才慌了手脚，几路出击赶紧把五虎上将找齐了来。毕竟他们的球艺高出我们一筹，毕竟他们的体力远远强过我们，到全场结束时，终于让他们反败为胜。然而我们的出色表演却使场下的观众们兴奋起来，缠住我们，当场定下了其他项目的比赛：乒乓球、排球、象棋、围棋、桥牌。此后的一段时间，我们便同中文系爆发了一系列的体育大战。

从此，我们的球队便活跃起来。我们每天都琢磨着去找人联系球赛。每天下午，我们都早早地出去抢占球场。北大校园里面有两处篮球场，一处在五四操场，一处在第二体育馆左边。两处场地，不过十几块球场，北大却有两三万教职员工，每到下午课余时间，球场上便挤满了玩球的人。后到的人，往往找不到场地，怅然而归。我们作家班下午一般没有课，睡一个午觉起来，便可以悠悠地到第二体育馆前头占一个球场（一般的篮球赛都在这里进行。校队每天下午也都在这里稀稀拉拉地训练）。我们跟很多班打过比赛，也跟一些系队打过比赛，还跟学校附近的工厂球队、居委会球队打过比赛，有一次还远征到军艺去干过一场。在北大的那段日子里，差不多天天要摸球，周周有赛事。每次比赛，我们都玩命一般地干，胜多败少。每次比赛，我们都大量供应汽水、酸奶、洋烟，所以，那些球迷们都乐意跟我们交锋。

我们这支球队竟然很有些名声了。

毕业前夕，北大女子足球队忽然给我们下来了战书。北大女足乃北京市高校冠军，队员们一个个又年轻，又健壮，球艺娴熟。而我们要找出四十岁以下的九个人都不可能。我们只好将篮球队改换名称，动员队员们全部上场。

我们队有一半人是生平第一回踢球，几乎全部是首次跟女子球队对阵，都隐隐地有种激动。我们将剩下的班费全部拿出来，买了几箱可乐和酸奶，还买了一大堆话梅、鱼片、牛肉干和果丹皮。那天天气很好，刮了点小风。穿着一扎齐的球衣球裤，我们都十分兴奋，身上鼓涌着无法遏制的力量。那场球我们踢得特别卖力，特别勇猛，我们都觉得自己是贝利，是马拉多纳。足球场不再是那样宽广，眨眼工夫就可以跑个来回。小小的足球也变得听话多了，想盘球就盘球，想过人就过人，想射门居然就射中了——上半场我们竟在混战中连破对方三次大门。下半场她们使出了在北京市高校比赛中夺冠的本事，却也只踢中两球，终于没能挽回败局。

那是我们在北大的最后一场比赛。我们终于以3比2的战绩，给作家班在北大画上了一个漂亮的句号。

毕业的日子

临到毕业之前的一段日子，是北大学生最闲的时候，也是最忙的时候。他们再无须为应付考试拿学分而日里夜里地忙功课，心是闲下来了，却有着另外一大堆事情急等着去做：要跟北京城里的亲戚熟人告别，要跟同学到未名湖畔照相留影，要赶赴各色人等设下的饯别宴会，要整理行装，要拍卖自行车，要把一大堆几年里积存下来的教科书摆到路边上去烂便宜换成钱，要最后一次拜访建立了感情的任课老师，要往四面八方天南海北写信告诉亲朋好友新的通讯地址，如果是热恋中的情人而又未能分配在同一城市，便要抓紧机会再游一趟圆明园，再看一次电影，再拉一拉手，再狠狠地互相啃咬一次……

那段日子的长途电话室，白天晚上都排着长队。越到晚上，人还越多（晚上九点以后，长话费减半）。四部电话机整天畅通不闲。

相形之下，我们作家班便显得悠游和消闲。我们把卧铺票（或飞机票）拿到手，把行李书籍打成包，就只等着启程了。那时候自然是什么事情都做不成了的，白天我们逛逛商店，观赏三角区以及三角区周围摆满了的旧书堆，尽量降低要求地去淘得一本两本旧书，有时也去寻寻拍卖旧自行车的主，试试刹车，问问价钱，还同北大女子足球队混战了一场，大胜而归，晚上则聚集在宿舍里，聊天，抽烟，喝酒，把花生米咬嚼得咕吱咕吱响，宣泄离别的苦涩。

我们半晚半晚地那么坐着聊。

大学生们也都安静不下来。不少的宿舍里，灯光通夜地亮着，录音机狂放地播放着一支一支曲子。好晚好晚了，还有人吼唱着在路上走过："妹妹你大胆地往前走啊……"

我们把北大校园的每一个角落都细细地又走了一遍，连幽僻少有人到的朗润园也去闲坐了半个下午。我们把先买到票的同学都一个一个送走了。紧紧握手，热眼相望，无语而别。宿舍里一天一天地空落清寂下来。

我们终于熬到了托运行李的日子。我们本来可以凭车票把行李拉到火车站去托运的，可是听说学校里会统一代办行李托运，于是就打了懒主意，静等着学校里的统一安排。

那一天是七月二日。

早晨五点钟我就爬起床，首先扛着一包行李去排队。那时候天还没有亮，路灯都还没有熄掉，空气湿漉漉的还有点凉意。可是，在我前面已经排下有十来个位置了。一个位置，就是一个班学生的代名词，画圈为牢，便要占据一截七八米长的路面。在前面的位置上，有的是有人把守，有的是在一前一后摆下两件行李表示这块地段已经占领，还有的是大约为了赶早匆忙之中来不及扛行李，便随手捡一块断砖搁在路中间，或是提一个啤酒瓶子往当间一竖，"插标为记"，这块地盘就是有主了，外人一概不能再进。

我前面的那位同学在他的势力范围的两头各插了一根树枝，我挨着树枝把行李放下，也学样往后退去十来步，圈定了我们的地盘，站住等候班上的同学过来接应。

我看着路段上的行李包、断砖、啤酒瓶子、树枝，想起了很古老的跑马圈地、插签为记的一些故事。

天色渐渐亮了。大学生们背着扛着抬着行李从四面八方往这里汇拢。两三千人，上万件行李，把这一段路面挤塞得满满当当，一直排出两三里路远。

队伍里好几处地方在吵架。不知为什么，这时候学生们都变得特别火暴，被行李箱撞一下，被踩了脚，撞动了行李包，都可能爆发一场吵骂。而且一吵起来就是全班男女同学齐上阵，哇哇哇哇，哇哇哇哇，只觉得狂躁的情绪在到处涌动。

从火车站请来的师傅九点钟才开始工作。他们在大门口拦起了一条手腕粗的缆绳，宣布每次只能放行五十余人进去，每十分钟放一次。

所有的同学唰一下都站了起来，抖擞精神，把行李扛上肩，准备冲刺。

大门口开始放行了。头一批，第二批，都还秩序井然，后面的人紧张而忙乱地跟随着队伍往前移动。不多久就开始有人抬着行李箱从后面绕到前面来了，接着更多的人只背一两件行李斜刺里直往门口拥，有人踩在行李包上连滚带爬地往前蹿。队伍霎时乱了。人们也再没有集体观念，三个两个组合在一起就吆喝着朝前面挤。火车站的师傅们在大门口组成一道人墙，挡住这股汹涌的人流。于是队伍更乱了，吼叫的，咒骂的，把木箱子举在头上横冲直撞的，都红了眼睛，全没有了平日的温文尔雅、文质彬彬的气度。

我和聂鑫森挤出了人潮，退在一边，惊奇而不解地默默看着这一幕。我忽然想起一位作家同行曾经说过，北大的任何一种现象，都是仅从现象学的意义上为人们提供某些痕迹，隐藏在它背后的是一大片黑黝黝的楼群和几千个窗口射出的幻光编织成的迷离梦幻。这座高等学府张开大口吞噬着一万五千名年轻人的青春，分泌出古今中外的知识唾液，用时空错位的牙齿细细咀嚼着，再把重新造就的生命吐向社会的八方。平时，课桌挨着课桌，床架叠着床架，人世间再难找到比这里单位面积人口更稠密的栖息地，而信息比人口更加集中——人文科学的、自然科学的，基础的、应用的，古典的、现代的，一齐在这里荟萃。教育者出于怜悯之心已把科学划分得不能再细，被教育者在崎岖的山路上攀沿仍发出沉重的喘息。他们无暇旁顾。系与系之间，班级与班级之间，甚至同一幢楼的宿舍之间都鲜有往来。普遍的优越感同惶惶的失落感相伴随。社会把他们看作是孩子，却又要求他们恪守大人的一切准则；他们把自己看成是大人，又苦于在一个古老的国度中没有自己的精神市场。主体意识与客体意识的失调，理想与现实的冲突，政治因素与非政治因素的交叉，呈现出校园中的奇奇怪怪。

而这一切，都即将马上结束了。只要把行李在磅秤上一过，往标有"京广线""京沪线""京沈线"的牌子下一码，这个学生时代就永远地过去了。他们似乎过于急切地告别校园，走向社会。

托运行李是他们真正脱离校园的一刻。

离开北大好久，我还遗憾那天没有带上照相机，把那场景拍下来。

租家地理

过去，我们家都是租房住，在县城的四条城门都住过。

我们那地方对几条城门的称谓大致类同。南门口、西门口、北门口，唯独对东门的称呼有点不同：东门头，一条城门，代表一条街。街，都是石板街。

上学读书之前，我家住在东门头的水圳边上。家门口即是街道，对面是条水圳。街的弯道很多，同水圳互相依傍，曲曲折折，一直出到北门外的珠泉亭。我从小就知道水圳里的水是从珠泉亭流下来的。水圳里的水，真是清，真是亮啊，漫漫潆潆，漾动无声，一路下来，过了我家不远，就同城里淌出来的另一条河水汇拢了，齐齐跌下坝口，砸出隆隆轰响。每天早晨，水圳两边都蹲了很多人，一手端个茶缸，一条毛巾搭在肩膀上，就着圳水刷牙、洗脸，将满口白沫噗地喷在水面上。傍黑时，水圳边又蹲满了人，洗碗的，涮锅的，洗衣服的，热闹好久。常常到夜很深了，还有人赤裸了上身在水圳边擦澡。出我家门往左，经过十来户人家，就是所谓的东门头了。那里的水边上是一家染坊。染坊门口有块小坪，上面横起的几根竹篙上，永远搭晾着成匹的染过的棉布，早早晚晚，总有两个身穿胶皮围裙、脚蹬长筒套鞋的工人在木桶前劳作。地上长年四季是水汪汪的。工人的手拐子以下的半截手臂，闪着一种淡淡的靛蓝。染坊斜对面是义公祠。义公祠是做了电影院用的。久不久地，义公祠门口会贴出一张绿化黑字的电影海报，召唤小城里的很多人晚饭后就往这里挤。一些小摊贩也早早地在义公祠门口占了摊位，卖花生的，卖瓜子的，卖水果糖的，卖冰棒的，卖甘蔗的，一声高一声低，吟叫百端，好不热闹。义公祠过去是中医院。中医院旁边有一座石拱桥，拱桥是单孔，桥壁上攀满了郁青的藤蔓。石板路到这里就消失了，桥那面就到了城外，大片山野田畴，桥那面有条路通往张家煤矿。上中学后我常去张家煤矿挑煤，出去回来就要经过这座桥。每次踏上桥头的麻石板，都会感受到一种沉重和粗粝。

上小学时，我们家搬到了西门口的一条巷子里。我读的小学是珠泉完小。我家和学校只隔着一条小河。这条河水是从丙穴下来的，水流比珠泉水大多了，河床有一丈多宽。每天上学，只须出巷口，往下走一截石板路，过石桥，再往回走一截土马路，就到学校大门口了，前后不过五分钟。沿途没有什么可看，只管埋头走路。

不久我们就搬到了西门口的大街上，那里差不多已经是城边了。再过去几家，石板街道戛然而止，随便给一条土路连接上，通到不远处的大马路。大马路通往郴州，每天早晨有一部班车从汽车站的红砖围墙里开出来，带起一团尘土往远处驶去。在西门口石板街和土路连接的地方，常年有人卖老鼠药。

一块又脏又旧的红布铺在泥地上，上头摆着老鼠药、老鼠夹，还有一排又大又饱的老鼠标本。一个邋里邋遢的大男人来来回回地叫着："老鼠药，老鼠药啊……八分钱一包，不毒不要钱哎……"

从西门口顺街而下，一路上似乎乏善可陈。能记得起来的有一家旅社，有一家药材公司（所以一条街上总飘浮着淡淡的药材香味），拐角地方有一家杂货铺。货柜上东西不多，几只簸篮擦得很干净，里头欠欠地盛了棒棒糖、豆子糖、法饼、柿饼、酸萝卜。靠里凳了一只酒缸子，一只酱油缸子。从杂货铺走下去，有个小院子，里头是派出所。派出所一天到晚好像都是静悄悄的。再稍稍拐个弯，就到"衙门口"了。衙门口是城里老百姓习惯用的称谓，其实是县人委会。衙门口当然是很气派，很热闹的。围墙很高大，门头也很高大。衙门口早先应该是有两只石狮子的，但我看到的只是两座石磴了。石磴皆有一人多高，可以想见当年的石狮该是何等高耸威武了。衙门口前面有一道小小的斜坡，两侧各有几级石阶。一些半大的小把戏，每天聚在这里打纸麻蝈。衙门口前面对着正街上。这是县城里最正规最宽敞的街道。一律是长条形的青石板铺就，中间的那一路青石板下面，暗伏了下水道。街长约一里多路，两旁店铺林立，檐瓦整齐。衙门口右侧是一方很大的三合土铺就的晒坪，上面长年摊晒着一坪黄灿灿的稻谷，昭示着城里农业户旺盛的生命力。衙门口左侧是理发店。全城的一多半人都到那里理发，所以，一天到晚里面都聚了很多人。一些人是排队等候理发，一些是闲人。人一成堆免不了闲聊，县城里发生的一些事情马上就能在那里公布，经过渲染后很快又散播到全城。理发店实行的是按劳分配，生意好，收入自然很高，他们的生活过得十分滋润。衙门口上，理发店旁，总有一些端着脸盆鱼篓卖鱼虾的，至少有一半的好鱼好虾是给他们买走了。有的人钓到团鱼，或捉到大草鱼大鲢鱼了，干脆就直接送到店里。这时候，他们往往都会停下手里的推子剪子，走过去把弄一番，议论一番，随即掏钱买下。有了好鱼好虾，不喝点酒就说不过去了。他们想必是每餐都要喝酒的，所以，他们的脸上整天都是红堂堂的，容光焕发。他们还是戏迷、球迷，城里每有演出，有篮球比赛，有新电影，决不落下一场。我离开县城的那一年，打进了县里篮球队的主力，于是，每去理发，再无须排队等候，几位师傅都抢着过来让我安坐到镜子前面。这一群十分勤劳、十分可爱的手工业劳动者，凭自食其力把日子过得那么安逸快活，令人心里感动，同时，让人尊重。

衙门口要到了傍黑以后才热闹起来。但那种热闹是平静的、不动声色的。一些小摊小担陆续出来占据一席之地，所卖之物，瓜子、花生、甘蔗居多。瓜子有葵花子、南瓜子、西瓜子，都是炒货。我们那里不叫炒花生，叫燥花生。外面很多地方是花生伴粗砂炒出来的，我们那里不是炒，是铺在烘笼上面，用木炭细火烘出来的。这种炭火很有劲，就把花生里头的油分烘焙得干干净净。这种燥花生是十分脆口，十分香的。一个人在角落里吃，一间教室都香了。燥花生五角钱一斤，但很少人一买一斤的，都是称一两，顶多二两。甘蔗在我们那里不叫甘蔗，叫糖榨梗。都削尽了皮，去掉头尾，剁成尺余长一截，像码木材一样码在摊上卖的。此外还有卖水果糖、卖棒棒糖的，还有卖四时瓜果的。见得最多的是毛栗子。出毛栗子的时候，就见半条街都是卖毛栗子的了。因为南岭山的出品好，个个都说自己的毛栗子是从山上摘得来的。都是将一只箩筐倒扣在地下，上头置一笸箩，笸箩的毛栗子堆里，竖一管量米的竹筒。买毛栗子不用秤称，用竹筒量。竹筒是二两的米筒，两分钱一筒。摊主为示买卖大方，每次都会棒起毛栗子在量米筒上堆得溜尖。其实量米筒那么小，再是堆尖又能多出几粒毛栗子呢？那时候衙门口的路灯很稀，光线很弱，每个摊担上都会点起一盏煤油灯（也有的是马灯）。微弱的灯火将买主和卖主的脸孔都映得半明半暗。

读中学时我家搬到了正街上的一条巷口。正街是县城里最热闹的街。我在小说《唢呐有灵》里写道：老城中间是老的衙门，解放后改作了县政府，当地人还是习惯叫那里作"衙门口"。衙门口前面有一条横街，又一条直街。横街的石板下面有一条河水潜过，直到东门头上才现出水面。直街又叫正街。正街上最是热闹，两旁商铺栉比，门楼密集，门槛都很高。百货商店、日杂商店、果品商店、饭店、面馆、剃头铺、煤店、照相馆、单车修理铺、服装社、中医诊所，一路排下去。还有工商所、税务所、储蓄所、文化馆、图书馆。正街到头，往右拐，就是所谓的南门口了。拐过去的街道明显收窄了许多，顶上的屋檐都快要挨在一起了。脚下的石板也窄小，还不平整。时常走着走着，面板翘起来，"砰——咚"一响。街道很长，一直接到了丰和墟上的戏台楼下。街道两旁的房屋，大都比正街上的低矮。沿街住的都是做小手工业的。一栋房屋就是一家小作坊。做竹器的，做鞭炮的，做纸钱线香的，做口水夹的，钉水袜底的，做麻糖的，做辣椒酱的，做水酒的，弹棉花的，做裁缝的，编草席的，织斗笠的，修锁修手电筒的，补扒锅鼎的，铁匠、铜匠、锡匠、木匠、漆匠、石匠、瓦匠……如此，大致是一种写实。

在正街住不到两年，就又搬到了南门口。住房不临街，可是门前有两口大水塘，出门几步就是旧城墙的废墟，废墟上有一条水圳（源头还是珠泉水）。站在水圳边，面对的是一片田野。清晨早起，能看到火红的朝霞和日出，悠徐和润的凉风吹得人十分清爽。

有年发大水，两口大塘的水涨上来，家门口的空坪成了一片汪洋。水退之后，一条黄鳝滞留在空坪的洼地里。那条黄鳝真大呀！吹火筒粗细，一尺多长，周身焦黄。我们心颤颤地，都不敢动手去捉。情急之下，我从家里抄起一把四齿耙（那是我们在学校学农用的农具），一耙子挖下去，凿了起来。将黄鳝剁作几段，放油盐大蒜辣椒炒了，堆起一捧碗，好好吃了一餐。

后来我再没看到那么大的野黄鳝。

我觉得那一刻我真够胆大。

小时候我是一个很贪玩、很大胆、精力过剩的人。我的母亲（我们那里很奇怪，称母亲是"家家"，叫父亲却是"骂妈"，一直不明白起源何来）从小对我的管束就十分严苛，每天把我关在家里写字，绝不准许我上街逛荡玩耍。但我却总有办法跑出去。但凡我们那里小把戏们玩过的游戏，我都玩过。打泥炮、打线香棍子、打抱箍子架、滚铁环、放风筝、打陀螺、跳房子、玩弹弓。别人的弹弓座子都是用粗铁丝做的，我使的是茶树杈子，手感特别好。我可以在二十米开外一弹弓把路灯打下来。我还在一早上打下八只麻雀。令人上瘾的还有打纸麻蝈（外地叫三角板）。我常常兜着一口袋纸麻蝈，到衙门口去跟人挑战。衙门口是一个打纸麻蝈的天然的战场。那里有一级一级的麻石阶梯，也有好多洼洞。我们可以把双方（或三方）斗集在一起的纸麻蝈塞进一个大纸麻里，从最高的阶级上往下打，也可以放进洼洞里往外面挖，俗称"挖眼"。从高往低打需要力气，"挖眼"则要有技巧。谁赢了，那堆纸麻蝈就归谁。这是多少带点赌博性质的，母亲从来是严厉禁止，只要从我身上翻到纸麻蝈，当即撕毁，决不容情。纸麻蝈的升级版是香烟盒子。如果谁手里有一沓香烟盒皮做的纸麻蝈，那是好比现在坐上宝马车一样让人羡慕和妒恨的。所以，我们偶尔会溜进一些机关单位去翻拣垃圾堆，希望有幸捡到一只两只空烟盒（我们那时认为只有机关干部才有本事抽香烟）。我们还常常从家里偷挖一坨炒菜用的猪板油，填塞到纸麻蝈里头，为的是加强撞击的力度（这不知道是谁发明的莫名其妙的玩法）。我们最喜欢玩的还是工兵捉强盗。玩这个当然是需要手里有武器的。我们使的大多是短火（手枪）。我们自制过各式各样的短火，泥巴枪、木头枪、铁丝枪、纸板枪。我们都天生具备制造军火的潜质，一些烂材料做出来的短火像极了真的。我们玩工兵捉强盗的集结地和出发地都是在衙门口。一班顽劣孩子分出敌我两个阵营后，即开始行动。我们挥舞着短火，从正街上呼啸而过，经南门口，直奔丰和墟陂，然后呢，有时是绕过戏台楼头，经旧城墙，到拱花滩头，踩着石磴过了河，在碾米厂稍歇，再从人民医院门口杀出，回到衙门口会合；有时是从丰和墟的凉亭斜出去，翻过老招待所（原为大地主李荣伟的公馆），走大马路，再返转西门口，回到出发地。这其间我们常常要横插、斜插、直插，兜转很多小巷子。常常玩工兵捉强盗，常常兜转巷子，我们很快把一座县城都跑熟了。我们那地方，自古以来就多强盗拐子、土匪蛮子，为了防备外来盗抢，县城里的街巷是经过精心设计营造的，很多奥妙，很多机关，一般生人进得来，出不去。谁知，道高一尺，魔高一丈。有一年夜里，外面的土匪偷进了城，他们大约也是踩好了点，知道县城里街巷是有玄奥的，手里藏了一把线香，每过一个巷口，就在地上插一根香。土匪径入县城腹地，连偷三家财主，再又顺着线香，原路出城。第二天早起，城里的居民一看，无不讶然。

我们还去丙穴探过险，挎着三节电池的手电筒，举着松明火把，手攀脚爬，把一身滚得稀烂；还去军马场看过枪毙犯人，枪声一响，立即一哄而上争抢弹壳；还去麻地河横渡，差点闹出人命。这几个地方的名声都有点丑，很多家长是不让自己的细崽去那里的，其实是不必的。那种经历，能很大地激发一个人的冒险精神。

我的中学是在县一中读的。那时候家里的生活越来越拮据了（好像县城里人家的生活都很拮据），我不再玩要，课余时间都要去做事赚钱，贴补家用。我们当然是赚不了大钱的，所以，无非是搓草绳、挑河沙、挑煤炭、锤石子、背竹子、推板车。有一次跟人上南岭山住过两天，学会了烧木炭。县城里我那种年纪的人该做过的零工，大都做过。所赚不多，心颇安然。

十四岁那年，"文化大革命"的风暴刮到县城里来了。我和我的同学们最早感觉到的是一种新鲜和狂躁。我们把自制的毛主席语录牌别在胸前，戴着红卫兵袖章，一起去"破四旧"、刻钢板印传单（传单内容都是"长沙来电""北京来电""上海消息"之类）、刷大字报、参加集会、徒步"串联"（我只走到郴州就被母亲追返回去了）。我们还成立了一个名为"八一造反团"的红卫兵组织，在学校广播站人模狗样地发表各种声明。但不过几个月，这种热情就完全冷却了，觉得毫无意义。我跟同学（也是战友）说声"走了！"就头也不回地回家去了，心无半点挂碍。

那时学校已经停课闹革命，成天待在家里无所事事，也是很无聊的。所幸那时我迷上了篮球，又有了几个志同道合的球友，几乎天天会集在一起找地方打篮球，竟乐而忘返。我们几个都住南门口，经常的聚集点就在丰和墟陂的戏台下，等齐后一起走西门外的土路出城，经电影院，绕到广场上的篮球场。后来在广场下面的水塘里修起了灯光球场，我们又经常跑去灯光球场。打篮球真是个十分迷人的运动。我们在球场上，常常一泡就是一天。前后一年多时间，天天如此，少有例外。很多时候，我就是穿一条短裤，赤着双脚，在粗粝的水泥场上奔跑。有时回到家了，还要趁着月色在门口的坪里带球跑一阵。

从很小就开始的贪玩、劳动、打球，给了我一副铁硬的体魄和坚韧的品格，在后来漫长的人生道路上，尚能耐受和抗击各种艰辛困厄，那要搭帮那些年打下的身体基础。

1968年10月，我独自下放离开了县城。不久，我家就又另外租了房子，搬到更南边去了。

关于抽烟

当年，我下放的地方是个产烟区。夏秋之际，新烟长成，生产队的烤烟房就架柴生火，开始烤烟了。女社员们将烟叶小把小把扎紧，用铁丝架夹住，一排排吊挂在烤房里。柴火烧起来，毕毕剥剥地爆响。烟气从烟筒里袅袅娜娜地散出来。手抚着微微发烫的外砖墙，可以想见烤房里头热浪灼灼，但不知青青烟叶在灼烫中会是如何煎熬。我们就摊块席子睡在烤房旁边。

几天以后，烟叶烤好了，绿色的生命变得金黄。

后来我招工进了卷烟厂。

我被分在了一车间。车间好大，机声轰响，热气蒸腾，烟雾蒙蒙。烟叶们必须在这里经历蒸汽、抽梗、切砍、烘炒，然后才流入卷烟车间。

先说蒸。那时候烟叶打成包已经在仓库里存放两三年了，已经变得干燥、紧绷。出了仓库，首先得在蒸汽罐里经过发酵这一关。蒸汽罐有一间杂屋大小，精铁铸成，四壁和顶部密布了蒸汽管道。烟包们堆叠在罐子里，挤着，顶着，扛着，互不相让。两头铁门一关，严丝密缝。蒸汽一放，温度立即就升高了。蒸汽罐顶上的压力表显示着里面的温度。那温度当然是很高的，比古时的炼丹炉不会弱。蒸够了四个小时，关蒸汽，开铁门，烟包们被铁车子推送到一个大案板跟前。案板好大，有五张乒乓球桌拼起来那么大。案板黑腻腻的，油垢很厚。案板周围，坐了一圈中年的或是老年的女工。她们需要把烟叶上的梗子抽出来。她们做这份抽梗的工都有很长时间了。她们的大拇指和食指上都结了一块铜钱厚的茧，有的常年用胶布缠着。她们神情凝肃，攒眉抿嘴，似乎对烟梗充满了某种仇恨。左手揭起一匹烟叶，右手两指一夹，一抽。抽出来的烟梗，随手丢在胯下。后来有了抽梗机，就快捷多了，轻松多了。只消将烟叶往机斗里放，机嘴里就喷吐出一根根烟梗。突突突，像射箭一样，飞快。然后，切丝。那切丝机古旧，沉重，狰狞，一看心惊。我做的就是切丝工。这份工作很简单，每天只是重复地搂起大抱烟叶喂进机斗里。切丝机的结构也极简单，前刀后斗。后面机斗里的上下各是一块铁链板，同时缓缓推进，将烟叶夹紧，再夹紧，紧得不能再紧。前头的刀片一直在飞速地上下切动，那速度是一秒钟二十几下。烟叶一到切口下，顿成飞丝，纷纷扬扬落进传送带上，直接就送进了炒筒。炒筒是一个两人都合抱不过来的圆筒，十余米长，前高后低，斜斜地搁在水泥墩子上，悠悠地转动。炒筒的前后各有一个工人守着，随时检查烟丝是否均细。这个工作不累，但是很脏，很热，烟尘很大。我们那个班看守炒筒的女工据说是解放前资本家的姨太太。身为姨太太，应该是比较漂亮的。但她已经五十来岁了，只从身材上，还能依稀看出当年的风姿。我们共事了不到一年，有一天忽然听说她死了，是用裤腰带悬在单身宿舍的床架上吊死的。她参加一个批斗会，站在台上陪了一上午，回去就自尽了。

烟丝经过烘炒，变得蓬松金黄，顺着风道进入卷烟车间。它们还要在保持恒温的房间里待上一段时间，才送到卷烟机上。这以后，一切就变得简单，轻松，洁净。

我种过烟，做过烟厂工人，知道由烟叶变成香烟，其间经历了多少煎熬淬炼。那过程其实是不忍过细琢磨的。所以，当一支烟递到手里的时候，我还能怎么样呢？唯有衔到嘴里，"啪！"打燃火机，帮助它最后得到升华。

我在每次的吞吐中"默"到了多少甘苦。

我是55岁开始抽烟的。

结缘《长沙晚报》

  我跟《长沙晚报》结缘，时间长矣。

  37年前，我招工进了长沙卷烟厂，这是一家老厂。解放前叫建湘烟厂，解放后，就改名叫了长沙卷烟厂。厂里的工人，都是从旧社会走过来的老工人，脸上满是旧社会的刻痕和沧桑。厂区也是早先建湘烟厂的旧址，就在南门口过去灵官渡那条狭长的小巷子里，除了挤密押密的三个连体车间，连吐口痰的空地都没有。到处是烟灰。地上是烟灰，机器上是烟灰，瓦背上积着厚厚的烟灰，连空气中也飘荡着刺鼻的烟灰。我们是解放后第一次大批招进厂的新工人。这批年轻人给烟厂带来了一种鲜活的生气。

  我分配在切丝车间，那是个很苦的工种。累且脏，没有多少技术含量。但我一点感觉不到。本来我下放到农村当知青，做好了扎根农村一辈子的思想准备的，忽然招工进了厂，那种巨大的喜悦是足以让自己忽略一切的。何况那时才十七八岁年纪，身体强壮，精力旺盛，再苦再累都不在话下。除了上班（还要经常加班——差不多每天都加班），下了班就打球（打篮球、打乒乓球，有时候也去老师傅家里帮忙打煤球），还有很多时间和精力参加厂里的政治活动。

我们进厂的时候，正是二十世纪六十年代末、七十年代初，"文化大革命"进入到"斗、批、改"阶段，政治运动搞得很热闹，声势很大，三天两头有批判大会，十天八天就要更新一期大批判专栏，常常还要帮老工人写发言稿，写忆苦思甜的文章，给班组、车间、厂里写总结材料。我还主编着车间和厂里的黑板报。我们那时候真是很单纯很幼稚的，只是抱着满腔热情做着这类事情，没有任何功利目的。每次写作，我都十分认真，绞尽脑汁，反复推敲，满意为止。

我的文章，在厂里写出了名气，后来，经厂办秘书邵云庆推荐给《长沙日报》，居然发表出来了。

那时候，长沙市只有一份公开发行的报纸，就是《长沙日报》（记忆中刚复刊时是叫《长沙快报》）。那时候的报纸跟政治是挂得很紧的。每有政治运动，或者是，每到元旦、五一、国庆，尤其是毛泽东主席每有最新指示发表，报纸都要刊登工、农、兵的文章。长沙卷烟厂是老厂，老工人多，在旧社会苦大仇深，自然是这类稿件的源头之一。但是，老工人大多文化水平不高，这类文章一般都是找人代笔。我常常被叫去做这种代笔的事情。写文章之前，自然先得找老工人了解情况。这样，我就得常常捧个红本子，胸口袋上插支钢笔，煞有介事地去找老工人"采访"。我们厂有个特点，女工多，而且大多在旧社会十一二岁就进厂做工，受尽了资本家的欺凌和剥削。她们说起在那个年头受的苦，常常凄然泪下。真是字字血，声声泪。但有时候说着说着也会走题。比如一位女工说她晚上加班到十二点钟，饿得实在顶不住了，到食堂里去偷包子吃。又比如一位女工说她们几个姐妹拿一个月的薪水买票去了一趟舞场，在那灯红酒绿的大厅里狠狠地潇洒了一回，那情景至今难忘。还比如一位女工说到每逢过年，资本家都要请全厂工人会餐，大鱼大肉，尽饱……这些事情是以前的教科书上没有看到过的，我听了感到十分新鲜和震撼。这些事情，当然是不能写进文章里去的，但它让我比较真实地了解了女工们的生活。

这些文章，发表的时候，署的都不是我的名字。但是，这项工作增强了我对文字的自信心。后来我写的通讯刊登在《长沙日报》上时，就署上我的名字了。那时候刊登文章往往会署上作者所在的单位名称、作者的职业。给我的文章署名就是：长沙卷烟厂工人，肖建国。看到自己的名字第一次变成铅字印刷在报纸上，我真是十分地兴奋，十分地得意。

这种得意是可以转化成巨大的动力的。再后来，我就摸索着走上了文学创作的道路，由此而跟《长沙日报》副刊部的黄林石老师、欧阳瑜老师、凌一云老师建立了联系；《长沙日报》改为《长沙晚报》后，我又跟刘小莽、许参扬、奉荣梅等副刊部的编辑成了朋友。他们常常给我寄报纸，把故地的乡音传递给我；我经常也把短小作品远远呈上，给报纸聊以填补版面。三十多年，我和《长沙晚报》的情分就这样绵绵延延地接续下来了。

能跟一份报纸保持三十多年的关系，这是一种缘分，一种福分。

挂职副县长

我是在副县长任上考入北京大学首届作家班的。我们住在北大42幢二楼，这是研究生楼，常常有大学生、研究生过来串门。他们知道我们这班人都是老三届，投身过"文化大革命"，徒步"串联"到过井冈山、延安、韶山、北京，写过很多大字报，下过乡，当过兵，当过工人，也到人民大会堂领过奖。他们对我们的经历都非常羡慕，非常向往。一位青年女教师听说云南的黄尧还偷渡到缅甸参加"缅共"打了三年游击，缠着他讲故事。讲了两天两晚，听者激动不已。他们也缠着要我谈当副县长的感觉。他们都很奇怪，怎么放着副县长不当，要来北大读书呢？

我觉得这些大学生真是很可爱。

其实我不是正牌的副县长，是挂职的。1985年2月，湖南省委从省直机关抽调了44位年轻干部，放到下面锻炼，担任副县长，或是县委副书记。这批干部，名曰"省委三梯队"，任期两年。我们这一组有4位同志，去的是湖南最南边的郴州地区。郴州曾因"郴州烟"而闻名，后来又因是中国女排的训练基地，而成为福地。郴州并不富裕，自古即有"船到郴州止，马到郴州死，人到郴州打摆子"的说法。郴州过去，便是广东地界了。

我挂职的地方，叫永兴县。

会海

我到县里的时候，人大刚刚开过会，选举正副县长。我在政府办墙壁上，看到了红榜。我得了满票。代表们都不认识我，只知道我是省里派下来的，是个作家，就都给我投了票。这使我感到很温暖。我觉得这些代表们真是很单纯，很善良。我也更加感到紧张，人家这么信任，我能不能把工作做好呢？

我们这届政府，正副县长，一共8人，吃饭刚好一桌。

初做"县太爷"，很多事情需要重新适应。光开会、看文件、批文件，就忙得我够呛。

我是真正进入角色以后，才知道基层领导会议是那样多的。上面屡屡有文件，要求精简会议，可是下面很多事情要研究、要传达、要执行，不开会真还不行。我在副县长任上参加的会议，多矣。有的是我去参加别人召集的会议，有的是我自己主持召开的会议。县长办公室，县委常委会，县委、县政府联席会，四家班子学习会，三级"扩干"会，整党学习动员会，春耕生产动员会，煤炭生产会，烤烟生产会，万元户座谈会，非党干部征求意见座谈会，铁路沿线治安整治工作电话会，计划生育工作电话会，县党代会，县人大汇报会，乡镇企业经验交流会，向省人大代表检查团汇报会，矿业开发会，宣判大会，表彰大会，春节团拜会……我在那段时间的日记，差不多每天有会议的记录。我真是很惊讶自己那时候的坐功怎么那么好。大会小会，很多是必要的。但也有的会议，可开可不开，还有的会议，则根本没有必要。有一次，省图片社过来几位朋友，要给县里拍一组照片。县长让我们陪同省里的客人，文化局长临时从县花鼓剧团调来几个女演员，一同前往。一行人坐了机帆船，溯江而上。正是春天，两岸绿树繁花，浅草茸茸，牛啊羊啊散落其间，风景十分的好。女演员都化了浓妆，穿着紧身花裙子，都很兴奋，脸上红扑扑的，笑容欢欢的，十分动人。船到侍郎滩，本该掉头了，局长提议大家下船到沙滩上走走。到了沙滩上，局长把一块大石头扫一扫，请我坐。局长又招呼大家坐，说，难得有县长来亲自和我们一路同行，难得县长兴致这么高，我们开个座谈会吧，向肖县长汇报汇报。我觉得这个提议真是岂有此理，这也太煞风景。我说，今天的任务就是拍照片，别的事情回县里再汇报——上船！

在县里，大型会议很多。我到县里不久，就接到通知，去电影院参加三级"扩干"会的开幕式。我早早地到了会场，在最后一排靠里的角落找个位置坐下。坐在这里，可以看到每一个进到会场的人的神情举止，可以俯瞰全场动态，可以闭目养神，或者跟旁边的人讲讲小话，如果实在觉得没意思，可以起身溜会。那是春节后第一次开大会。在县里工作的人，彼此都熟，年后第一次见面，表现格外热情，大声打招呼，握手，拍肩膀，递烟，开玩笑。有一位老兄还爬过两排椅子去揪熟人的衣领子。热热闹闹的，说笑声一片，很快地，会场里坐满了人。主席台上的人也坐好了。广播喇叭里，反复地在广播一句话："请肖副县长上主席台来！请肖副县长上主席台来！"我听到了这个广播，但是，没有在意。我觉得那位"肖副县长"上不上主席台与我无关。到后来，县政府办主任挤过好多条人腿，走到我旁边，叫我说：肖副县长，请你上主席台就座哩！我才恍然地"哦"了一声。原来"肖副县长"是我，我就是"肖副县长"。那时我才开始有了一点角色意识。以后再参加大会，无须广播，看到其他的县领导陆续上台，我也就自觉地跟在屁股后面慢慢走上去拣个地方坐下。

我当然也主持过一些大会。那年"严打"过后，召开万人宣判大会。我走上临时搭建起的主席台，扫一眼台下黑压压的人群（会场设在墟场上，墟场好大，人好多），心里突然很紧张，在台下的人群前面站好了，一张张狰狞凶煞的人犯面孔落进眼里，不觉一振。正所谓怒向胆边生，恶由心头起，就一拍麦克风，吼道：我宣布，宣判大会开始！——我是用足了底气吼出这一声的。声音无比大，无比庄严，自己都不相信那是出自我之口。我看到台下一个犯人咚一声就瘫坐到地上了。

我不喜欢开会，开会也不喜欢发言。我厌恶会议上的那些官话、套话、废话。在会场上，人们都把自己包裹得很好，伪装得很好。当然在哪里都有喜欢说话的人，都不会冷场。我参加过最热闹最让我大开眼界的会是一次计划生育工作座谈会。

县领导分工，让我分管文化、教育、民政和计划生育工作。我是搞文学的，跟文化挨得上边；我读过小学、中学，也读过大学，对教育好像不生疏；民政工作主要是发放救济，是做善事，这很好；而计划生育工作则完全不懂了。只听说那是国策，却是最难抓的一件事情。我把全县26个乡镇分管计生工作的副乡长请到县里来，座谈。座谈会开了三天三晚（是三天三晚哪），发言非常踊跃、生动、激烈，甚至给人牢骚很盛的感觉。他们也真敢干，真下得去手哩。但是不狠下心来又怎么办呢？他们也很无奈。我默默地听着，默默地记录。我心里一阵一阵地发紧。我的脸色一定是越来越难看的。到后来，会议结束的时候，我只是简单地宣布了一声：散会！

我觉得我是肯定抓不好这项工作的。我找到县委书记，请求给我调整一下工作。县委书记想了想，说：你是个文人，这个工作你可能是做不了。他马上给县长打电话，让我分管乡镇企业和政法。

县委书记姓李，是湖南师院中文系1968年的毕业生。这是位很有魄力、很有决断的书生型县委书记。身材颀长，面色清癯，双目有神，鼻准很高。他一步一步走上来，每个台阶干的都是正职——县委办主任、县长、县委书记。他见面时告诉我，他有一位大学同学也叫肖建国，听说我到县里挂职锻炼，先还以为是那位同学，问了年龄和经历，才知不是同一个人。他又说，读大学时他也爱好文学，很想当个作家，可是碰上了"文化大革命"，他的理想破灭了。大学毕业分到乡下教书，当班主任。因为前面的两个原因，还没有见面，李书记对我就有了一种亲切感。

李书记对我很关照，让我列席县委常委会。常委会是一个县权力的核心。当时有个说法：县委是编戏的，政府是唱戏的，人大是评戏的，政协是看戏的。参加这种会议，可以知道很多事情，可以决定很多事情，可以满足一个人身上的权力欲望。

第一次参加常委会，是研究人事安排。会上议论的人，我都不认识，我只是支着耳朵静静地听。可是我感觉到了可以决定别人命运的兴奋，我觉得我是真正进入角色了。

应酬

在下面挂职当副县长，一是会多，二是应酬多。

各式各样的应酬，几乎天天有。有时一天有几单。每有应酬，必定喝酒。

早先我很少喝酒。小时候醉过一次，醉怕了。在我的家乡，每年过年，家家户户都要做一缸糯米酒，我家亦不例外。例外的是我家的酒只用于待客，我们小孩子是没有的喝的。这让我对酒充满了向往。有一天，父母亲都上班去了，我揭开酒缸盖子，拿一只搪瓷杯舀出一杯糯米酒。那酒没有加水，原汁原味。那酒真好喝，沁甜、黏腻、醇厚。我把一大杯酒喝干了。头脑很清醒，没事。我走到城南的义公祠门口，看小朋友打纸板。我一倒头，就睡着了。我蜷在地上，睡到半夜。醒来一看，满天星斗。口里很干，头却很沉。从此我就很少沾酒了。

下到县里，第一次喝酒就把我的火力暴露无遗了。那次三级扩干会，会毕聚餐。一座大厅，几十张圆桌团团摆开。大碗肉、大碗鱼，用大杯喝白酒。参加会议的大多是乡干部和村干部，在酒桌上个个生猛，无不海量。几杯下肚，脸色泛红，就开始胡闹了。他们不管你是县长，是书记，抓住手就碰杯对干。一杯不行，要双喜。两杯过后，要四杯（四季发财）。然后又六杯（六六大顺）。再然后，还要八仙过海，要九九归圆，要十全十美。我无处躲避，也不能躲避。我只能豁出去了，来者不拒。我数不清喝了多少杯。我知道自己醉了，很醉了。但是心里还有一点清醒，我觉得无论如何要挺住，不能倒下。我直直地坐在凳子上，一只手死死地揪住大腿。直到酒阑人散，我直着腿走出大门，走到无人处，才轰然倒下。

从此在乡镇干部和县直机关里传开了一句话：肖县长是条爽快卵子。交得！那地方喜欢以酒风来衡量人。

从此我就和酒有了不解之缘。

我经常应酬喝酒的地方在县招待所。

招待所在县城西侧。从县政府大门出去，一条笔直的大道通过去，约走8分钟就到了。招待所门前有一个水泥球场，从早到晚都有一群半大孩子赤裸了上身在球场上打球。嘭嘭嘭的声音让人听着很悦耳。进招待所，左拐，有一个小院落，是小招待所（我后来到过很多县城，看到都设有类似的招待所里套小招待所。小招待所专为接待一些重要客人，不对外）。小招待所里的空地上，遍植花草，苔痕处处，照壁上有一幅很大的山水画。小招待所的后面，是便江。江面很宽。推开窗，便有蕙风拂来，极目处，是树影幢幢，瓦舍点点，山色空蒙。小招待所里，有漂亮的服务员，有身怀绝技的大厨师。我们县招待所的厨师，最拿手的是红烧甲鱼。在这里吃饭的客人，都是要有县级领导陪的。这是一种规格。这种陪同，一般是归口接待。即属于哪条线的客人，由分管哪条线的领导去陪。但我例外，我年轻，省里来的挂职干部，又是作家，陪什么客人都说得过去，还很体面。所以，我常常被叫去陪客人喝酒。有时候要同时陪几桌客人，端个酒杯，由办公室主任引着，这个门出那个门进，连续干杯。有好几次，我已经在食堂买好饭了，刚扒一口，临时来了客人，立即丢下饭盆，赶到招待所去。在县里一年多时间，我陪同喝过酒的客人多矣。副省长、地委书记、地区专员、副专员、局长、科长、省里的巡视员、厅长、处长、港台客商（我们那个县是华侨之乡，招商引资工作很活跃）、记者、电力专家、水利专家、林业专家、万元户、人大代表……这些客人，有的能喝酒，有的不能喝酒。不管客人能喝不能喝，我都得一醉方休。

在县里工作，常常下乡，有时也深入到村，到组，还在农民家里住过。每次下乡，都有小车。偶尔也坐公共汽车下去。一次同组织部的曹干事坐车去香梅乡。那里是他的老家，地处偏远，山高水多。下车后，小曹带着我，摆渡过河，走一程，再摆渡过河，又走了十几里山路，到了一处村子。村民们住得很散，房屋都很破旧，皆依山而建。村主任见了我，比见皇帝还高兴。也难怪！从古至今，到过这个村里的官，也就我是最大的了。茶毕，酒毕，村主任忽然提出，要我在村里住一晚。我不明就里，踌躇间，村主任腼腆地说：明天我细崽（小儿子）讨亲，请你坐上席，喝酒。村主任又翻出未来的儿媳妇的相片给我看。相片里的姑娘，眉眼清楚，嘴角含笑，脸上很干净，头发很整齐。我暗暗吃惊，真是高山有好花呀。此前我找几位村民聊过，村主任的口碑很好，很能为村民着想。于是，我答应留下来。村主任喜得一拍巴掌，转身出门。一路跑，一路高喊：赶快，赶快去打瓶子酒来……

第二天喝完喜酒，才在小曹搀扶下，一路踉跄回到县里。

各种应酬，让我见识过的酒多矣。五粮液、剑南春、竹叶青、西凤、白沙液、德山大曲、回雁峰、浏阳河，喝得多的还是莲花白。那时候好像流行喝莲花白。这种长方形扁平玻璃瓶装的酒度数不高，淡，好入口。这酒当然不贵。永兴当地也产酒，碎米酿就，叫米火酒。酒精度很低，但是不好喝。辣喉咙，醉了上头。用米做原料的酒，应该不会差到哪里去的，想必是酿制工艺不到家。我喝过几次，实在难以下咽，后来就尽量回避了。

可是有的事情想回避却是回避不了的。那年10月，在雷坪矿区采挖砒砂矿的农民起了纷争，上级指示：制止械斗，封闭矿洞。我带着公安民警，会同当地乡干部一起，火速赶到矿区（村干部都不敢出面，怕以后挨骂，只在背后"点眼药水"——封闭矿洞，等于断了人家的财路，能不怕报复么）。公安民警荷枪实弹，分兵守住几个路口，只准人出不准人进，乡干部则深入到矿洞里面做工作。挖矿的农民哪里见过这种场合，心里虚虚的，又经干部们连哄带吓唬，都慌急慌忙地撤退了。到傍晚时分，只剩下矿区边上一个洞子的农民不肯离开。我赶过去时，只见十来个农民正蹲坐在洞子口上喝酒。半领破席铺在地下，几只竹碗里剩着一点酸菜、豆角、花生之类，一只20斤装塑料桶赫然压在上面，里面是小半桶酒。农民皆衣衫褴褛，头发蓬乱，鼻子两边两条白灰，显然是从矿洞里爬出来的。我想他们不容易啊！听说我是"县太爷"，都赶紧站起来，眼光闪闪烁烁地直撩我。我把说过好多遍的话重复一遍。无非是没有采取劳动保护措施开采砒砂矿对人体有害，私自采矿是违法的，以及政府坚决封闭矿洞的决心。农民们都漠然地听着。忽然，一个后生靠到我跟前，说：雷公都不打吃饭人。等我们喝完酒再说吧！旁边乡长喝道：猴崽，有这样跟县长说话的吗？后生被点了名，气焰一下萎了，却还嘟哝道：县长也是人。县长难道就不吃饭喝酒？我望了望后生。此公两睛有神，却精瘦，状如猿猴。我笑道：猴崽，我们能在这山上见面也是缘分，我就敬你一杯酒怎么样？猴崽眼睛一亮，兴奋地叫道：好啊，县长肯同我们土农民喝酒，我家里祖坟开坼了啊！——来，搞一碗！他从别的农民手里抢下两只海碗（是农村里那种至少可以装下半斤米饭的大海碗哪！），提过酒壶，咕嘟咕嘟倒满了。他双手把一只酒碗擎给我。我望着还在冒泡的酒，不觉问了声：什么酒？他说：米火酒！我望着他殷殷的眼睛，稍作迟疑，就把一碗酒喝下去了。我觉得像有一条火顺着喉咙烧下去，把五脏六腑都烧得火辣滚烫。我想呕，但我拼命憋住不让呕。我喝完，猴崽也喝完了。他高兴地说：县长，我们喝过酒了，就是朋友了。下回我到县里找你喝酒。说完，叫上他的伙伴下山了。

　　一碗酒就让农民们信服了，这是我没有想到的。

这些农民兄弟真是可爱。很多时候，他们不看你怎么说，注重的却是一些生活细节。后来我的酒量、酒德、酒风为朋友们所称道，跟这段经历多少有些关系。

勤政

在县里工作，我看到县长们都非常忙碌，非常勤谨。

我们县除了县长，另有副县长七人。我从省里来，还有一位陈副县长是从地区派下来锻炼的，其他几位，都是本地干部。县长管全面，几位副手各有分工，各司其职。县委、县政府都在一个大院，但办公楼是分开的。县政府部门多，人也多，楼大；县委办公楼则是一栋有点旧了的两层楼房。东西各有一张大门，县委的牌子挂在东门，县政府的牌子挂在西门，都是白底黑字。因为县委、县政府的大楼建在一座高岭上，所以当地人谈到这里的干部时，便说，住在高岭上的。县长们的办公室都在二楼，上楼左手，依次排开。这一排办公室，大多数时间是锁着的，县长们很多时间都在外面跑，还常常要到乡下去，要处理各式各样的事情。我们见面，多在县长办公会上。

我到县里报到那一天，有位农委的干部帮我安床铺时嘱咐我，你们当领导的经常下乡，走夜路多，记得把工作证带在身上。我觉得奇怪，这是为什么？农委干部告诉我，自古以来县太爷的证件都是打了皇封的，有了那个东西，就不怕鬼了！——反过来，鬼还怕你。

第二天上班，我就让政府办的小李给我把工作证办好。我要他把上面的钢印盖端正，要特别清晰。

我当然不是怕鬼。我觉得在乡下跑，带个工作证稳当。

我分管的工作，必须要经常往乡下跑。

我分管的工作是：乡镇企业和政法。

那时候政策放开了，农村里有了活力，到处充满生机。每个乡都有建筑队，有小煤窑，一些养鸡专业户、冶炼专业户、种植专业户都起来了，好多地方都有了万元户。这些企业大小不等。大的一两百号人，小的三五人。企业多，头绪多，事情也多。我有很多时间都在乡下跑。

我去了砖瓦厂。太阳底下，农民工挑着16块砖坯上炉顶。我也一担挑起16块土坯，一步一步踩着木跳往上走。到了，放下竹筐，大气不喘。我去了竹棕厂。祠堂改成的厂房里，五六个老师傅静静地坐着，一手使刀，一手抓竹条，破篾。地下盘满了一堆堆的篾条。我捡起一把竹刀，拖条凳子坐下，扯过一根竹条。我拿刀锋在竹条头上比了比，一用劲，刀锋吃进竹条，把青篾和白梗分开来。左手递竹条，右手摆竹刀，一递一进，一来一往，很快就把一根几丈长的竹条剖好了。我去了造纸厂。这是利润最好的一家企业。厂长领着我们一行数人，一个车间一个车间看过去，最后到了锅炉房。锅炉房里好冷清，只有一个小师傅穿着厚厚的帆布工作服，浑身乌黑，正坐在矮凳上打瞌睡。锅炉上的气压表，指针已经快落到底线了。厂长吼了一声骂娘的话。小师傅一惊，挂着铁铲站起来，茫然不知所措。我过去接过铲子，挑开炉门，铲煤，打进炉膛。铁铲进到炉子里的刹那，左手略一下按，再往回一带，煤炭就像扇面一样散开来，盖在炉火上。我往四个角落又加了几铲煤，关上炉门。过一会儿，再抄起铁棍插进炉膛，左撬撬，右撬撬。炉火起来了，气压上去了。在场的人都鼓起掌来。他们都很奇怪，县长怎么还会这一手？经常随我下乡的企业局的干部更是不解：县长怎么会这么多功夫？这有什么奇怪的？这些事情，我在小时候，在下放当知青的时候就都干过，我招工进厂以后，做的就是锅炉工。我当然不可能什么都会。我有意无意挑了这几个地方，正可以一显身手，我想让他们知道，我不光能写文章，也能干很多事情。我要从多方面树立挂职副县长的威信。我心里的这点小九九，只能做，不能说。

我去看养猪场，我去得正是时候：杀猪。这里还是土法杀猪。猪场前头坪里，竖了两条长凳，长凳之间横了一根圆竹竿。两个人抬着猪，一人揪尾巴，捉后腿；一个揪耳朵，扶前腿。一齐用力，嗨一声，把猪头朝下挂在竹竿的铁钩上。杀猪佬跨步上前，手里的尖刀寒光凛凛。猪感受到了威胁，凄厉地叫起来。杀猪佬伸手掐住猪嘴巴，使刀背先在猪的前腿膝弯处一砍，猪晕了，继之朝猪的喉咙上一刀捅进，再猛地拔出来。只见猪血喷溅而出，红了半边天。这真让我大开眼界。我又看了讨亲的全过程，看了丧葬的全过程，看了酿酒的全过程，看了起屋上梁，看了和泥垒灶。这让我对生活有了更实际细致的感受。以后写小说，在表达上更具实感。

我还去了冶炼厂、电池厂、粉丝厂、农药厂、氮肥厂、碎石场、饮料厂、酱油厂、小钨矿、小煤窑、水电站……一有时间，我就下乡。常常一天跑好几个厂。以前每年也要下几次乡，看一些企业。但那时的身份是作家，看过了也就看过了，合个影，说几句好话，偶尔也题个字什么的，吃喝一顿，走人，没有思想负担。现在不同了，现在是副县长身份了。看了，还要说，还要解决问题。乡镇企业的问题总是很多的。其中最普遍、最头痛的是资金问题。因此，我常常带着他们去找银行行长，找经委主任，找分管财贸的谢副县长。因为有我出面，开始他们都客客气气，多少给点关照。后来找的次数多了，他们也顶不住了，又不好明说，怕驳了我的面子，只好躲。我不明就里，还找。还是县长提醒我，我才留个心眼，除非确有必要，才去出面。

我分管的另一项工作是政法。这项工作实际是由县委肖副书记管着，我协助他。

肖副书记长我一辈。他跟我父亲曾经是同事，我们两家打过邻居。小时候我叫他"肖叔叔"。现在在异乡我又跟他同事，这真是一种缘分。肖副书记是从最基层一步一步干上来的。每个层面上，他都待了很长时间。他给人的感觉是，沉稳老到，作风干练，经验丰富，不苟言笑。

分管政法，我的主要精力在平息械斗上。我们那里地处湘南。这地方民风强悍，刚勇好胜。自古以来，为争坟山，争庙宇，争田土，争路，争水，争矿，纠纷不断，结下宿怨。不少的地方，村与村，姓与姓，心存仇怨，经常发生械斗。我们那里矿产很多。煤矿（有的地方扒开田泥就是黑乎乎的煤）、铜矿、钨矿、锡矿、砒砂矿都有。矿产带来财富，也带来无穷的麻烦。有很多时间，我就是带着公安局长、治安股长、乡长、乡干部和大群公安民警奔忙在矿区里。我们处理过好多起抢劫杀人血案，也制止过有几千农民参加的械斗。这段经历，真是十分刺激，十分惨烈。离开县里几年，梦里还常常出现锣鼓齐鸣，棍棒乱击的械斗场面，醒来一身热汗。依据这段经历，后来我创作了长篇小说，也写成了纪实散文，兹不赘述。

在县里，给我也分了一套房子。房子在县委那边的半山坡上，平房，门口一条长长的水泥阶梯，通到县委常委楼。门口两边各种了一排喜树，还有一棵女贞树，一棵高大的枫树。房子左右和后面是一片松杉间杂的树林。树皆高大苍翠，枝叶繁茂，显得蓊郁幽深。平房只住了三户人家，我居中，县委李书记住左边。右边是另一位县委副书记，也姓李。我们三个都是"半边户"——我们的家属都没有搬下来。我们的房子后面，各用砖墙围了个小院子，长宽不过五米，水泥铺就，可以晒衣服，可以运动，也可以仰观天象。我们的门前，常常有人站着等候。大多是找两位书记，偶尔也有人找我。有时晚上十一点、十二点，还有人来敲门。第二天早起开门，阶矶上又有人在等着了。这些人，多数是为工作上的事，也有的是个人问题要解决。这些人真不容易。但我觉得，书记县长们更不容易。

一年三百六十五天，这排房子少有清静的日子。

择路

我是1986年8月离开县里的。那时候离年底还有四个多月。到了年底，挂职期满，就可以回省里了。我们一起下去锻炼的那批人，有的已经在做着回去晋升的准备。可是，这时候我接到了北京大学的通知，让我去参加北大首届作家班的考试。

北大的通知让我睡不着了。我把大门锁上，二门关上，坐在后面的小院子里。月光从几棵大树的空隙间泻进来，好像是开着的一扇天窗。溶溶月色，似乎浸入体内，十分地清凉，十分地寂静。到县里一年半，经历了很多事，阅人亦多矣，是到好好地清理一下的时候了。我是个深受儒家传统思想浸染的人。善良，率性，认真，疾恶如仇，不喜交际，不党不派。我尤其讨厌当面擦鞋。这都是仕途上的大忌。我工作和生活过的地方（下放当知青一年，工厂八年，到剧团当工宣队一年，读大学三年，《湘江文学》编辑部当编辑三年，鲁迅文学院两年），人缘都很好。但那时候不同，那时候我只是一个边缘人。就是现在当了副县长，我也类似边缘人。我跟他们都没有利害冲突，只依本分做事。其实，我们那个县是非常复杂的。县里干部，以便江画线，俗称江左和江右。左和右里面又有大圈子小圈子。你中有我，我中有你。人事纷繁，关系错综，怨恣沉积。一有风吹草动，便风生水起，烈火烹油，令人心惊。我能感觉到这水很深，但我不知道水到底有多深。年初，地区组织部到县里召开全体科局干部会，给县领导投票。那天我没有到会。但会后听说，我得到的信任票最高。我觉得很不以为然。我不会比书记县长做的工作都多，我也不见得比其他副县长做得更出色。盖因我还是局外人也。我只是像浮在水面上的油珠，似乎耀眼，然而一旦溶入水里，又将如何？大约只有两种可能：一是同流，二是踩进水底成泥浆。那将会是一种怎样伤心伤肺沉重的人生历程？不堪想。

当然，于我内心而言，写作还是我最喜爱的事情。写作能给我带来愉悦，能带来某种程度的成就感，能伴随我平平静静地一直到老。我觉得我应该服从内心的向往。

更何况，当年抽调我到县里挂职锻炼，我就犹豫。后来终于成行，是想到，既然是命运安排，就权当下去体验生活，丰富阅历。现在命运又有了新的召唤，该当听从。

而且，北京大学，是一个多么令人向往的地方。

一夜沉吟，一番权衡，决心定了。我把决定告诉书记，告诉县长，告诉调我下来的组织上的人。所有的人都感到意外，都劝我，再想想，三思而行。我说：都想过了。

县长们很义道。我们共事一年半，都成了朋友。他们每人凑了四块钱的份子，为我饯行。县长又派车，到长沙把妻子和女儿接来，在县里看了几天。行前，还办了几件事。参加了人大的述职听证会，主持召开了清退"文革"查抄物资大会。肖副书记陪我回了一趟家乡。到了他当过六年书记的田心公社，看了他领导修的黄甲大桥和森林带，还爬了一回万历年间修的回龙塔。李书记则陪我去了一趟观音岩。观音岩香客很多，香火很旺，烟把檩子、柱子都熏成了黑色。庙依山势而建，层层往上。上到四层，我叩拜了观音菩萨。烧了香，摇了签：一支上上签。

饯行的晚餐上，我醉了。大醉。

那天喝的是米火酒。

以乡情的名义

　　我一直视湖南的永兴为我的第二故乡。

　　我曾经在那里工作过将近两年时间。三十多年前，我去了那里挂职做副县长。省里要从省直机关抽调一批年轻干部到基层挂职锻炼，征求意见时，我表示希望能去郴州地区。郴州是生我养我的地方，十七岁就离开了，时过十五年，我希望能重返故乡。看一看，体验一下那里的人是怎样生活的。

　　我们被派到郴州地区的一共四人。一个桂阳，一个桂东，一个资兴，我去了永兴。永兴和我的家乡嘉禾同属郴州地区。

　　我们在地委小会议室同地委领导见了个面，开了个小会。会议一散，永兴县政府办的干事小李和小车司机就已经在门口等着了。第一次坐专车，心里有点兴奋，有点不安。车子一进入永兴地界，心里就隐隐地紧张起来。马路平直，汽车飞驰，车窗外的视野十分开阔。稻田都犁过耙平了，蓄好了水，像一面面大小不等的镜子，反映着天光云色。路旁的村庄都很大，一色的青砖黑瓦，端肃静好。一头大水牛在土路上甩着尾巴悠然行走，后面的小牛犊一蹦一蹦地跟着，时而远，时而近。远处的山影晰然，一片片的松树、杉树皆高大挺拔，还有漫山遍野的油茶树，浓浓密密，滚滚滔滔……一切都是家乡的情景。

安顿下来，不久县里就召开了县人民代表大会，选举产生新一届的县政府领导班子。代表们对我应该并不了解，只知道是省里派来的，是作家，简历也很简洁，当过知青，做过工人，读过大学。但他们给予了我充分的信任，满票当选。唱票完结，我们新当选的八位正、副县长依次走上主席台，面对代表们站成一排。我听到台下的掌声猛然响起来，恍如做梦。

副县长们很快做了分工，让我协助侯副县长分管文化、教育、民政和计划生育。侯副县长也算是老相识了。早年他在安仁县委做宣传部长时，曾托人邀请我和另外两位青年作家去县里做过一次文学讲座，彼此印象不错。到任第二天的头一餐中饭，就是他手托两个饭盆，带我到食堂，自掏饭票给我打的饭。侯副县长很热情，陪我到分管的几个单位都走了走，又通知全县二十六个乡镇分管计划生育工作的副乡长来县里开了个座谈会。座谈会开了三天三晚，发言非常踊跃、生动、激烈，话里话外牢骚都很盛。我真切地知道了抓这项工作必须要有非常的胆魄和非常的手段。以我的稚嫩和仁厚，绝对是做不好的，那时，侯副县长已经得到通知，将要调往湘潭的一所大学担任宣传部长，只等我把情况熟悉后，就要接手过来。我想我是胜任不了这摊工作的。我那时头脑简单，冒冒失失地马上找了县委书记，坦率谈了我的想法。我不知道这是违反组织纪律的。没想到书记居然表示了理解，当即给县长打电话，建议调整分工，让我分管乡镇企业和政法。

县委书记姓李，是湖南师范学院1968年的毕业生。这是位很严肃、很有魄力、很有决断能力的书生型县委书记。身材颀长，面容清癯，双目有神，鼻准很高。他是改革开放以后提拔起来的干部，一步一步走上来，每个台阶干的都是正职——县委办主任、县长、县委书记。他见面时告诉我，他有一位大学同学跟我同名，也叫肖建国，不仅同班，而且同住一个寝室，关系很好。他还告诉我，读大学时他也爱好文学，很想当个作家，可是碰上了"文化大革命"，理想破灭了。大学毕业分到乡下教书，当班主任。一待十几年。很久以后我才知道，大学毕业时他其实是可以进机关的，可是他那时候和一位中学女同学好上了，对象家的成分不好，是地主出身。组织上让他选择，他没有多话，决然下乡报了到，并马上同对象结了婚。那时我对李书记已经有了很深的了解，以他的心性，我觉得他是能做得出来的。从此我对他益发敬重，成为很好的朋友。他常常在我们都没外出的时候，打了饭把我叫到他办公室，给我倒上一杯他老婆专为他泡的药酒，把盏对酌，慢慢细聊。直至他二十多年后去世前，我们一直有来往。

我是个毫无基层工作经验的人，一旦进入角色，才知道县里的工作原来是那样的繁杂、琐细、现实和沉重。应该要如何开展工作，我心里没有一点底。我坦率地同常务副县长谈了我的想法。他劝我完全不必有任何顾虑，说，工作就是要做起来，深入进去，自然会有成效，有经验。他让我先看一些资料和文件，把情况熟悉；又带我跑了几个乡镇，看了几个地方，开了几个座谈会，认识了一些人。我亲眼看到了他是怎样处理事情和解决问题的，学到很多东西。然后我就独立开展工作了。政府班子的同仁们对我很关照，那时县政府只有两部吉普车，照常例是保证县长和常务副县长用车，可是他们都跟办公室打了招呼，让我优先使用。

我很快忙碌起来了。我到县里工作，家属都还在长沙，属于人称的"半边户"，可以全身心地投入到工作中。我在散文《挂职副县长》中写道："我分管的工作，必须要经常往乡下跑。……那时候政策放开了，农村里有了活力，到处充满生机。每个乡都有建筑队，有小煤窑，一些养鸡专业户、冶炼专业户、种植专业户都起来了，好多地方都有了万元户。这些企业大小不等。大的一两百号人，小的三五人。企业多，头绪多，事情也多，忙不过来。……我去了砖厂。太阳底下，农民工挑着十六块砖坯上炉顶，我也一担挑起十六块砖坯，一步一步踩着木跳往上走。到了，放下竹筐，大气不喘。我去了造纸厂。这是利润最好的一家企业。厂长领着我们一行数人，一个车间一个车间看过去，最后到了锅炉房。锅炉房里好冷清，只有一个小师傅穿着厚厚的帆布工作服，正蜷坐在矮凳上打瞌睡。锅炉上头的气压表，指针已经快跌落到底线了。厂长吼了一声骂娘的话。小师傅一惊，挂着铁铲站起来，懵然不知所措。我过去接过铲子，挑开炉门，前弓后箭站好，铲煤，打进炉膛。铁铲进到炉子里的刹那，左手略一下压，再往回一带，煤粉就像扇面一样撒开来，撒在炉火上。过一会儿，再抄起铁棍插进炉膛，左撬撬，右撬撬，炉火一下旺起来。气压上去了。在场的人都鼓起掌来。我当过知青，在厂里是二级锅炉工，这些事情我都会。……我去看养猪场。我去得正是时候：杀猪。这里还是土法杀猪。猪场前头坪里，竖起两条长凳，长凳之间横了一根圆竹竿。两个人抬着猪，一个揪尾巴，捉后腿；一个揪耳朵，扶前腿。突然发力，嗨一声，将猪头朝下挂在竹竿的铁钩上。杀猪佬跨步上前，伸手掐住猪尾巴，使刀前先在猪的前腿膝弯处一砍，猪晕了，继之朝猪的喉咙上一刀捅进去，再猛地拔出。只见猪血喷溅而出，红了半边天。这真让人大开眼界。我又看了讨亲的全过程。看了起屋上梁。看了和泥垒灶。这让我对生活有了更实际细致的感受。以后写小说，在表达上更具实感。……我还去厂冶炼厂、电池厂、粉丝厂、农药厂、氮肥厂、碎石厂、酱油厂、小钨矿、小煤窑、水电站……一有时间，我就下乡。常常一天跑好几个厂子。以前每年也要下几次乡，看一些企业。但那时的身份是作家，走马观花，看过了也就看过了，合个影，说几句好话，偶尔也题个字什么的，吃喝一顿，走人。现在不同了。现在是副县长身份了。看了，听了汇报，还要说，还要解决问题。乡镇企业的问题总是很多的，其中最普遍、最头痛的是资金问题。因此我常常带着他们去找银行行长，找经委主任，找分管财贸的谢副县长。因为有我出面，开始他们都客客气气，多少给点关照。后来找的次数多了，他们也顶不住了，又不好明说，怕驳了我的面子，只好躲。这常常让我很无奈，很迷茫……"

我还写道："我分管的另一项工作是政法。这项工作实际是由县委肖副书记管着，我协助他。……肖副书记长我一辈。他曾经是我父亲的同事，我们两家打过邻居。小时候我是叫过他'肖叔叔'的。现在在异乡我又跟他共事,这真是一种缘分。肖副书记是从最基层一步一步干上来的。每个层面上,他都待了很长时间。他给人的感觉是,沉稳老到,作风干练,经验丰富,不苟言笑,再大的事情到了他这里,都能从容不迫,举重若轻。⋯⋯分管政法,我的主要精力在平息械斗上。我们那里地处湘南,民风强悍,刚勇好胜。自古以来,为争坟山,争庙宇,争田土,争路,争水,争矿,纠纷不断,结下宿怨。不少的地方,村与村,姓与姓,心存仇怨,经常发生械斗。那里矿产很多,煤矿(有的地方扒开田泥就是黑乎乎的煤炭)、铜矿、钨矿、锡矿、砒砂矿都有。矿产带来财富,也带来无穷的纠纷和麻烦。有很多时间,我就是带着公安局长、治安股长、乡长、乡干部和大批公安民警奔忙在矿区里⋯⋯"

在县里工作,经常会面临新的状况,完全意想不到。一天中午,我刚从乡下回到办公室,值班的小李跑来告诉我,湘阴乡的马家煤矿出大事故了。塌方,有四个工人被漏顶压在了空窟口里头。是头天晚上五六点钟出的事,第二天上午下一班工人去接班才发现。事故的消息报到县政府,出差在外的县长指示小李,让在家的副县长立即赶赴出事地点。其时的政府办公楼只有我一个副县长。我二话没说,转身下楼,跳上汽车,让司机掉头往湘阴乡赶。坐在车上,我才想到,我还从来没有处理过这样的事故,人命关天,我该怎么办呢?我是束手无策,脑子里一片空白,完全不知道该怎么办。开车的罗司机是个老司机,一直在县政府开车,经多见广,车出县城,他就对我说:"肖县长,你不要急。我以前也跟别的领导去处理过这种事情。出了这样大的事故，湘阴乡附近的国营煤矿肯定要派矿领导和抢救队去抢救的。他们是内行，有经验，你只要抓住他们，会有办法的。"一番话让我心里有了底。车到马家煤矿，乡长村主任等一干人接住我，果然，附近高亭煤司煤矿的谢副矿长带着救护队已经到了，还有其他三支救护队也赶了过来。我们几个简单商量几句，我就宣布成立抢救指挥部，由我担任指挥长，谢副矿长和乡长任副指挥长。谢副矿长指挥四支抢救队下煤窿掘进救人，乡长负责后勤供应和维持秩序。罗司机一直跟随在我旁边，见各项工作都安排妥帖了，就挨过来，小声说："我以前跟县里领导下来处理这种事故，都是安排一下，就回去了的，这里的事情让他们去处理。"他看我不懂，就又说："这种事情，里头的人救出来了就好，救不出来，你脱身都难得脱。"我终于明白他的好意。但是我没有走，我觉得我不能走。乡长让人搬来几条长凳，陪我在窿口前面坐了下来。一切安排妥帖，确实我们也是没有多少事了，挖掘的工作，有谢副矿长指挥，我们只需随时问问进度。到第二天下午两点四十分，被埋在地下四十多个小时的四个矿工都救了出来。被救出来的人停放在矿部的简易砖房里，打了针，灌了药。我进去挨个看了一遍。四个人都活得好好的，脸有瘀肿，但眼神灵活，气息调匀。这真是个奇迹。后来乡长告诉我，当地的村民说，这次是有县太爷在这里镇守，县太爷有皇印的，阳气大盛，阎王老子的讨命鬼拢不得边，才得以遇难呈祥，逢凶化吉。还说，村民要烧香敬我哩。乡长说得让我很感动，也很惭愧。如果不是罗司机在车上给我一番开导，我还不知道该怎么办哩。实在是他们首先应该感谢罗司机。

我在永兴工作了近两年，同那里的干部、群众应该是很"打成了一片"的，我们朝夕相处，我没有把自己当作"县太爷"，他们也都把我视作朋友、亲人。虽然工作十分繁忙（有时甚至很艰难），但我非常舒畅、自在。那时，县委、县政府在一个院子办公。院子很大，占了一个山包，人们习惯称"岭头"。"你这是往哪里去？""去岭头上，办点事。"人们习惯这样说。我住在岭头的宿舍房。下去一段路的山半腰，有一个篮球场，每天傍晚，都有一群中学生在球场上打散球。不下乡的时候，吃过晚饭，我就换了球鞋，只着背心短裤，小跑下去打球。学生们打球喜欢赤裸上身，我也扒掉背心，跟他们混在一起打半边场子，打得汗水流，难分彼此。那年国庆节举行全县篮球联赛，我也代表县政府队参加了比赛。开幕式那天，书记、县长和全体副县长都坐在主席台上，成为空前盛况。偶尔地，我也会忙里偷闲，约上业余作者，到他们的家乡走一走，住上一晚。一次去的是香梅乡。下了公共汽车，过一条河，又走了十几里山路，到了一个叫桂生的人家落脚。桂生很高兴，当即杀了鸡，又要去河里打鱼。我也跟随一起去了。我们坐在一条舴艋船上，顺流而下。桂生一网下去，就打上了一条鱼来。那鱼有巴掌大小，做个菜是足够了。谁知桂生把鱼抓在手里掂了掂，随手又扔回河里。我不解，便问："为什么又放了？"桂生不答。同行的小曹大笑说："那是条鳜鱼。"又说："他的名字里有个'桂'字，不吃鳜鱼的。"我明白过来，也跟着大笑。奇怪的是，此后几网，再没打上鱼来。桂生不甘心，索性跳下去，提了一条鲤鱼上来，中午好好地打了一餐牙祭。

那次我们还顺便看了一个村落。说是"村"，却只有六七户人家，竟是在半山腰的一个大溶洞里。几户人家就都住在溶洞里头，各依岩石的走势垒上石块，自成格局。也有窗户，但都没有顶。到了生火做饭时，柴烟就从敞开的"屋"顶上冒出去，在溶洞顶上黏附在一起，慢慢弥漫，然后从溶洞中央的一个"天眼"漏走了。我还是头一次看到如此奇特的村落，非常新奇。我们的到来也让他们十分新鲜，几乎全村的人都聚到了我们周围，翻坛倒柜，把过年才会拿出来的花生、瓜子、红薯干、炸豆腐……摆在我们面前，堆满一石桌。他们叽叽喳喳地争相用本地话诉说着什么，完全听不懂。但我真切地感受到了他们殷殷的情意和满心的欢喜。

第二年年初，地区组织部到县里召开全体科局级干部会，给领导投票。那天我没有到会。会后听说，我得到的信任票最高。我很不以为然。我不会比书记县长做的工作都多（差远了），我也不见得比其他副县长做得更出色（绝无可能）。我知道，这是他们对我的认可。

我是1986年8月离开永兴的。走之前，县长和副县长们每人凑了四块钱的份子，为我饯行。县长又派车，到长沙把妻子和女儿接去，在县里住了几天。书记还专门陪我去了一趟县城边上的观音岩。观音岩香客很多，香火很旺，烟雾把檩子、柱子都熏成了灰黑色。庙依山势而建，层层往上。上到四层，我叩拜了观音菩萨。烧了香，摇了签，然后，站在楼栏边，极目望着便江的汤汤流水，以及江水两边的村庄和田野，我感觉自己已经深入到了这块土地上。

饯行的晚餐上，我醉了。大醉。连从不喝酒的陈副县长和王副县长也都同我干了三杯。

离开永兴后，我又几次回到过那里。一次是黄克诚公园落成，县里邀请我回去观光。一次路过。一次是专程回去旧地重游。每次回去，对永兴的乡情就要加浓一分。那次路过，县里接到消息，专程派车到湘阴乡的县界边上迎接，给了我很高的礼遇。旧地重游时，去了板梁村。我在一次制止宗族械斗的工作中，曾几次去到板梁村，那里的民风和建筑给我留下深刻的印象。但如今的板梁村已经开辟成旅游景点了。既为景点，自然是要买票的，我站在售票窗口前面排队，匆匆过来的村主任一下把我拉走了。村主任说："你肖县长来这里还要买票？你是骂我们哩！"无须买票，还安排专人陪同，最后吃了饭才让走的。

此后几十年，长沙，广州，无论在什么地方，只要听到永兴口音，就像听到家乡口音一样亲切、悦耳，只想能帮上一把。那年刚到广州，忽然一天，楼下传达室打电话过来，说有老乡找我。赶紧下去，远远就看到一个十分单瘦的年轻人正局促不安地站在大门边上。年轻人自称是永兴人，来广州找工作，事情没有找到，盘缠却已用尽，回不去了。普通话里透出的永兴口音让我很快打消疑虑。我拿了五百块钱放他手里，一直送到大马路上。又一次，一位编辑跟我报告，手头有部书稿，属于可出可不出一类，内容尚可，但档次不高。作者是湖南永兴人，民办教师，生活十分贫寒，写作非常刻苦，编辑很同情他。我第一次动用了手中小小的权力，要编辑不必犹豫，就把选题直接报上来。出书后又让编辑给作者开了高稿费，以聊补家用……

就这样，我对远方那块土地上的人和事总怀着一种饱满的热情。我希望在自己有限的能力内帮到他们一点，喜欢听到他们带点糯的方言。

可我没有想到这种情愫会被利用，被亵渎。

这个人是跟着一位永兴的朋友认识我的。那时我刚到永兴不久，有天夜深，突然有人敲门。来客是位小年轻，头发蓬乱，腿脚略微有点不利索。他说，自己是位文学青年，读过我的作品，很高兴我能到县里挂职当县太爷。他有很深的自卑情绪，在我的楼下转悠了大半夜，最后还是冒昧地敲了门。他谈了他的一些经历。他的经历当然是坎坷的，让人十分同情。最后一再地希望——能多多关照。自此我们就算认识了，时有交往。后来我回到长沙，不久他也到省城闯荡。我一介书生，生意上的事情帮不上什么忙，只能在家里腾出一个房间，给他居住。有时家里做了好菜，小女儿就会过去叫他过来打牙祭，待如亲人。他为此十分感念。他的生意似乎做得总不太好，半辈子颠沛行走。但他到了广州，必专门给我电话。有时是他请我吃饭，有时是我请他喝酒。他的那位老乡兼朋友就是在一次喝酒时带来认识的。虽只一面之缘，但表现格外热情，几天后就给我电话，说是从永兴来了两位老乡（后来才知道并不是永兴老乡），很想见见老县长，要请吃饭。我再三婉拒，然终是却不过一番浓浓的乡情和有天那么高的盛情，到底去了。我甚至误以为他们有什么事需要帮忙。我万没有想到这会是一个以乡情的名义精心设下的骗局，轻易地就上当了。恍如做了一个梦。

梦醒过后，非常难过。——从来没有如此难过过。我不是心痛损失的那点钱财，是为人心的叵测难过。如今的社会是有点物欲横流，纷繁恶浊，但亲情、乡情毕竟还是人们心里最柔软最可信赖的一块。我们在亲情、乡情面前，往往是放松的、随意的，信任而大度，不会私存戒备之心。"亲不亲，故乡人"，这是全国流行的俗话；永兴人喜欢说，"再好再好是外地人，再丑再丑是家乡人"。但这种乡情是有底线的。如果乡情也可以利用起来施行诈骗，那么这个世界上还有什么是能够信任的呢？

这种行为对心灵的伤害是毁灭性的。

我不知道，以后还会不会相信陌生的故乡人。

包书皮

　　包书皮是在书的封面上另外再包上一层纸，是我们小时候很喜欢做的一件事情。

　　包书皮一般都在新学期学校开学的那天。那都是上午，母亲带着我们兄妹几个，走过县城那条曲曲弯弯的石板街道，去到学校的大操场上报到，缴学费，领回新课本。领回的课本会暂时摆放在家里的条桌上，谁也不许动，只等父亲回来包书皮。条桌很旧了，右上角用黄漆喷绘的"县公安局置"几个字都已经模糊不清。平时，我就趴在上头做作业。

　　包书皮是父亲的事。父亲总是很忙，一年到头都忙，常常下乡，常常要很晚才下班回家。二十世纪的五六十年代，县城里没有卡拉OK，没有发廊，没有洗脚屋，也没有饭局应酬一说，社会在这方面还比较素净，父亲忙的都是工作。只在我们开学这天，他能够准时回家赶到晚饭。他把包书皮看作一件大事。

　　吃过饭，母亲收走碗筷，父亲在饭桌上铺上一块旧布，就开始给我们包书皮了。包书的纸是他从单位上搜集来的废纸旧纸。纸分三类：一类是画报纸，一类是牛皮包装纸，还有一类是报纸。我们都喜欢画报纸包的书皮。画报纸硬衬、挺括、光洁，好看又经用。牛皮纸等而次之。报纸就又等而次之了。报纸黑麻麻的一块，在上面写的钢笔字都常常分辨不清，不小心滴上一滴水，便会污脏不堪。其实我们最喜欢的还是招贴画纸。招贴纸的背面没有任何涂抹，包出来的书洁白、顺滑，好看，好写字，握在手里特别熨帖。可惜招贴纸不常有，一年难遇。父亲包书皮的时候，我们就围在一旁看。我们都很兴奋，很新鲜，两眼亮晶晶。父亲戴上蓝布袖套，把剪刀扳直，把纸一张一张裁开，大小划一，双手抹平了，又一张一张摞在一起，用丁板压住。父亲平常很少管我们，只有在包书皮的那个晚上，他才会把积攒了很久的关爱、慈和，一总表现给我们。他一边把新课本在包书纸上比画摆弄，一边给我们讲他自己小时候读书的一些事情。父亲少时家贫，读书十分用功。后来考上了师范，成为村里一件大事，是靠全族人的捐助，才读完学业的。他师范毕业后，当过两年小学教员，到全国解放后才转行做了另外的工作。他对课本有一种特别的感情，包每一本书时都很细致，很用力，一丝不苟。他知道书的四角最容易卷曲破损。所以包书时会在四个角各折叠出一个倒三角形。这样子包好的书，自然很耐磨损。书皮上多出点花样，也好看很多。看到父亲包书时认真仔细的样子，让我从小就对书本生成一种庄严的敬畏感，懂得了要珍惜字纸。把书一本一本包完了，父亲从胸口袋上抽出钢笔，慢慢拧开笔套，抿一口气，在封面上写下几行字。字分三行，形成了格式，好多年不变。第一行顶格，小字，写的是"小学×年×级课本"；第二行是大字，按课本内容分别写上或语文或算术或自然或历史或音乐或劳动；最下一行则是我或弟弟妹妹的名字。父亲的字不算很好，但十分工整、端正，横平竖直，撇捺弯钩，一丝不苟。有时一笔不对，他会重新包过书皮，重新再写。多少年了，我一直记着父亲在课本封皮上写字时的神情。记着父亲写的字，告诫自己做人要正直端方。

从我上小学发蒙开始，父亲就每年两次给我把新课本包上书皮。后来妹妹上学了，再后来弟弟也上学了，三个人的课本集中起来有一大摞。父亲仍然很仔细地给我们把书一本一本包好，一包大半夜。有时包完课本，还剩得有纸，他就乘着余兴，把作业本也包上书皮。

父亲还给我的课外书籍也都包上了书皮。我还很小的时候，大概还刚上小学不久，还识不得几个字，就开始喜欢看课外书了。我把母亲给的零用钱，一分一分积攒起来，积到差不多了，就到新华书店去买一本书。父亲看到新书，一定会在当晚就给我包好书皮。很奇怪，父亲每次都能找到招贴画纸，紧扎地给我把书包好。那时候家里不富裕，也许半年几个月才能积够一本书的钱。我的课外书不多。我现在还能记得起来的几本书是：《苦菜花》《野火春风斗古城》《李有才板话》《中学生作文选》《中国民间故事选》《卓娅和舒拉的故事》。这些书在我的记忆中，一直是新崭崭的。

还记得的是，班上的同学也大多都是给课本包了书皮的。那时并没有谁号召，都是自觉地包了书皮的。上课第一天，同学们都会把包了书皮的新课本拿出来，互相展示。有一位女同学的父亲是县里的科长，生活境况比班里的同学都好，只有她的包书皮的纸是从商店花四分钱一张买来的白板纸裁成的，整齐、光洁、气派，老师经常表扬她的书包得漂亮。老师的表扬，常让我们这帮男同学不以为然。

我对包了书皮的课本十分爱惜，学期终了，揭去书皮，封面封底都还崭新如初。我把课本都整整齐齐地堆放在家里的小阁楼上。小学六年，中学三年，我的课本快有上百册了。每次我把用过的课本码放上去，心里就想：等我考上大学，我就要把这些课本打成包，封存起来。到退休以后再打开，留给我的子孙后代看。

可是"文化大革命"没有让我把这个理想延续下去。1968年底，我们这批"老三届"的中学生全部要下放到农村去接受再教育。命运让人非常伤心却又无法改变。我做了第一批上山下乡的知识青年。行前，我将几年的课本搬出来，一本一本揭下包书纸皮，填进灶火里烧了。各种带着折痕的包皮纸——画报纸的、牛皮纸的、报纸的、公告纸的——壅塞在灶膛上面，似乎迟疑了一瞬，然后就砰一声腾起大火。

母亲悄悄把课本送到了废品站。

我悄悄把十几本课外书保存下来了。

几十年过去了。几十年发生过了多少事情。现在，我也做着写书、编书、出书的行当，家里的图书挤满十几个大柜，连桌上、地上、窗台上，都堆了书，只是我再没有给书包过书皮了。

　　我周围的人也很少包书皮的了。

　　只在看到各式各样包装精美的糖果、茶酒、月饼、大米以及腊肉香肠的时候，我还会想起小时候包书皮时欢乐的情景，不禁怃然、嗒然。

忆苦餐

"忆苦餐"是二十世纪六七十年代常用的一个词汇。那时候的人们隔不久就要吃一顿忆苦餐。忆苦餐的食材当然极差，一般是野菜、树叶、糠糊糊。粗粝烂糙，难以下咽。忆苦的后面，还有另一层意思：思甜。忆苦主要是为了思甜。吃着盘中餐，忆起往昔之苦，思想当下日子的甜美，心里自然是要有很多感想感念的。忆苦餐常常让人感慨万端。

我吃过不少忆苦餐。

有一回，那应该是1970年年底了。长沙飘起了雨夹雪，小北风一吹，湿冷砭骨。

我们车间是在那天吃忆苦餐。全厂四个车间，我们后面是卷烟车间。厂子人多，每个车间轮着吃。一到下午四点钟，车间指导员就拉下了总电闸。各式机器，蒸烤机、抽梗机、切丝机、磨刀机……霎时停歇下来，有一阵寂静得耳膜发涨。灰尘迷蒙的车间上空，扯起了一条十分鲜艳的横幅，"忆苦思甜大会"。两边各是一条联语，一条是"不忘阶级苦"，另一条是"牢记血泪仇"。条横皆红底白字，笔力饱满，让人看了血脉贲张。

吃忆苦餐之前照例要开个忆苦大会。

会议的主持人是车间指导员。那时候的车间除了主任，还有指导员，生产班有班长，也还有学习组长。那是个政治挂帅的年代。指导员姓黄，是从旧社会过来的老工人。黄指导员的文化不高（那时候的老工人文化都不高，都是解放后参加"扫盲班"才摘掉文盲帽子的，略通文墨），念个报纸还念不大通顺，就只是对着麦克风大声地不断招呼："坐拢点！坐拢点！"

他叫也是白叫。车间不像会议室，一台台机器杵在那里，是挪动不了的，除了几个属于"二十一种人"的靠后面墙壁站立以外，我们都是散乱地坐着。烟包上、蒲凳上、踏板上、地上，都坐了人。有几个青工还跳到抽梗台上盘脚坐起，让大家看他们。

不过会场还是很快安静下来。指导员叫声"开场！"发言的人就按照排序，依次上台。

头一个上台诉苦的是蒸配班的老师傅。这确实是位最有资格诉苦的人。他已经在那个岗位上做了三十余年。旧社会是做这个事，新社会也是做这个事。每天就是把近两百斤的烟包扛上铁车子，再推进蒸汽罐里，卸下码齐。蒸汽罐里的温度至少都在摄氏一百度以上，人在里头能待上一分钟就算他有狠劲，所以每次装罐都像冲锋打仗，速进速出。坐一个班出来，人要蜕层皮。几十年蒸烤下来，他身上的水分早都蒸干了，只看到一张皱巴巴的皮子，紧绷在骨头上，缩得像粒枣核。我听着很感动，但我不明白他这是诉的什么苦。

接下来的发言似乎才对了路。那位抽梗班女师傅的控诉确实让人愤怒。抽梗，简言之，就是把烟叶上的梗子抽离出来。那是件简单劳动，只需左手抓住烟叶，右手拇指和食指控住烟梗一扯，就把梗子抽脱出来了。动作简单，可是时间长了，食指尖上免不了磨破出血（难怪抽梗班的女工们右手食指上都缠了一圈胶布，无论老少，无有例外）。手指破了，梗子上的烟叶自然抽不干净。女师傅脚下没有抽得干净的烟梗给工头发现了，当即叫她一根一根拣出来。工头把烟梗在手里揉作一团，叫女师傅当面吃下去。女师傅愤怒地说："那资本家恶哩！硬是好恶哩！我不肯吃，就顶起烟梗子对我嘴巴里筑，筑得我眼泪鼻涕一把流。"说着，眼泪水流下来了。

黄指导员挥手喊道："打倒万恶的旧社会！"

我们也跟着挥拳，喊："打倒万恶的旧社会！"

我觉得资本家着实可恨，该打倒。

轮到我们切丝班的易师傅发言了。易师傅在我们班里年纪最大，旧社会是做童工出身，在资本家的工厂里做事时间最长，可谓苦大仇深，最有发言权。可是易师傅没有文化，口又敞，组长怕她说话出格，就叫我帮她写了一份发言稿，到时候只需上台照念。

然而易师傅并没有照发言稿去念。也许她识字不多念不来，不喜欢回忆伤心往事。她照着发言稿只念了一句，就丢开去，仰起脑壳说："其实我这本经，老班子人都晓得，早年子我屋里兄弟姊妹多，养不活，所以，我九岁就出来进了一家烟厂，做童工。我们一起做事的年纪差不多大的细妹子好多个（切丝机后面忽然有人蹦出一句：那时候还穿开裆裤吧？）。开裆裤是没穿了，不过裤子是烂的，打出半边屁股的时候是有的。可惜那时候你没有出世，不然给你看到会拐场（会场大笑。黄指导员忙喝道：不要捣乱！）。那时候做童工，要讲不辛苦不遭罪是假的。资本家老板要赚钱，天天让我们加班。我年纪细，熬到十点十一点就熬不住了，我就邀起两个同伴，溜到厨房里偷家伙吃。那时候加班都有夜宵，有时候是面条，有时候是肉包子。有一回我们偷了肉包子正躲在门角弯里吃，给资本家进来撞见了。我吓得要死，鸡崽子一样发抖。一抖就把肉包子抖到地下去了。我怕挨罚，又心痛肉包子——包子里头好大一坨肉哩！没想到资本家并不是那样恶，捡起肉包子递还我，还问我们够不够，不够就再去拿一个吃……"

大家都哄地一下笑起来。抽梗台上的几个年轻人把桌面拍得啪啪乱响。

黄指导员挥起胳膊喊道："打倒万恶的旧社会！"

我们笑着，也喊："打倒万恶的旧社会！"

黄指导员又喊："打倒万恶的旧社会！"

我们更大声地喊："打倒万恶的旧社会！"

散会了。车间门口已经摆下了一对大木桶、两只大笸箩。木桶里装了米糠熬麦麸皮，笸箩里是萝卜菜粑粑。热气腾腾的，似乎有股淡淡的香。我夹着饭盆，排在队伍后头慢慢地往前头挨。我有点不明白的是，易师傅她们连夜宵都是肉包子，我们怎么是吃萝卜菜粑粑呢？

　　黄指导员带几个人守在门口，宣布每个人都要把忆苦餐吃掉才能出门。几个人都在左臂上拿一只红袖章套上，陡生一种肃杀之气。

　　我把领到的东西硬吃完了。萝卜菜粑粑略带苦味，但有种清香，糠稀饭则有点难以下喉。

占小便宜

占小便宜的意思一般人都懂。

那天坐上高铁往长沙去，忽然想起往昔一些占小便宜的所见所闻，一个人就噗的一声笑出了声来。

我当过一回知青。我下放的时候是插队落户，跟农民混住在一起，每天在生产队出集体工。出集体工其实是件快活好玩的事情。男男女女，一堆人聚在一起，再重的活也不怎么觉得累。挖山。一排人从山下一起开挖，只见镢头起起落落，泥土就在脚下飞扬起来。插秧。弯腰曲背，左手分秧，右手插，只一阵工夫，眼前就有一片绿意铺展开来了。踩田。挂根棍子在秧行间左右探踩，同时就有山歌号子和马头哨尖厉地飞上高空。最欢喜的是收割季节，我们一行人挑着稻谷，扁担一闪一闪，踩着夕阳的余晖，送到队里的仓库去。这时，占小便宜的各种伎俩就开始充分施展起来了。他们的手法真是让人大开眼界。在箩筐底下残留一些稻谷那算是低级的，而且也不太容易得逞，因为生产队副队长就跟随在后头，待所有的谷箩一进仓库，他就坐在门口卷喇叭筒抽烟，一边抽一边喊："翻转箩筐，多敲几敲。——还多敲几敲！"听到队长如此吆喝，谁也不好意思不把箩筐倒扣过地上做做样子，区别只是有的下手重些，有的却只轻轻一拍，还有的，连拍都懒得拍。我们用的都是竹箩，篾缝时夹住的谷粒不敲拍是不会蹦出来的，回到家里仔细搜刮一下半斤一斤谷子就出来了。还有身上也是藏纳谷子的无底洞。鞋子自不用说。两只卷高的裤脚作用也很大。还有布帕。我们那里的农民出门都要随时带条布帕。布帕宽有六寸，长可三四尺，棉纱织就，柔韧密实。平时系扎在腰上。热时揩汗，雨时可挡雨，临时可挽作布袋，危急时刻还可挥舞起来做武器（打湿了水的布帕是件收放自如凶悍无比的软兵器），而到了稻谷入仓库时又可成十分就手的作案工具，斤八谷子掖在四围腰上，还一点不显形。这样藏着卷着掖着的人（还挑一担藏着夹着掖着的空箩筐），走路难免滑稽不自在，可是很奇怪，跨过石门槛路经副队长身边时，居然没有被发觉。副队长自顾吧嗒着喇叭筒烟，眼睛一眯起，把一头一脸都罩在浓稠的雾里头。他完全清白谁的身上有名堂，可是他不去点破。副队长做事非常勤快落力，声音很凶，心地却很绵软。他快四十岁了还没有讨到老婆，是脸上的一处残疾害了他的姻缘。我想，他不去点破那些占小便宜的人，大约是怕给人骂出难听的话吧。

据说一个季节下来，那些会搞又敢搞的人，日积月累，集腋成裘，也能搞出大几十斤稻谷。他们好歹可以吃几餐饱饭了。

后来我到了卷烟厂做工人。卷烟厂真是个烟的世界。那时候，烟厂的厂房十分破旧逼仄，车间里和过道上到处堆满了残次烟。或许有人会问了：何谓残次烟？这是烟厂的一个术语。准确点，应该分开说，残烟和次烟。残烟也许应该说作长烟。原因是卷烟机上面的烟支是边卷边切的，卷烟的速度很快，一分钟可以出列一千支，嗖嗖嗖，像射箭一般。如果刀片一出毛病，烟卷没有切断就一长条地吐出来了。这就成了所谓的残（长）烟。凡是破损或切口不齐的，即为次烟。残次烟当然不会报废。有一群老太太就是专门坐着给那些烟开膛破肚，碎纸清掉，烟丝重新回炉。那时候厂里的潜规则是，此类烟支，自己吸可以，但不能带出厂门（所以一天到晚有人烟不空嘴）。那时候厂里还有另一个潜规则，吸烟的人，到厂里去抓点散烟，是没有人干涉的，机主不会管，领导不会管。所以又有很多人随身都带有铁皮烟盒（有的是买的，大多是自制的。一个盒子，刚好装下二十支烟）。每天上班，带着空盒子进厂，下班时装满一铁盒烟出门。大摇大摆，堂而皇之。

但总有人不满足于这点收获，总琢磨另外多占点便宜。他们的理论依据是：靠山吃山。

有些人的做法类似乡下农民的夹带谷子。口袋里兜点（这些人衣服裤子上的口袋都特别多，连内裤上都有小口袋），帽子下头藏点，换洗衣服里头夹点，饭盒夹层里装点，单车龙头的管子里塞点（那好像不是一点了）。还有的干脆把长烟贴身缠在腰上，左几圈右几圈，外面再套件毛线衣箍住，神不知，鬼不察，大摇大摆地走出厂门。回到家里再拿刀片截成一支一支，包装成盒，亲戚朋友就都有烟抽了。

还有更离谱的。我们那时候生产区同家属区是分开的，工人洗澡，打开水打热水，都要到生产区去。那时候洗澡都时兴带个铁皮桶，毛巾、肥皂盒、梳子、换洗衣服，行不郎当都放在桶子里一桶提了。有人就把散烟铺在桶底下，盖一条干毛巾，再把湿衣服花短裤堆在上头，提着就出厂门了。出门时还大方地跟门卫开几句荤玩笑，嬉笑一阵，扬长而去。有一次一位女师傅提了四个热水瓶出门，其中两瓶是开水，另外两瓶里头却装满散烟。她很背时，给门卫查到了。我一看，这位女师傅在厂里也算个人物，平时做事风风火火，歌也唱得好，谁知竟也会做下这等勾当，不禁讶然。

我在烟厂做了八年工人，却一直不会抽烟，也不知是不是吃亏了。

无论谷子，无论散烟，我暗地里却不得不叹服那些人的聪明才智。

这些自然是几十年前的旧事了，上不得台面的。如今的世道已经都变了。田地都归了农民，自己种，自己收，种了就都是自己的。烟厂的设备早已更新，都是自动化了，从烟叶进去，到香烟成箱出来，一条龙生产，都在密封中操作，外面看不到一支烟，连烟丝、纸屑，都找不到一点。没有了现场，那些"情况"自然就消失了。还有，更重要的是，如今的政策也好了，人们的聪明才智可以往很多方面发展，只要肯努力，多少都能赚到钱，没有必要为一点小便宜再去挖空心思了。

这大约便是写下这篇文字的一点小小心愿。

辑二

选题会

　　选题会是我们出版界常用的一个术语。准确完整的说法应该是：某某年度选题论证会。"选题"亦为术语。《辞海》释云："图书出版社机构在一定时期内组稿、编辑计划。"既为计划，循常例自然少不得开会讨论，遂有"选题会"。

　　选题会都是在年底时候召开。

　　选题会要拉出去。我们一般都是在广州市以外、广东省境内，找一处宾馆住下来。环境好一点，设施好一点，伙食好一点，晚上还要有个打牌唱歌的去处。开个两天、三天、四天不等。

　　这种会，就这种开法，当然是可以的，无可厚非，但同样花钱，是不是可以让会议开得更丰富多彩一些呢？ 10年前，我突发奇想，心生一念，何不把选题会拉到省外去开呢？我首先想到离广东最近的湖南境内的南岳衡山。触发这个念头的原因是，当年衡山的负责人乃是我的一位朋友。

　　这位朋友很给面子，让我们在山上花很少的钱（每人每天连住带吃只需30元钱——是30块钱哪），可是住得很好，吃得很好，玩得也十分开心畅快。

有了第一次，自然就有第二次、第三次……以后每年的选题会，我们都选在省外去开。山水怡人，山水诱人。这些人久居闹市，一进入大山大岭中，个个都变得单纯起来，真实起来，甚至放纵起来。

在衡山，我们住在半山亭的宾馆。偌大一个园子，就住了我们参加选题会的几十号人。白天，登山、逛大庙、拜菩萨、抽签；晚上，开过了会，却都余兴未尽，有人提议再来一场舞会。还别出心裁地建议，舞会不去舞厅，就在门口的停车坪上。于是，大家一齐动手，搬桌子，搬椅子，在水泥坪上围成一圈。有人还把彩灯接出来，在电线杆上、绿化树上缠了几圈。很快地，彩灯亮起来了，录音机里的音乐也缠缠绵绵地响起来了，竟很有点舞会的气氛。大家相邀着一对一对地下场了。慢三、慢四……后来还有快三、伦巴。我突然发现，这些平时办公室里温文尔雅、客客气气的同事们，跳起舞来却专业得很。前进，后退，回旋，俯仰……节奏准确，脚步清楚。也缠绵，也轻盈，也奔放。

一曲终了，旁观席上莫少云忽然高声说道："哪位女士要能把小谢拉下场，我奖励50块钱。"小谢是社长助理谢日新，生性腼腆，平时跟女士说句话都脸红的。听到这话，好多人都笑了，都说："不可能，打死他都不会下场的！"可是我们都错了。小谢一下站起来走前一步，说："来吧，哪位女士请我跳舞？"立即就有一女编辑走上前去。小谢伸出手，一手搭在对方腰上，一手抓住对方的手掌。音乐响了，女编辑小声地导着舞："一、二、三……"小谢僵直地推着女士往前、往前，一直走到场子中间去了。我们远远看着，不禁目瞪口呆。

最使人目瞪口呆的是在张家界。那一年我们到达张家界的时候，天已近晚。为了让大家有更多的时间领略张家界的风光，我们把会议安排在了晚上。旅途劳顿，何以解乏？唯有杜康。吃晚饭时上了白酒。那一天，不分男女每人面前都摆上了白酒杯。酒过三巡，个个脸上都放起光来。这时，一位女编辑走到我旁边，双手举杯，清清脆脆地说道："社长，我敬你一杯酒！"女士敬酒，岂能不喝？我忙起身，一举杯，一仰脖，一杯酒就下去了。干干脆脆，潇潇洒洒。谁知这竟是一个可怕的开头。接着第二位女士就靠到我面前来了。而我的杯子眨眼间就被人倒满了酒。这自然也是来敬酒的，我自然也只能一饮而尽。然后，一群女士涌了过来，个个手里捧着一杯酒。都是女同事，都是敬酒，跟谁都不能不喝。我只好一杯接着一杯地喝下去。喝到后面，竟越来越畅快。不知什么时候，几桌的人都站起来了，看我喝一杯，就齐声报个数："十五杯。""十六杯。""十七杯。"喝到第十八杯，我猛然醒悟过来，忙拱手大声说道："你们搞错了对象。今晚上不是我主持会议，是罗社长主持啊！"

所有的女士都"啊——"一声叫起来，顿时泄了气。原来她们密谋，在酒桌上把我放倒，晚上就不必开会，大家可以尽情去玩了。

晚上的会议照常举行。散了会，我才感到酒意涌上来，汹涌不可抵挡。回到房间刚躺下，就有人敲门叫我去消夜。出了宾馆门，沿着碎石铺就的甬道，高一脚低一脚往前走。此时月上中天，山影幢幢，古树萧然，极为幽静。正低头行走，猛然听到一阵哈哈的笑声。抬头看时，只见路旁石阶上坐了一排黑影，每人手里一支烟，吞云吐雾。烟头在夜色中明明灭灭。再一细看，一排黑影全是社里的女士。她们一律地将左手曲在左肩旁，食指和中指夹着烟，还跷起一只兰花指。我大惊，问道："你们在这里干什么？"她们说："等你啊！"说完就哈哈笑得东倒西歪。

她们是在等我。晚上有人请她们吃夜宵，她们叫我去作陪。请客的是《花城》杂志的田瑛。田瑛是湘西土家人，大家来到了他的地头上，一路上早就闹着要他请客。我是从不消夜的，但碰上如此良辰美景，当然很高兴。

田瑛很诚心。他早早在山脚下的土家菜馆订好了菜。为了让大家吃得有风味，他让老板把桌子凳子都搬到外面土坪里。坪是山地，极不平整。土家人坐惯了的方凳都是没有靠背的，外地人没有经验，坐上去一歪说不定就会摔跤。田瑛怕女士们出洋相，就在凳子下面垫上石块。二十多张凳子，他一张一张地坐上去，试一试。有不稳当的，他就再垫石块。田瑛很胖，很肥实，每次弯腰下去垫石块都十分吃力。可是他干得十分愉快，看不出田瑛平常大大咧咧的，却有着这等贾宝玉的情怀。那天田瑛的客请得很值，花100块钱，让我们这一大群人喝了酒（又喝酒），吃了很多东西：吃了土鸡，吃了土匪鸭，吃了野菌子，吃了笋干，吃了野猪肉。几大钵菜，一扫而光。我真是很惊讶，这些大都市的女白领，怎么到了这荒郊野地，胃口一下就这么好了！

吃完消夜，已是半夜三点。在座的却毫无睡意，个个精神倍增。有人乘兴提出：我们等不及天亮了，现在就去爬黄石寨。说完，都不作声，等我表态。出来开会前，我们宣布过几条纪律，其中一条是不得擅自离开队伍单独行动。可是在这种情景下，我能扫大家的兴么？纪律是人定的，人是活的，今天先违纪，明天再检讨吧。我答应一起上山。

那天的夜里爬黄石寨却最终没有成。我们没有想到山下入口处设有铁栅栏，铁栅栏后面还有保安把关。满腔兴致，无功而返，心中躁躁的，终是遗憾。

这个遗憾，几年后才得到补偿。

那次我们的选题会是在湖南的通道召开。这是湖南、贵州、广西三省交界地，也是侗族聚居的地方。这里交通不太便利，所以少数民族的风情保留得还比较完整。我们开会的寨子，家家户户住的都是木质结构的吊脚楼，都很高大，很宽敞，底层堆物，楼上住人，通风、清爽。寨子旁边，还保留了一段古栈道，据说当年红军长征就从这段古栈道经过。我们爬上去看过，路旁凉亭的墙壁上，还有红军当年留下的标语，可以想象到昔日的风霜。我们站在烧了燎燎大火的火塘旁边，听到了很多有关侗族的传说和故事，有的听过了，转身就忘了。只有一个"坐妹"的风俗，大家都记住了，至今未忘。说是哪家有女未嫁，男人都可以去"坐"——坐是当地语，有谈、恋、拉扯、勾搭的意思。坐妹当然是在晚上。去坐妹的男人不能走大门，得架梯子从窗户上爬进去。进得了房里，就坐在火塘边上，同妹子还有妹子的父母喝茶，说白话。说到一定时候，双方都有情意了，眉目间和言谈间都有那么点意思了，做长辈的就会知趣地起身告退，回自己的房间困觉去了。或问：外地人可以坐妹吗？答曰：可以。又或问：结了婚的女子家里可以去坐吗？答曰：如果男人不在家，也可以的。原来坐妹的意思类似于广州人说的"抠女"，只不过山里人用词比城里人含蓄。这种风俗，自是浪漫，也很刺激的。我的几位男同事，当时就两眼放光，一副摩拳擦掌蠢蠢欲动的样子。至夜，我们同当地组织起来的姑娘后生们斗了酒（是大碗喝酒哇），斗了歌（我们以革命歌曲斗他们的山歌情歌）。回到住地，已是半夜过后。我突然发现我们的人少了很多。这么晚，寨子里没有任何娱乐场所，也没有消夜的地方，连路灯都没有一盏，这些人能到哪里去呢？我想了想，明白了。我拉上一位副社长，出门去，看到一个吊脚楼里有灯光，胡乱就推门闯了进去。果然，火塘边坐了侗家妹子、妹子的父母。我的那些同事们学着当地人的样子，伸开两只手掌烤着火，聊天，等着喝鸡汤（他们花30块钱跟主人买只土鸡，上了）。既然碰上了，我们也不好再退出去，挤着坐下来，跟侗家妹子扯白话。这妹子梳两条短辫子，嘴唇很厚，微翘。她在演出队跳过集体舞，知道很多事情，谈吐不俗。

那天晚上的土鸡汤，真鲜。

晨起，凭栏闲眺，发现每栋吊脚楼临街处都有一个窗户。窗户很大，离地不算高，很容易攀爬的。

选题会的主旨，当然是讨论选题。在社里每年也要开很多次这种那种会。每次开会，迟到、早退、中途退场、说悄悄话、接听手机、看书稿清样……每每使主持人很伤脑筋。但选题会上，这些毛病都没有了。大家都很珍惜时间，都大胆了，率性了，无所顾忌了。说话也机智了，锋利了，激情四射。有一次，讨论王小波的"时代三部曲"。会上渐成两派：赞成派和反对派。两派都很坚持，各执一词，互不相让。后来有人说：要不让社长拍板吧。再争下去就耽误下午的爬山了。可是，我并没有看过这几部书稿，怎么好拍板呢？我说：下午大家去爬山，我留在家里看稿。等我看了稿子，再定。晚上，我把稿子大致看完了，也决定了：用！

选题会归来，每个人都是大包小包的，提着，背着，拖着，满载而归的样子。这么多次选题会，我们从外地带回了多少东西：腊鱼、腊肉、腊肠、腊鸭脖子，干豆角、干茄子、干蕨菜、干萝卜丝，灯芯糕、绿豆糕，云雾茶、三花酒……这些人到了外地，购买的欲望突然十分强烈。见了板栗，一问价，"哇，这么便宜！来五斤。"见了荸荠，一看标价，"哇，这么便宜！买10斤。"每过之处，这些人把物价抬高几倍，让小商小贩们窃喜。其实他们买回来这么多东西，有的并不喜欢，有的还不知道怎么吃。只是一人买，大家买。有一年从岳阳的君山回来，很多人都买了金钱龟。在火车上，每个人的金钱龟都拿出来，集中在一个下铺展览，比试。不知怎么的，看着看着就少了一只。于是发动全车厢的人一起排查。后来当然找到了。那只金钱龟缩在最后一个卧铺下面的角落里，瑟瑟发抖。

选题会能够带给我们这么多快乐，这是当初没有预想得到的。难怪不少的人对选题会，有了类似于孩童时代盼过年的感觉。一进入九月，离选题会的时间还早呢，很多人就开始打听今年到哪里开会，就有人主动地上网查找资料，跟社领导提议。离到出发前一天，还有人兴奋得睡不好，甚至误事的。《花城》杂志的小申堪称典型。我们那次乘车的地点是广州火车站，她家就住火车站附近，很早起床，竟一车坐到火车东站去了。等她发觉时，离开车时间只有20分钟了。我们用手机叫她："赶快打摩托车过来！"她没有多想，奔出东站，一招手，一部摩托嗖地滑了过来。摩托车司机遇到这类事情多矣，一看神情，还会不明白么？一抬下巴说"50块钱，上车"。小申当然不会还价了，一跨腿唰地就上了车。小申也真是玩命了，她就那样坐在摩托车后面，一手扶着高高的红色的拖箱，一手揪住摩托车司机的衣襟，任凭摩托车穿街过巷掠地狂飞。从东到西，平常至少要40分钟的车程，只用11分钟就到了。摩托车在火车站广场一停，三名拉客仔围上来，又是开价50块，保证5分钟内送到火车上。于是，一人扛着旅行箱，两人架住小申，经广场，过车站，穿隧道，一路狂奔。小申出现在月台上的时候，我们几十个员工排队等在车厢门口，接住她，像迎接英雄归来一样簇拥上车。车开了，小申一脸煞白，好半天才缓过气来。缓过来了，第一句话就说："要是赶不上车，我马上去机场。"然后就在卧铺车厢里挨着单元走过去，急喘喘地不厌其烦地反复描述这次生死时速的经历。我们觉得她一下絮叨得成了祥林嫂。等她每次一开口，我们就一齐大声说："真的，我真傻……"然后齐声大笑。一段插曲，让大家快活了一个晚上。

　　每次选题会，我们总会邀请相关的领导参加。最近这次会在黄山召开，出版集团的黄董和王总也去了。两位主要领导参加会，大家都很高兴。副社长小谢是会议主持人，开会伊始，他拟出了一道下联，道是："黄董上黄山，皇（黄）上皇（黄），须知此董乐山。"小谢宣布，他准备了一千块钱，广征上联。

　　那几天的会议，于是就有了一个潜主题：对上联。很多人都动了心思，也动了脑筋，各展才情。每天都有拟就的上联源源奉上，可惜，都让小谢笑眯眯地否决了。

　　十年前，有人悬金50让小谢下场跳舞，小谢一蹴而就。十年后，小谢悬金一千让对上联，却至今无人领受，真让我们蒙羞。

也说说王蒙

因为工作的缘故，重读《王蒙自传》第二部，感觉老先生确实机智过人。那真是一部长篇，文字滔滔，语含机锋，容量很大。好读，耐琢磨。

在二十世纪的80年代，我曾与王蒙有过几面之缘。第一次是80年代初，我到南京参加"青春"文学奖的颁奖大会。一天，王蒙到会场来座谈。王蒙自然是作为嘉宾出席会议的。推算起来，那时候他还在北京市文联做专业作家，并没有太显赫的职务。但他已经发表了《布礼》《悠悠寸草心》《风筝飘带》《蝴蝶》《春之声》等作品，在文坛声名鹊起，红得耀眼。所以，对于他的到来，我们都很高兴，都希望听他说一点文学创作的真经。但也有人是抱了一种"看险"的心态的。想想看，那时候思想解放开始不久，一下子冒出了多少作家。积聚多年，一朝出手，那锋头是惊骇的。老年的，中年的，青年的，群雄并起，流派纷争，谁也难买谁的账。那次"青春"颁奖会，去的是全国各地在文学上刚冒头的青年俊杰，一个个自命不凡，老子天下第一，把谁都没有放在眼里。王蒙如果要讲话，不好讲。然而，既已到会，不讲点什么是放不过他的。他于是就讲了。他讲的内容，概与文学无关。大概是说他到南京，看了中山陵，看了夫子庙，看了秦淮河，好啊！真好！末后竟说到这间会议室，如果窗户高一点，再开大一点，天花板颜色浅一点，会更明亮，更好。王蒙操一口北京话，东拉西扯，说得很随意，但很有味道，很有感染力，说得个个张开嘴巴大笑不止。在散会的路上，我跟朋友说："这个王蒙了不得，以后会做大官。"

后来我又听过王蒙的两次讲课。一次是第七期中国作协文学讲习所，另外一次是北京大学首届作家班。第一次听王蒙讲课是1982年3月18日，那时候他已经担任《人民文学》主编。我们那期文讲所的学员，皆是各省推荐上来的文坛实权派，大多在省作协和文学刊物上担任了职务。那次王蒙讲课把他的语言能力真是发挥到了极致。口若悬河，一泻而下，激情四溅，宏论滔滔。他列举了自1978年来在文坛引起反响的几乎所有作品，谈到了正陆续引进的外国文学流派，也谈了自己的见解，条分缕析，有赞有弹，无所顾忌。我找出当年的课堂笔记，逐页翻看。两年学习，听了不下一百堂课，讲课的人都是著名作家、批评家、音乐家、学者、教授、翻译家，也有高官（比如国家经济改革委员会主任，比如国家计委计划室主任），只有王蒙的这堂课，我记录得最多，最详细。我把他的很多原话都记下来了。然而，再看时过五年的第二次听王蒙讲课的课堂笔记时，却只有寥寥几行。那时候，王蒙正在国家文化部长的位置上，大约讲的多是官话、套话，懒得听，不记也罢。

　　《王蒙自传》第二部，表现的是20世纪70年代末至80年代末的生活，从我在这10年间跟王蒙的几面之缘，大致能揣摸到一点他这期间的行为轨迹。所谓草蛇灰线，是有道理的。《王蒙自传》第二部有45万字，由于他的特殊身份，他经历的是那么多，知道的是那么多，记得的是那么多，写下的那么多，这真是不可思议的事。他自己说在开始酝酿写作自传时，就定下一个基调，一定要坚持四个真实，那就是：自省的真实，过硬的真实，全面的真实，深刻的真实。这个要求当然是很高的。作品出来，读之者众，难免见仁见智，说什么的都有，这很正常。前几天看到报上一篇文章，愤怒地指责王蒙是"市侩的混世哲学"，不免生出一点感慨（年过50岁的人了，只能偶尔生点感慨了）。读过《王蒙自传》第一部和第二部，我会想起那句经典名言：人是一切社会关系的总和。王蒙已经活到了73岁，苦也苦过，风光也风光过，委屈也委屈过，经的见的太多了，到老了要把一辈子经历写下来，而且对自己定下要坚持四个真实的标高，这已经很不容易。他在回顾往事时，不免会想起当时的一些人，想起当时的一些情景，应该会有很多感触。他已经活了大半辈子，现在生活安定，诸事无求，应该可以真实地把自己的经历记述下来了。他自己也明白这东西不好写，不能写，写了惹麻烦。但他下了决心要接受这个挑战。他说："我要用更高的境界、更真诚的态度写出真相！"

　　这种写作的态度是值得推崇的。

关于《王蒙自传》

一

2005年秋天，我同田瑛到山东出差，事毕，我们在济南住下，买了机票准备第二天回广州。那天晚上下了几滴小雨，风声萧瑟，很凉爽。我们两个在宾馆的回廊上夜游散步，田瑛忽然很兴奋很神秘很小声地告诉我，他刚刚得到一个讯息，王蒙正在写作《王蒙自传》，稿子写了有一半了。已经有几家出版社在联系王蒙。田瑛说我们也参与竞争。当晚我们为这件事情聊了很久。次日一早，我们打车到机场，改了机票，转道北京，在王蒙先生家的附近找个便宜宾馆住下，一个电话打过去，随即就到了他家门口，让他们夫妇两个都吃了一惊。

我们跟王蒙先生是老朋友了。于公于私，都多有交往。早在二十世纪的八十年代初，王蒙先生就在《花城》杂志发表作品。花城出版社率先推出"潮汐文丛"时，就出版了王蒙先生的创新小说集《夜的眼及其他》。他曾经给田瑛的短篇小说集《大太阳》作序，给田瑛的写作才华做了很高评价。我到鲁院学习、到南京参加"青春"笔会，都听过王蒙先生的讲课，有很多接触。我们坐在一起时总有很多话题。那天我们聊了很久，聊了整整一个上午。聊他的作品。聊他的《自传》。聊当下的社会上发生的一些事情。聊过往的文坛旧事。王蒙先生谈到他几次去广州，住东方宾馆，吃海鲜，吃卤水拼盘，喝8块钱一杯的咖啡，令他很是心惊神往。他还说到珠江边上的艇仔粥，说到最早的深圳"选美风波"，不时拊掌大笑。他表现了对广东的一种特殊的感情。

第二天吃过早点，我们再次登门。这次我们不把话题扯散了，紧迫着《王蒙自传》跟他聊。王蒙先生觉得我们对他的作品、对他的人生经历理解得很到位。此前已经有好几拨出版社的人找过他，有编辑，有社长，有总编，也有很活跃的民营工作室的老板，也聊过很长时间，愿望十分迫切，但都不及同我们聊得这么投契，这么实在。他一口就答应了把《王蒙自传》交由花城出版社出版。此前我们已经让社里将合同传真给了我们，打印好装在包里的。于是立即拿出来，当面填上各项条款，签字，定妥。

在诸项条款中，备受关注的是稿酬问题。很快地就有媒体报道称：广东花城出版社花200万元买下《王蒙自传》版权。这种说法不准确。事实是，我们出版社预付了200万元稿费。当时王蒙先生在北京郊区买下一套房子，缺口还有200余万元。作为一位创作过大量优秀作品且担任过国家文化部长的老作家，举平生积蓄却还买不起一套房子，我们听了十分伤感。我们觉得应该想办法让他圆了这个心愿。我们在签约的时候，王蒙先生手举签字笔，却迟迟不落下，反复说明，这个稿酬只是预付,到最后视书的销售情况按合同结算。如果达不到,他一定退还。后来有媒体采访他时,他亦做了解答,说得很明白。

返回广州,我立即召集社委会,专题研究这件事情。此前我已经分别给几位副社长打过电话,通过气,征求过意见。毕竟一下要预付200万元稿费,这在国内的出版社还没有过,必须要慎重、周到。大家都觉得要抓住这个机会,很同意,很支持。随即我整理好一份详尽的资料,向我们的上级、省出版集团的领导汇报了这件事情。上级领导也很支持,当即表态,指示我们一定要抓住这个稿子,并答应由集团先借给我们200万元汇过去(不知为什么,事情后来稍稍有了点改变,改为由集团向银行担保,我们贷款200万元,而三年的贷款利息则是由集团支付——这当然也很好)。

王蒙先生的《自传》最早是计划写两部。可是一写开来,才发现自己经历的事情太多太丰富了,想说的话太多了。滚滚滔滔,奔涌而出。后来于是改成了三部。

王蒙先生的《自传》是从2005年夏天开始动笔的,计划一年写一部,到2008年北京奥运会之前,要将三部《王蒙自传》出齐,算是向北京奥运献礼。少共出身的老作家,内心深处总有着一种政治情结。

《王蒙自传》出版的消息很快在发行界传播开,这给几近疲软的图书发行业打了一针强心剂。北京共和联动图书出版公司的张小波专程到广州同我们联系,要求联手发行《王蒙自传》第一部。回去即把设想好的封面书腰上的两句广告词传给我们：一个人的"国家日记"，一个国家的"个人机密"。他的诚意和智慧令我们感动。很快地，北京、沈阳、乌鲁木齐、广州等大城市的图书公司就派人联系，并提前预交了定金。这种现象，在二十世纪九十年代很多，可是进入二十一世纪就几乎绝迹了。这让我们也感到了一种兴奋。

王蒙先生开始写作《自传》时，已是73岁高龄。虽然他早已退休，可是社会活动很多，十分忙碌。他有一多半时间是在国内国外各地奔走。他还是只能利用业余时间写作。

我们每年都至少要去看望王蒙先生一次。有时北京，有时北戴河，有时深圳。聊聊天，吃吃饭，有一次还下海游了泳。我们主要还是看看王蒙先生的书稿写得怎么样了，多少带点催稿的意味。

王蒙先生是个极聪明的人，他还会看不出我们的意思吗？其实，我们的担心和催促都是多余的。不论到哪里，他都随身带着电脑，到了地方一住下来，接上电源，打开电脑，略一凝神，几十年的岁月就在手指头下倾泻出来。

王蒙先生每年都提前交了稿。

我们也以最快的速度和最好的质量把书出版了。2006年，2007年，每年一本，2008年，都在春夏之交，伴随着万木争荣的时节问世。

因为王蒙先生特殊的经历和特殊的地位，每卷《王蒙自传》的出版，都在文学界和文化界掀起了一阵阵波澜，给那几年相对沉闷的出版界激起不小的喧哗。

二

《王蒙自传》一共三卷，每卷都有一个副标题。第一卷是《王蒙自传·半生多事》；第二卷是《王蒙自传·大块文章》；第三卷是《王蒙自传·九命七羊》。王蒙先生专门就"九命七羊"用作书名给我们做过说明。王蒙先生说："'九命'，是因为中国各民族、世界各国都有类似猫狗有九条命的说法，说明这些动物的适应生存能力比较强。我属狗。开个玩笑——我觉得我也有比较宽阔的生活道路，比如写作可以写长、中、短篇小说，可以写新诗、旧体诗，可以写评论，还翻译过很多国家的文学作品；我还做过团的工作、文化部的工作，担任过中共中央委员、全国政协常委，在农村当过副大队长……所以说我是够'九命'了！至于'七羊'，'羊'在古代与吉祥的'祥'相通。由于我自己写东西太多，讲话太多，祸从口出，惹过一些麻烦，但是，每次都能遇难呈祥，遇到九次麻烦起码有七次都能无事。"这个解释，有点意味。

现在做书，大多要做点广告，或是在封面上写几句带广告性质的话。我们亦不能免俗。我们希望我们的书能让人一眼就看到内涵，能有充足的吸引力。但我们不能说过头话，不能哗众取宠，不能大话连连，空而无当。必须实在、凝练，有沧桑感。我们为几句广告语花了很多精力，用事后的话说：把脑壳都想痛了。我们在第一部《半生多事》的腰封上用的广告词是："文学大师的70年家事国事心事自述。"另外还有两行大字："一个人的'国家日记'，一个国家的'个人机密'。"第二部《大块文章》就直接用了王蒙先生自己说的一句话：我这本书是有不少"干货"的。第三部《九命七羊》用的则是：满纸高天阔地言，一把如喜如悲泪。我们在每本书的封底也分别设计了广告语言："这是一部成功人士非凡的成长史。这是一部研究中国当代文学史和思想史不可或缺的重要文本。""八十年代激荡风云的全情展现。人生苦旅劫后余生的巅峰表演。""王蒙说：猫有九条命，狗有九条命，我也有九条命啊。九命就是九个世界，东方不亮西方亮，堵了南方有北方……"我们还用黑体字强调，这是"一个大家的心路坦言。一位高官的心灵剖析。一位智者的心得阐述"。

我们觉得这些用词还比较贴切。

王蒙先生多次同我们说到，《王蒙自传》是自己晚年最看重和最重要的书。他在开始酝酿写作自传时，就定下一个基调，一定要坚持四个真实，即：自省的真实，过硬的真实，全面的真实，深刻的真实。王蒙先生说："这本书的四个关键词就是：'真实、真相、反讧、信息量。'我已年过古稀，有些事如果我不说，再无第二人说，也没人知道。人们对有些历史的过程以及我形成了自己的看法，但事实与真相还是有反差，有的大致差不多，但关键的环节还是有出入。这本书里就包含了许多读者未曾知道的真相。我相信只要读者认真看完这部书，一定会对'真相'一词产生不同角度的认识。"王蒙先生还说，"我的初衷就是做好新中国历史的见证。"

王蒙先生说到的，都做到了。

三大卷《王蒙自传》，共计140余万字。每部书稿寄达，我会关闭手机，排除所有杂务，花上两三天时间，闭门通读。我确实有一种先睹为快的感觉。王蒙先生的叙述，是冷峻的，又是激情澎湃的；是严谨的，又是十分放松的。它是在叙事，却又充分体现作为一个思想家对历史、现实与人生的深刻见解。他用自己的感悟挑起你的感悟，让人常常掩卷长思。既为自传，当然是以自己70年的人生经历和50多年的创作历程为主线进行叙写，但由于他的曲折经历和特殊地位，又使他在书写个人的历史中不可避免地同国家历史交叉渗透和融合起来，就显出了《王蒙自传》的价值和独特性。王蒙先生自二十世纪七十年代末复出后，亲历了文坛的各种大事件，他个人的命运是与时代的命运紧紧扭结在一起的，因此，王蒙先生的自传又不仅仅是他一个人的历史。二十世纪八十年代，我在湖南省作协属下的刊物工作，亦是文学青年，每天都睁着一双新奇的眼睛看着文坛的各种动态。那时候的文坛热闹又喧哗，每年都有好多事情发生。有的事情我经历过（如文代会、青创会、文讲所），但更多的事情只是听说，并不明就里。这次编辑《王蒙自传》，看到对当年那些事情（事件）的详尽叙写，熟悉又陌生。书稿里面写到的很多文坛内幕和背景资料，都是鲜为人知的，透露出极为丰富的当代文学史和思想史的信息，这点，尤为珍贵。

所以，后来有学者写文章评论，开篇就说："三卷本《王蒙自传》的出版，理所当然地成为当代文学界、史学界，乃至思想界的一件大事。《王蒙自传》不仅是文学家王蒙的一部个人历史，更重要的它是我们共和国历史的一部生动的个人见证史，一部知识分子的思想史。从思想史的角度来看《王蒙自传》，它的非凡意义，在今天愈发显示出异样的光彩。"

这评论说得很到位。

2008年6月，在青岛的中国海洋大学召开了《王蒙自传》的学术研讨会。有100多位学者、评论家到会，其中有一半是全国各地大学中文系的教授。会议开了三天。先大会发言，后分组讨论，再又大会发言。给一位作家的一部作品开如此大的研讨会，我是第一次见到。

我和田瑛作为责任编辑，也受邀请参加了那次研讨会。王蒙先生在中国海洋大学有一间写作室。写作室不是很大，一卧室，一书房，一客厅，如此而已。可是房子里很整洁，很明亮，很安静。王蒙夫妇邀请我和田瑛到工作室小坐了一会。站在窗前，能看到远处阔大的平稳的蔚蓝色海面，心里无比地平静。

在那次研讨会上，会议组织者让我做了个发言。兹记录如下：

尊敬的王蒙先生，尊敬的各位领导、各位来宾，朋友们！

非常高兴在青岛召开《王蒙自传》的学术研讨会。青岛有着悠久的历史文化传统，积聚了浓郁的人气，在这里召开《王蒙自传》学术研讨会一定会给我们带来好运！

到目前为止，《王蒙自传》三部都已出齐。王蒙先生一生经历坎坷。早在解放前夕，王蒙先生很小年纪就参加了地下党组织；在五十年代，他的《组织部新来的年轻人》一举成名，成了家喻户晓的作品。后来，王蒙先生受到不公正的待遇，远赴新疆，在伊犁地区农村劳动多年，到1979年才调回北京。王蒙先生复出不久，即进入我国文化界高级领导层，曾经担任过中国艺术院院长、《人民文学》主编、中国作家协会常务副主席、书记处书记、国家文化部部长；1982年当选为中共中央候补委员，1985年后，连续当选为中共十二届、十三届中央委员。现在是全国政协常委、文史与学习委员会主任。王蒙先生在写作自传时，定下一个基调，一定要坚持四个真实，那就是：自省的真实，过硬的真实，全面的真实，深刻的真实。王蒙先生经历过起起落落，大起大落，经历过很多事情，接触过很多人，上至中央最高领导，下至平民百姓，方方面面的人都有。要把这些都真实地描述出来，那难度是非常大的。但王蒙先生都做到了。他的三部自传，每部都很精彩，但从某种意义上说，作为我个人，会更喜欢第三部《九命七羊》。王蒙先生在《自传》第三部中，除了写事件、写人、写见闻，更多的是自省，是思索。毫无疑问，王蒙先生是位有大智慧的人，是位理性的、坦诚的、充满善意的人。大智慧，再加上丰富的阅历，就使他的思索更加洞明，更加透彻。读了他的书，使我们对国情、对世态人心，会有更多的了解，对我们怎么样走好以后的路会有更多的帮助。

非常感谢王蒙先生对我们的信任。三年多以前，当我们得到王蒙先生要写作自传，赶到北京找到他组稿时，已经有四家出版社的同行在约他，甚至有一家图书出版公司的大腕独具慧眼地打点好了一箱子现金，准备随时同他签约。但王蒙先生断然跟我们说：书稿就交花城出版社了。三年前，王蒙先生曾跟我们说到，他的自传打算写三部，一年一部，在北京奥运之前把第三部写完，算是向北京奥运献礼！现在，王蒙先生提前完成了他的写作计划，我们也以最快的速度把书出版了。我们不难想象，以王蒙先生70多岁的高龄，以他那么频繁的社会活动，每年要写出近50万字的作品，该需要多么大的毅力。王蒙先生的这种写作精神，使我们十分敬佩！

《王蒙自传》第一部《半生多事》、第二部《大块文章》、第三部《九命七羊》出版后，我们先后在北京、重庆、郑州的全国图书订货会上举行了新书发布会，每次都成为当届书市最耀眼的亮点。有20多家报刊对《王蒙自传》做了连载。有近百家媒体对王蒙先生及《王蒙自传》做了专访或深度报道。《王蒙自传》在市场上销售已达6万多套。王蒙先生在中国当代文学史上的地位及对读者的影响越来越深远。

更加令我们感佩的还有，王蒙先生对写作的认真态度。稿子出了校样以后，每一校都要寄回给他，他对每个文字，甚至标点符号，都校阅得十分细致，常常是用长途电话通知我们某一处的标点需要修改。由于自传的时间跨度很长，年代久远，有的地方难免出现误漏，很多热心的朋友和读者通过各种渠道传达给他，他都逐一记录在案，然后交给我们，一再地叮嘱在图书再版时一定要改正过来。

再次感谢王蒙先生把他晚年最重要、最优秀的作品交由我们花城出版社出版！感谢王蒙先生为我们中国当代文坛留下了极其珍贵、无可替代的一份史料！

祝王蒙先生健康、长寿！

　　俯仰之间，《王蒙自传》出版快三年了，已渐成陈迹。《花城》杂志的同仁策划了一个栏目，要为花城出版社建社以来出版的一些重点图书的组稿情况留下痕迹。他们也把《王蒙自传》列于其中。再三敦促，终成其稿。想起当年为组稿和编辑也绞了脑汁，颇费工夫，感慨系之。

做书人的书

　　二十世纪的八十年代，我出差的机会很多。那时我在一家杂志社当编辑，业余也搞点创作，所以经常外出。组稿、参加笔会、采风、开会……一年总要出去几十次。跑过不少地方。每到一地，总要到书店逛逛，要在里面逗留很多时间。出门时，手里不会空着，总要买一抱书，至少，也会要买一本书。在旅途中买书，第一当然是为了喜欢，要阅读；另外还有一个想法，为了记录自己的行踪。回到住地，第一件事就是在新书的扉页上记下买书的日子和地方。如果那天碰上有什么值得记住的事情，比如与某位相契的朋友同行，比如碰上大雷大雨大雪，比如刚刚喝了一杯小酒、吃了一碗当地的风味小吃，或是一点小小的情绪……亦会顺手记下。我请朋友刻了一枚闲章，曰：萧公藏书，随身带着。买了书，写了字，便把章盖上去。我的印泥不好，盖的章总是很淡。我的好多藏书，《走向世界丛书》《世界中篇名作选》《外国现代派作品选》《剑桥中国史》……就是这样东一本西一本买齐的。我期望一直这样做下去，到老了，我的书总在一起，就是我的一部买书地图，一部交游地图。

我家书柜里的书很快地多起来。我常常打开书柜门，东翻翻，西翻翻。我看到书的扉页上记着的时间、地点，自然会想起当时买书的一些场景；或者记忆更绵长一些，想起买书以外的一些事情，心里便会生出一点小小的喜悦，不免欣欣然。

我没有想到后来会到出版社当社长。一当十九年。我也没有想到要经营好一个出版社，真是不容易。我知道了一本书是怎样从策划，到组稿，到审稿（一审，二审，三审），到排版，到校对（一校，二校，三校——有时还要四校），到出菲林，到印制成书。印成书了还不够，还要发货，要把书铺到全国的大小书店里。我也领略到了回款之不容易，要多创利润更不容易。我和我们出版社的一些有识见的同行，念念不忘要多出一些有思想涵量、有文化涵量的图书，可是，我们想得更多的还是：要为稻粱谋。我眼睁眼闭地拼命做着书。

我还是经常要出差。我去的地方，比以前更多、更远。每到一地，我不再是心煎煎地首先打听书店在哪里。我当然还是会经常光顾书店。站在林林总总浩如烟海的图书面前，我徒然慨叹。我的很多时间是逗留在畅销书摊、码堆的书前面，更多的是关注那些书的封面、版式、广告语（那些广告语是那么耸人听闻，那么不切实际，真是"雷人"啊！）。我急切想知道的是这些书畅销的原因。

我也常陪作者去书店做活动。新书发布会、新书座谈会、签名售书、新诗朗诵……我王八敬神样作古正经地坐在书店大堂里，我看着书，书也看着我，相看两不厌，却又相看不相识。怪矣!

　　家里的书柜越来越饱满了。书柜已经增加到20只，很多书还是放不下，就在床头、桌下、杂屋、博古架上，堆着。我还是有了空就猴在书柜前面，翻翻拣拣。好像是从做了出版社的社长以后，我就不再在新书的扉页上写字留痕了。我翻拣着的书，大多数的扉页上都干干净净，空素一片。当然也有例外。我还是会不经常地翻到留有记忆的图书，于是就有小小的一阵惊喜。虽然时间也已经过去了二十几、三十年，当时的情景都还能一点一点地记忆起来。记起来了，忆起来了，接着却是长久的怅然。

开口求人

1995年初，我刚刚接手花城出版社的工作不久。我和我们社的人遇到最大的困难是：经济窘困，债台高筑，朝不保夕。我没有想到名气这样大的花城社却有如此大的困境，令人束手。

这当口，我们得到了一个有望缓解经济窘困的机会，省新华书店跟我们要三千套中国古代四大名著的豪华本，许诺货到给款。那时候的行情是货到两个月后付款。他们这样，已经是能给我们的最大支持了。我当即同财务科想方设法筹集了10万块钱，带上支票，会同一位分管出版的副社长、一位分管编辑的副社长和出版科科长以及一位业务员，一起到了佛山。我们的中国古典四大名著以前是在这家印刷厂印的。我们两家有着多年的业务往来。当然我也知道，我们还欠着这家印刷厂20余万元印刷款。我希望首先以我们的阵容感动这家印刷厂的厂长。

我同厂长已经见过一面。我刚接手时就去拜过了码头。厂长的姓很特别，个性也很特别。他很客气，把我们接到会客室，亲自给我们泡了茶。茶很浓，飘着袅袅的香气。可是我无心喝茶，一坐下就急急地说明了来意。我觉得我把话说得很清楚，很委婉，也很诚恳。

厂长听我说完，便转头用广东白话跟他的业务科长唧唧咕咕说了一阵（此前他一直是用普通话同我交流）。我不懂广东白话，只好等着业务科长转述厂长的意思。厂长的意思使我很失望。我急忙说，厂长，我们是还欠你们20万元印刷款，我记得的。我正是知道现在纸张涨价，涨得很厉害，你们买纸都要付现款，所以，我们把这次印刷名著的现款带来先付上，其他的款等省店一给了我们就会马上给你们，绝不再拖欠。我绝不食言。

厂长又用白话跟他的业务科长说了一阵。我只好又耐心听业务科长翻译完。我说，我们以前有很多书都是在你们这里印的，打了多少年交道，都是老关系、老朋友了，现在我们碰到了困难，很大的困难，希望老朋友能支持我们一把，帮我们渡过难关。我说，花城出版社是一个这样有名的出版社，花城社有很好的编辑队伍，有很强的经营发行能力，我相信一定能够渡过这个难关。我很耐心地把我们接下来要做的一些事情向他做了介绍，给他简单勾勒了我们的工作前景。我说，在我们最困难的时候，你支持了我们，我们一定会记住你的！最后我差不多是求他了，请他一定先把这单业务接下，把这批书赶出来。

我说得很诚恳，很累。我似乎没有过这样开口求人。我能感觉到心口上的汗像泉水一般涌出来。我们同去的副社长和科长业务员也纷纷开口，左说右劝，要他接应下来，拉兄弟一把。那时候我紧紧地盯着厂长的嘴巴，多么地希望那张嘴巴一开，说声：好！

可是，他始终就没有把这声"好"字吐出来，只是不断地劝我：喝茶，喝茶。

茶还是很浓，却没有热气了。这样的冷茶，我还喝得下去么？

他旁边的业务科长倒是受了感动，也用白话帮着我们说要他接下这单业务算了。

厂长脸一黑，厉声说，唔得。我同你讲，你不要乱作主张。

这句话我还是没听懂。可是他的脸色让我看明白了。厂长脸上的那股冷冽之气让人彻底心寒。我说，厂长，算我今天没有求你。我也再不会来求你了。你等着看吧，花城出版社一定能够振兴！

我们起身就走。快到厂门口了才发现，厂长没有跟着出来。只有那位厂里的业务科长陪着我们送出厂门。

我们空着肚子到下午才回到广州。

很快，我们就筹钱把那笔欠款还清了。

从此我更明白了一个事理：不到万不得已，千万不要开口求人；而别人有事找到自己时，当尽力相帮。即使能力有限，一时帮不了人家，也当以诚相待，温言相告。人与人需要互相帮靠着才能强大。

因为那套豪华本制作工艺比较特别，别的印刷厂做不了，我们只好把那个难得的机会放弃了。那是一个极其重要的机会，但也不是唯一的机会。天下的路多得很。相反地，那次机会的失去，却激起了我和我们社里的同仁们更高昂的斗志。那位厂长厉声的斩钉截铁的那声"唔得"，时时在我耳边响起，警示我，催我奋发。虽说人在他乡，人生地不熟，对一个人的能力的充分发挥有着诸多限制，却也因为是人在他乡，没有任何依傍，就逼着你不能不使尽全力拳打脚踢去努力拼搏。而且，我们有党的领导，有组织，有很快熟悉起来了的兄弟单位的支持和帮助，有"花城出版社"的这块牌子，更重要的是，有全社同仁同舟共济知耻后勇发愤图强的共同努力；我们知道，我们必须靠自己踏踏实实地去做，必须尽力走好每一步。

不过，我们还是得求人。觍着脸，挤出笑容，把语气竭力放得缓慢柔婉低下，求人借钱给我们。求人给我们印书。我至今不能忘记求人借钱和被人催债时的那种无奈和窘困。我似乎有好长一段时间都没有出声笑过。我们做了一整套出版和重版的出书计划。那时候，我们也只能根据市场，做一些短、平、快的图书了。我和发行部的同事一起，扛着样书，坐着火车，去参加大大小小各种各样的图书订货会，站摊，谈折扣，签合同，收款。我们把收到的订金用纤维绳子捆紧垫在枕头底下睡觉，半夜都睡不着。那段时间，我基本没有休过节假日，常常很晚了才顺着环市东路边上的人行道慢慢走回家去。

经过几年努力，我们终于摆脱困境，走出了低谷，花城出版社这驾马车，终于上了良性循环的轨道。我们也可以偶尔请请客，吃吃饭了。

后来有一天，我们正在小会议室开会。曾经同我一起去佛山那家印刷厂的副社长出去一阵，好久才回来。杨社长告诉我，佛山那家印刷厂的业务科长在11楼坐着，等了两个钟了，要跟我见一面，请我吃饭。那位业务科长被杨社长不客气地轰走了。我忙问，他走了吗？杨社长说，走了，他还好意思不走吗？我看到他进的电梯。

我忽然感到一种强烈的不安，忙叫上他一起，坐着电梯追到楼下，在路口上追到那位业务科长。

我坚持请业务科长回到楼上，到我的办公室坐了一阵。然后，我请他吃饭。

吃了饭，还喝了酒，喝得一脸酡红。

天杀的盗版书

在一次省出版局召开的社长、总编会议上，局长问我，现在最头痛的问题是什么？我冲口答道：盗版书。

盗版书困扰得我们惨矣！

1996年底，我们跟王小波签下了出版《黄金时代》《白银时代》和《青铜时代》"时代三部曲"的合同。1997年4月，我们刚刚把稿子发完，作者王小波却不幸英年早逝。我们一方面抓紧出版工作，一方面花大力气推销这位作家的这套书。我们在全国的一百多家媒体做了宣传介绍，分别在北京、广州等地召开了新书发布会。王小波的价值终于被出版界和读者所认识。王小波"火"了起来，他的作品也成了畅销书。可是，我们还来不及欣慰，我们的书出版还不到10天，在长沙、郑州、西安等地的图书市场上就出现了盗版书。一个月后，盗版书有了三个版本，其中一种的印制质量几可乱真。

还有更令人激愤的。

1997年底，我们出版了一本《刘晓庆·是是非非》。因为事先考虑到防止盗版的问题，在编辑、印刷、发行各个环节都做了周密的工作。可是图书刚一面世，就接到举报，盗版书出来了。第二天一早，我邀请出版局发行处的处长一起赶到珠江边，守候半天，截住了一车从郑州发过来的图书，撕开包装袋一看，竟是另一种盗用花城出版社名义出版的《羊脂球》。这批盗版书更猖狂，连封面、扉页、正文的版式全部换了，仅仅用了《羊脂球》这个书名和花城出版社的社号。

类似的例子还可以举出十个二十个。粗略统计一下，从去年以来，我们社的图书就有18种（共76本）被盗版。有的盗版书跟我们的正版书几乎是同时上市，有的则是在我们的书出版几个月，甚至一年两年以后，慢慢打开了市场，有了销路以后，盗版书才出现。如《随笔佳作》《白先勇自选集》《正是高三时》《张爱玲苏青散文精粹》便是这种情况。似乎有一只无形的眼睛时刻在盯着我们，只要一有畅销书，跟着便会出现盗版。甚至有的图书初版印数并不大，有了畅销的苗头以后，正在重版之中，盗版书却抢先出现在市场上了。盗版书往往用比我们高得多的折扣倾销（一般是4.5打折，也有的是倒2.5折至3折）。做盗版书的不法书商通过他们的发行渠道，迅雷不及掩耳地、铺天盖地地却又是悄悄地一下子突入市场，抢尽生意。

盗版书的另一个危害是严重损坏出版社的声誉。

就在前不久，一位自称是社科院的刘先生闯进我的办公室，怒气冲冲地将一本《季风来临》扔在茶几上，责问我们，一家如此有影响的出版社，何以出版的图书差不多每一页都有错漏，以致看得他血压升高，怒火满腔，一夜没有睡觉。我赶紧把责任编辑叫过来，拿来样书一对照，一鉴别，原来这位先生买的是盗版书。

我们常常接到类似的读者投诉电话、投诉信件，每每令人啼笑皆非，激愤莫名。

生产盗版书的，往往是一些小印刷厂，不法书商为了抢时间，为了降低成本获取更高利润，在印制质量上是很草率、很粗劣的。这种书到了读者手里，读者按图索骥找到出版社来发泄一通，我们有什么话好说呢？

头痛！头痛！

一位投稿者

那天我还在上班，办公室来了一位先生。我上班时，办公室的门总是开着的，谁都可以一脚就走进来。此公应该有五十多岁年纪了，西装革履，衣着整洁，白格子衬衫上打了花领带。声音洪亮，是个自来熟。他一进门，就叫着我的大号，伸出双手，绕过办公桌走到我的座位前面，握住我的手，哎呀哎呀地十分亲热。他自我介绍姓谭，说是局长让他来找我的。他特别强调他跟我的局长是老朋友。谭先生是来送稿子的。他坐下来却并不马上把稿子拿出来，嘴里一直不停地说着话。他说他跟局长是如何熟，又说局长是如何常常在他面前夸赞我，又说我的办公室真大，书真多，又说他是响应省里建设文化强省的号召，拿起笔来，奋战半年，草成了一部大作（他就说的是"大作"哎）。

他终于把书稿拿出来了。书稿已经打印成册，封面上赫然署着他的大名，还把我们出版社的名头也打在上面了。

谭先生需求我给他的书做责任编辑，并说明这是局长的意思。我迟疑了一霎，终是没有答应。我叫来一位编辑室主任，当面交代，这位谭先生是局长的朋友，请他一定认真审读书稿。

那时我心里是闪过了一丝不愉快。

此后一段时间，我就给这位谭先生缠上了。他差不多每天要来一个电话。有时候夜深了，我已经躺在床上看书准备睡觉了，他的电话还会骤然响起来，让人一惊。他总是很客气，要请我饮茶、吃饭，要来办公室看我。他偶尔会不经意说起，刚刚跟我们的局长喝酒了，碰杯时局长问到他的书稿怎么样了。他有时也会关切地嘱咐我不要太忙，对工作不要太认真，要注意休息，要保重身体，要多煲汤喝。殷殷之意，让人感动。我很理解作为一位作者的心情。但我也对他经常地来电话有点烦。我实在不忍心去催促编辑。每次挂掉电话走进他们办公室，看到桌案上堆积着的稿件，话到嘴边，又吞回肚里，再不好提起。

编辑室主任终于把书稿送回到我的办公室了。他看得很认真，写了长长三页纸意见。他的看法是：完全不行。

我不放心，想到谭先生是局长的朋友，不敢贸然，只好放下手头的工作，把他的大作看了一遍。我觉得编辑室主任的意见很中肯。

我把谭先生请到办公室，委婉地把我们的意见告诉了他。谭先生似乎十分意外，愣了一会儿，摸起手机，说：我跟你们局长挂通电话，让他跟你说？我制止他说：电话就不用打了。又小心地解释：出版社出书对内容质量有要求。我们得对出版社负责，更得对社会负责。——而且，这也是对局长负责。谭先生便提出换个编辑再报。我觉得这样不妥，不能做。他就又提出：听说你也是作家，劳你大驾，帮我修改一遍，不就行了？我想这位老兄真是说得轻巧，几十万字的书稿，须得重写一遍，我有这么多时间和精力吗？我请他另谋高就。

谭先生只好告辞，面有愠色。

后来有一天去参加局里的一个会议。局长就坐在对面。我忽然想起了谭先生，觉得应该向局长说明一下。局长问清楚了谭先生的名字，仰头想了想，哈地一笑，说：我怎么不认识这样一个人？

我不禁讶然，也笑了。然而，我笑得很勉强，心里却有一种无法言说的愧涩。

辑三

拜谒蔡廷锴将军故里

我总觉得蔡廷锴将军的性格同湖南人相近，极有血性。我常常想起在1932年那种全国上下一片惊慌惶悚的情境下，蔡廷锴将军率领十九路军，在上海仅以三万余众，打败了十多万日本军队的类似神话的传说，让中国近代的历史在他手下拐了个弯，心里便认定了这是一位有血性的英雄。因此，蔡将军家乡的罗定县政府约我做罗定游，我撇下冗务，跟车就去了。

蔡将军1892年出生，属龙，他的家乡亦名叫龙岩村，这真是颇具寓意的一种暗合。蔡将军的旧居立在村头，背后有山连绵，巍峨高峻，林木葱茏，大气磅礴。门前稍远处有一口半月形池塘，池水潋滟。再下去是一大片田畴，要放眼望才望得到边。远处一条流水，灰白闪烁，汤汤而前。水的尽头是一脉山峦，蜿蜒有致，云带缥缈。罗定属于山区，能够见到这么一块类似平原地带的田畴，真是十分奇特。这样的地势很好，这样的风水也是极佳的。这样的地方应该出人物。当年在蔡将军指挥的"1·28"淞沪抗战中，就有70多位龙岩村子弟。这都是中华民族的杰出人物，值得钦敬。

据说蔡廷锴将军18岁出去当兵，做到营长时回来过一趟。一位风水先生来看过地势，留下一段歌诀，说是："门前级级低，后代贱过泥。全家频受苦，钱财主破敝。"不几年，蔡将军当了师长回来了，那位风水先生又来留下一段歌诀，曰："前有高埠后有岗，东来流水西道长。站得高来看得远，紫袍金带拜君王。"前后两段歌诀，一凶一吉，判若云泥，真是有点岂有此理。

现在的蔡廷锴将军故居是重修过的了，年头已经不少。也就是在蔡将军当上师长那一年，回来和弟弟共同出资重新修建的。蔡将军除了有血性，会打仗，还会房屋设计。他的房子就是自己设计的。他一辈子作战无数，建筑设计却是仅此一次。他的建筑设计是自己琢磨摸索出来的，无师自通。旧居的外观同村里的房屋并无大异，进门一楼也是通常布局，有前廊，有屏门，有天井，有厅屋，左右两边各是睡房、杂屋、灶屋、农具房。据说设计的诀窍在二楼。二楼有大大小小十数个房间，却都是互相连通的。主屋之外，左右各有一栋房屋，也都相互勾连通接，不熟的人如入迷魂阵，熟悉的人尽可畅行无阻。如今故居只留下主屋，两边的房屋只剩下地基了。我们踩着木楼梯上二楼绕了绕，感受了一回"山重水复疑无路，柳暗花明又一村"的意境和欣悦，也领略到了作为一名职业军人在战时的房屋设计理念。

故居后面是一块园地，两亩有余，种了很多杂树，皆不高大，但倔强而有生意，枝干横斜，亭亭如盖。地下布满青苔，一条"人"字形石块小径通往前屋。蔡将军小时家里贫穷，11

岁就上大华山割草挑到罗境墟卖，换钱买米回家。小小年纪就开始劳作，不知道这座园地给他的童年生活带来过欢乐没有？

出围墙豁口，再转到故居门前，水泥地坪上的蔡廷锴将军塑像高耸醒目。那是一座陶塑的将军骑马戎装像，高可丈余。战马扬鬃奋蹄，将军一身戎装，凝眉怒目，威风凛凛。我悄悄拿照片上的蔡将军跟眼前的陶塑做个比照，很像，尤其神气极其相似。陶制品的线条一般比较粗放，用在塑造英雄人物的雕像上，再饰以古铜颜色，那种气度和威凛自然就出来了。

然后，我们去看了三所学校。这三所学校都与蔡廷锴将军有关。

一所是廷锴小学。1928年，蔡将军捐资创办了这所小学，就以他的名字命了名。廷锴小学建起来，龙岩村的孩子们就有福了，再不用走十几里山路到罗镜镇去求学。蔡将军给这所学校立了规矩，不收学费，并且免费提供课本、文具、纸张。对家境贫穷的学生，学校还发给衣服。老师们的薪俸，都由蔡将军支付。他提供一切便利，让村里的孩子都有机会上学。

抗战胜利前夕，蔡廷锴将军回到家乡住过一段日子。他常常到学校里去，走走，看看，听一听孩子们的琅琅读书声。学校每逢周一，召开纪念周会，他是一定要过去参加的。不光参加，还要演讲。他的浓重的乡音点燃了多少孩子的激情。学校有门课程，童子军课，内容是学习一些简单的军事操练。这是别的学校所没有的，是蔡将军的创意。要论军事操练，蔡将军自然是行家。一遇有童子军课，他必然走过去，在操场中间站定，亲自教授。他威严地喊着号令："向前看齐——一、二、

一，一、二、一……"面对将军的号令，学生们都异常兴奋，
挺胸甩臂，无不踊跃。蔡将军的两条腿都受过伤，久站不得，
便坐在石头上督导，看到有学生动作走样，立即过去纠正。得
到将军纠正过动作的学生，心里好高兴。

另一所是泷水中学。学校原名叫罗镜三区第一高级小学。
1929年，蔡廷锴将军给学校捐资建了一座教学大楼，并捐赠了
一大批图书，学校亦随之改名。

还有一所学校叫民众教育馆，在罗镜镇，也是蔡廷锴将军
捐资办起来的。这是给成年人扫盲受教育的，当年曾经红火热
闹了一阵。解放后，不再办学，转作他用。现在，屋舍依旧，
苔痕上墙，只给当地人留下一段遥远的记忆。

三所学校如今还存有两所，都是在旧有基础上进行过大的
改建装修的了。地盘扩大了，围墙修起来了，门楼高大，十分
显眼。我们顺路走过廷锴小学，校园很开阔，很规整，几栋教
学楼并排而立，校舍井然，绿荫点点，静谧而恬和。我在操场
边的一块岩石上坐下来，放平了双腿。心想这块岩石应该是蔡
廷锴将军坐过的？我想象，将军坐在岩石上，看着孩子们在操
场上来回操练，心里一定是充满了喜悦和期望的。这位极有血
性的将军，率领部队用步枪、手榴弹抗击着拥有飞机大炮的日
本侵略者，同时却把眼光投向了未来。这说明了两点：一、将
军对抗战胜利充满信心；二、将军明白，要改变中国积贫积弱
的状况，唯有办学兴教，把希望寄托在后人身上。所以，他把
自己所有的积蓄几乎都用在捐资办学上了。

返回县城，我们又去看了廷锴纪念中学。这是后人集资办

起来的一所崭新的很现代化的学校。到达学校门口的时候，适逢放学，大群大群穿着蓝白相间校服的学生哄地拥出校门，霎时让大街上充满了欢声笑语和勃勃生气。我们都很振奋。我们看到，罗定人是把蔡廷锴将军热心教育事业的精神延续下来了。

关于麻将

麻将是那些胸有很多抱负却终日郁郁不得志的人十分沉迷的一种游戏。

麻将真是非常容易让人沉迷的。一副麻将，144张牌，却有着无数神打法。湖南有湖南的打法，广东有广东的打法，四川有四川的打法，吉林亦有吉林的一套规矩，香港、台湾，或是美国旧金山的唐人街，则又各有各的打法，自成体系。好多地方在同一座城市还有好多种打法。即使在同一个麻将馆里，各个房间的打法也不尽相同。有的地方144张牌全部用上，打法十分繁复，有的地方却要去掉花，去掉饼子，去掉万子，只留东、西、南、北、中、发、白板和索子，精精简简的一小撮牌，那种打法想必又是相当简约的。而无论繁复，无论简约，或是不繁不简，中规中矩，却都有一套规则。这些规则都是人制定出来的，是各地的不同的人制定出来的。如果有好事者作个统计，麻将打法至少不低于一千种。那么，参与制定规则的又该有多少人呢？无法统计。这些规则都是基本固定的，约定俗成的。还有那些在旅途中，在会议期间，在参加各种活动的间隙杂凑起来的"麻友"，这些人来自山南海北，只能大家合议，临时制定规则。虽然是临时制定游戏规则，却是谁都乐于参与，十分投入。所有在场的人无不发言踊跃。也有建议，也有争吵——常常还争得面红筋暴，但很快就能达成共识。我经历过好多次这一类议定规则的过程，我非常讶异，每一个人都是那样认真，神情无比庄严、专注，对每一个环节都做了反复思考，反复推敲。我无端地推想他们从未参与过类似制定规则的过程，所以才会如此郑重其事，缜密周到。能够亲自参与制定规则，在某种程度上唤起了他们内心深处的自尊。他们当然都明白，这牵涉到公平原则，牵涉到自身利益。想起来有点奇怪，虽说是临时性的七嘴八舌修修补补拼凑而成的规则，接下来挑好方位各自坐下鏖战时，却基本上是公平的，没有什么漏洞，畅行无阻。

牌场如战场，这是谁都清楚的。开战之前大家都有点兴奋，两颊潮红，两眼放光，一面嘻嘻哈哈地说些诸如"你今天要多发点奖金"之类的屁话，一面把麻将牌在桌上拍得啪啪地响。这时候每个人都充满了豪气。其实在这闹闹哄哄的气氛中已经有了硝烟味暗暗浮动。这从打骰子都是站着，都是斜欠着身子，眼睛觑着自己打出的点数，心里暗暗做着比较。打出了最大点数的人得到了首先挑选方位的资格，东西南北任他选，顿时气壮起来。双手抱胸，抬头看看天花板，又转头看看窗户、走道、门，略一凝神，伸手在一个位置上一拍："就是这里了！"待他坐好了，其他三人再依次坐下。于是，开战。

现在的棋牌室里，已经没有了手洗麻将，全部是自动的。

这就少了一种亲切的手感，却更多了一种运气，多了一种公平（有人是能够在码牌时做手脚的）。节奏也更快，"战斗"遂更加紧张、激烈。那些平日里在生活中常感觉不得志的人，下决心要从牌桌中找回自信来。这些人往往总想着做大牌。自己的一十三张牌在面前一字排开，豪情也随之升腾而起，感觉这十三张牌就是千军万马，就是一个乱哄哄的部门，由我摆布任我驱遣。想着工作时对哪怕是最操蛋的员工也奈何不得，此时却可以任凭自己的设想将麻将牌吃进打出，能者留废者丢，心情是何等畅快。他一眼往十三张牌上扫过去，无须跟任何人商量，瞬间就决定了这盘牌是哪样打法。那当然是尽量往大里做，要把自己的兵力、技巧、智慧、运气，发挥到极致。可是麻将桌上有四个人，都是各怀了心思的，打的是"人盯人"的战术，不会是有人想做大牌而轻易就让人得逞的。上家卡，下家拦，对家顶，这都是牌桌上常用的手段。就是在生活中，也不是没有经见过，不必在意，也不必大惊小怪。何况他们不光跟自己是对手，他们相互之间也是对手，也要防着拦着哩。于是，仍然不管不顾一门心思地做大牌。其实，这种人在生活中就是吃了不会变通的亏，在牌桌上也没能吸取经验教训，一切照旧。这种人甚至连一点掩饰和伪装都没有，他们的企图都明明白白写在脸上。摸上一张牌来，没用，打掉；又摸上一张牌来，没用，又打掉；再又摸上一张牌，哈，好牌，立即换了一张牌打出去。眼看着面前的牌势照着自己的设想艰难地一步一步地码过去，正沉浸在一种即将到达光辉顶点的喜悦中，忽听旁边一声欢呼："和了！"双手把十三张牌一齐推倒，一局小和（俗话又称"鸡和"或"屁和"）轻易就把即将实现的理想瓦解了。

他们很不屑于做这种小和。他们自嘲："与其做小和，毋宁输。"可是，他们往往就输在别人的小和上。

输了一盘没关系，还有下一盘、下一盘哩，甚至还有下一圈、下一圈哩，总有做成大和的时候。牌局不像人生。人生只有一次，牌局却可以有无数次，可以失败了再来，再失败再又来，总能有做成的时候。

当然有做成大和的时候。很多地方的顶尖大和是十三幺。要把东、西、南、北、中、发、白以及万子、饼子、索子的一、九各摸一张在手里，确实不容易。正是不容易，才是要做。霸蛮也要做。这些人的精神让人慨叹。十三个"幺"牌都抓到手，听牌的时候，不由人不心跳加快，燥热异常，连呼吸都变得短促起来。这时候十根手指都微微发抖。但又必须努力压抑心里的兴奋，尽量不形之于色。我见识过好几种大和听牌时的神态。一种是陡然站起，又噔地坐下，再站起，再坐下。一种是双手抠紧桌角，脑袋前倾，眼睛瞪得滚圆。一种人很奇怪，是把手探下去伸进鞋子里，在脚丫上摸呀摸，摸得脚臭弥漫。还有一种十分镇定，只把十三张牌轻轻扑倒，缓缓点上一支烟，眯起眼睛吞吐烟雾。左右三家都打过"炮"出来了，他不理，看都不看一眼。他要博自摸。眼看只剩下最后一墩牌了，他用三个指头把牌夹上来，大拇指在牌面上一搓，再一搓，略一凝神，猛然暴喊一声："和了！"把麻将翻砸在桌上的同时，一阵大笑，感觉半生的辛劳奋斗都得到了补偿。此后的大半年时间看到他都是笑脸常开，心情畅快，效率奇高。

我是不提倡打麻将的。但从某种意义上看，麻将消解了一些人人生中的诸多遗憾，让他们获得了另一种成就感。

我喜欢NBA的理由

我喜欢NBA有好长时间了。

十几年前，好多人都还不知道美国有一个职业篮球联赛，不知道NBA。那时候，人们喜欢的是足球。人们对足球的那种着迷，那种狂热，真是很少见的。凡有赛事，无数球迷就都被吸引到电视机跟前去了。酒楼、茶馆、咖啡厅，洗脚屋、桑拿房，一些公共场所的电视机前面，都聚集了一堆一堆十分热心激情万丈的球迷。皆引颈瞠眼，形神贯注，同声呐喊，看得十分投入。然后在好一段日子里，同事朋友见面，不管看懂没看懂，都要聊上几句足球赛事。受风气所染，我也看过几场足球转播，我也看得很认真，很倾情。几次半夜转播，一场不漏。足球给我的一个突出的感觉是：好看。但不知怎么的，看着总不带劲。

后来一次偶然的机会，在电视上看到一场NBA直播。那次是公牛队同爵士队的一场总决赛。电视打开的时候，比赛已经进行了一半。比赛当然是万分激烈的。乔丹、皮蓬、罗德曼，马龙、斯托克顿……这些人组合在球场上，演出了一波接一波的攻防狂潮，看得我目瞪口呆，半天喘不过气来。我觉得只能用一个词来形容当时的感受：赏心悦目。

我在心里说：带劲！带劲！带劲！

从此我就迷上了NBA，生活也变得更加简单清明。NBA的赛季很长，每年从11月初开打，到来年的6月，常规赛、季后赛、总决赛，绵绵延延有8个多月时间。电视台每个星期都有转播，有时两场，有时三场，多的时候一个星期五场。这真是一件很讨人喜欢的事情。每有转播，则蹈之舞之，心向往之，像过节一样的开心。每天的阅读，也多了一项内容，看球赛的战报，看我喜欢的球队的战果，看我敬仰的球星的动态。凡节假日的转播我是一场都不会漏过的。电视台也有清早直播的。无论多早，两点钟，三点钟，四点钟，我都会准时起来坐在电视机前面。有一次到一个县里出差，很晚回到宾馆，才知道那里收不到中央台的体育频道。我只得央求县里的同志连夜派车送我到市里去住。说了很多好话，做了很多解释。县里的同志很不理解，奔波两百多公里，就是为了看一场NBA的电视转播？至于为了看NBA，谢绝应酬，推迟会议，误了登机，这种事情则多矣。很多人都奇怪，我怎么会对NBA如此着迷呢？我听了笑一笑。笑而不答。

我喜欢NBA。当然是有理由的。

理由之一，篮球是最能体现人类进步的体育运动。教科书告诉我们，人是由猿进化而成。人跟猿、跟动物的主要区别是，人能够直立行走。直立行走是人类形成史上一个重大的里程碑。人之所以为人，脚和手是有明确分工的。脚的作用非常单纯，就是用来走路、跑步、承载身体；而手的活动发展空间却是无限的。在球迷运动中，足球只能用脚踢球，身体的各个部位也都允许碰球，却唯独手不能触球。这有点岂有此理。这明显的是用其短而限制其长处的发挥。其他如乒乓球、羽毛球、高尔夫球，也都是借助器械进行运动。好看则好看矣，但不过瘾。只有篮球，完全要凭借一双手去把玩运作，才真正是表现和发挥人的长处的体育运动。篮球给了人充分的创造空间。什么叫炉火纯青？什么叫尽善尽美？什么叫花样百出？什么叫纵情恣肆？什么叫瞬息万变？什么叫出神入化？……都只能在篮球场上体会得到。

理由之二，NBA赛场上真正集中了全世界的篮球高手。NBA挑选球员是很严格苛刻的，但有一条，只看实力，不挑出身，不论条件。绝无旁门左道。这里有黑人，也有白人，有黄种人。有美国球员，也有中国球员、俄罗斯球员、法国球员、阿根廷球员。有靓仔猛男，也有超级丑八怪。有中规中矩的好男人，也有丑闻不断的大烂仔。严格地说，篮球运动是一项高个子的运动。NBA赛场上的球员，大多在两米以上。但一个叫博依金斯的运动员却只有一米六五。想一想他跟两米二七的姚明在身高上差了六十多厘米，两个人同场竞技时该是一个多么滑稽的场面。第一次看到博依金斯上场时，我心中一惊，同时有种莫名的兴奋。看到他快如鬼魅般在如林的巨人中穿插、运球、突破、转身，猛然跃起，高抛入篮，不禁拊掌大乐。由此想到身之为人，是什么事情都可以做到的，完全不必自卑。

理由之三，NBA赛场上没有懒人。按照篮球赛制规定，上场队员双方各为五人。场上的攻防转换是非常快的。这里的时间都是以秒计算，二十四秒，十几秒，甚至三秒两秒，就要变换一次攻防角色，所以，场上队员不管是持球的，还是没有持球的，时时都在奔跑之中，时时都在拼抢之中，谁也不得半点闲空。这跟足球真是大异其趣。足球场上的拼抢也十分激烈，其程度甚至常常超过篮球场，但那都是区域性的。偌大的足球场上，没有拼抢的一些地方，球员常常会停下来，稍作喘息，或是睁大了眼睛驻足观望，这就使得整个赛场极不和谐。正是因为NBA赛场上集聚了天下的顶尖高手，且个个敬业，时时奋勇，才会有了一幕幕精彩绝伦的表演，令人目不暇接，赏心悦目。

最后还有一个不是理由的理由，是一种潜意识：年轻的时候我也曾经热爱过篮球运动。而且，表现不俗。

其实，人对一件事情着迷，是不需要理由的。所谓理由，都是别人再三盘问，搜肠刮肚硬凑出来的。有意为之，难免牵强。我自己的感觉是，只要在迷恋的过程中，愉悦了身心，就够了。

在广州看NBA

我很早就开始着迷NBA。多少年了，只要电视上有NBA篮球赛的直播，我会卸掉一切事情，看电视。一个人，坐也行，躺也行，站也行，很随意地看世界上最高水平的体育比赛，那真是一种享受。我当然渴望能在现场看NBA的真人比赛。

前几天，我在广州得到了这种机会。

比赛要在晚上八点钟开始，我们五点钟就到了广州体育馆。这次比赛，是NBA的季前赛（季前赛注定不会大激烈）；两支队伍，雄鹿和勇士，在NBA阵营中顶谷算是二流球队。队中也没有大牌巨星。没有已经把球技操练得出神入化、炉火纯青的韦德、保罗，没有扣篮能将篮板砸碎几块的巨无霸奥尼尔，没有鬼精灵一般神速的艾弗森，但也有博格特、杰弗逊、马盖蒂、里德、杰克逊（后两位没参加比赛），这些名字也还是激动人心的。

可是更能激动人心的却是随队过来的NBA啦啦队。到了现场才知道，啦啦队员们比球队更早进场。球员在球场中间让播音员介绍的时候，她们就在球场两边朝着观众舞蹈。每到暂停，或是中场休息，她们就蹦跳着出来表演了。而在电视直播中，每当这些关键时刻，就有广告抢上屏幕，大煞风景。啦啦队员们身材真好，笑容真好，舞姿真好。一跺脚，一摆胯，一扭腰，一甩发，无不激情万分，充满味道，十分可人。满场观众无不为之疯狂：欢呼声四起，尖叫声不绝，那真是再自然不过的事情。

我关注的还是球赛。我毕竟是冲这个来的。球赛不是十分激烈，但很精彩。能进入NBA的人，个个都是高手，即使是新秀，即使是板凳队员，无不身怀绝技。奔跑、弹跳、运球、抢断、扣篮，实在让人赏心悦目，叹为观止。

可是我很快感觉到了不自在。我没有想到会有那么多人带了照相机进场。我也没有想到这些人照相的热情是如此高涨。啦啦队员进场了，照相；球星们进场了，照相；吉祥物绕场跑动，照相；球员四脚朝天地倒在地上，也照相。无数的照相机在拍照。无数的闪光灯在闪烁。此起彼伏，无休无止。我前面坐了位大个子，头颅硕大，肩宽二尺，在球场上应该是个打中锋的角色。此公对照相的热爱远远超过了看球。他照相喜欢站起来。他拍照的频率特别高，一分钟里，总要站起来四五次。他身躯庞大，站起来就像竖起了一块门板。他大约是不会想到一块门板会挡住后面观众的视线的。——也许想到了，不管。如此景况，我都忍了。同为球迷，我能理解。

球场上最激动人心的场面终于出现了：乔·亚历山大运球冲向前场，博格特早已等候在篮下；亚历山大传球，博格特高高跃起——球迷们最期望看到的空中接力将在瞬间完成。可是，就在这当口，前排的大个子腾地站起，抢下了这个镜头。

我终是没有看到全场唯一的一次精彩瞬间。我听着四处欢声雷动，徒然无奈。

大个子旁边坐了位小青年。不知为什么，他总是回过头来，朝后面张望。我们的后面是主席台。我不知道主席台上坐了什么要员。不知道这位贤弟为什么如此躁动不安。整场比赛，不断回头，我们的位置靠得如此之近，常常难免四目相对。我看到他光光的前额，真是不自在。

更绝的是我左手边那位观众。那是位煲电话粥的高手。他坐下不久，就从包里翻出手机，开始打电话。从头至尾，似乎就没停过。我以我心揣度，想他大约是为场外的球迷朋友做"现场直播"。心里一时很感动。可是后来偶然听到几句对话，不是谈球，是谈生意上的事情。这我就不明白了。谈生意在什么地方不好谈，要到这种地方谈。

于是，我想起平日在电视上看NBA比赛，常常也会闪过观众席的镜头，所见都是神闲气定，悠然自得，安安静静地坐在位置上。偶尔也有狂欢，有手舞足蹈，但那些人都在过道，或是最后几排位置上。他们不会影响别人。我就明白了，同是看NBA，我们是看新鲜，人家是享受闲适。

再于是，我想，我们这种年纪的人，最好还是坐在电视机前看NBA。心安处，即吾处。

《羊城晚报》的朋友请我在广州看NBA，说这是报社领导及体育部主任的关照，说我不能白看，我却说了上面这些话，真是不恭！

在广州再看NBA

能到现场观看NBA比赛，实在是件让人心跳的事情。不管怎么样，美国的职业篮球联赛毕竟代表了世界篮球的最高水平。所以，当朋友告诉我，给我弄到NBA广州赛的一张门票时，一个晚上没睡安稳。

这是休斯顿火箭队对新泽西网队的一场季前赛。火箭队因为有中国人姚明在那里做他们的当家球星，格外受国人关注。

赛事安排在萝岗新落成的广州国际体育演艺中心，去城较远，我早早地在下午4时过10分就出了门。

汽车一路顺畅，过了一站一站又一站。进入科学城的开创大道以后，汽车就多起来了，挨挨挤挤，密如蚁族，蠕动向前。我留神看了好久，外地车牌不少。深圳的，佛山的，东莞的，肇庆的，都有。晚上回到家才知道，还有湖南不少人坐高铁过来的。这些球迷让我感叹。

我们到达演艺中心入口处时，已是下午7点钟。几条路口的人蜂拥而至，抬眼只见人头攒动。但有诸多警察和志愿者指挥维持，人多，不乱。在外面找地方吃饭是来不及了（实际上在周围没有地方吃饭），只好先进场内解决肚子问题。进了大厅，却一下傻了眼：几处卖吃食的地方排起了长队，队伍排到了进门的玻璃墙前面，还折回头拐了弯。球赛当然要看，但饿着肚子毕竟会难受。别无选择，这时候队伍再长也得排，东西再贵也得买。我们刚刚在队伍后头站下，电视机的屏幕上就喧腾起来，比赛之前的活动开始了。近在咫尺，却不得进场观看，那种焦躁真是让人无法安宁。但急躁也没有办法，只好睁着眼睛静静地挨着。到7点半钟，终于排到头了。我平常是不吃西餐的。那东西没有油水，没有味道，只胀肚子。但只有西餐。只好胡乱点了几样东西，抓着抱着赶紧离开。我回头看到后面还有很长的队伍，真是非常同情他们。

我们找到座位坐下时，球员已经进场。布鲁克斯、巴蒂尔、晦耶斯、米勒、哈里斯、洛佩斯……每报出一个熟悉的名字，全场就爆发出掌声和欢呼，到了姚明出现，气氛已经达到火爆。姚明举着双手在球场中间来回走了几步，那时候心里充满了中国人的自豪。从高处看下去，姚明因伤休赛一年，有点胖了（也许是强壮了？），脚下有点迟缓，但手头功夫似乎更扎实了。他凭借身高，勾手投篮竟然五投四中。我想这大概是在治脚伤期间练出来的绝招。可见凡事有弊亦有利。

大约是季前赛的缘故，重练习，轻结果，比赛进行得中规中矩，轻松而又和谐。没有激烈的拼抢，也没有高难的表演。人们把全部的热情都倾倒给了拥有姚明的火箭队。开场一分钟，网队的哈里斯第一次站到罚球线上时，篮球架后面的观众拼命挥动塑料棒，大声鼓噪，制造干扰。他们把广州站变成了火箭队的主场。远远看去，坐在网队运动员席上的主教练约翰逊一时脸色变得十分凝肃。我想那一刻他一定十分懊恼，悔不该在夏季把易建联转会给了奇才队。不然，以易建联广东籍球员的身份，以现场球迷的本土情怀，实在应该是网队的主场。当然，这只是一个中国球迷的臆测。约翰逊是美国人。美国人自有美国人的思路。

观众席自然爆满，少有虚位。奇怪的是对面有几排却空着，无人去坐（到后来才陆续坐上去几个人）。那里跟球场挨得最近，看得最真切，却白白地虚着。我们想，这一定是给重要人物留着，但他们却把好位置浪费了。

现场看球的最大好处之一是可以看到啦啦队在场上场下的活动。那支火箭队的啦啦队真是十分敬业。上场时，表演劲舞、花样扣篮、前滚翻、后空翻，无不尽力。下了场，她们也没有回休息室，整齐地站在边线的入口处，随着场上气氛的节奏，击掌，跺脚，扭动腰肢。自始至终，没有懈怠。她们的表现比球赛更吸引眼球，成为赛场上十分抢眼的组成部分。她们把比赛一步步导入高潮。

高潮一过，随即落潮。人们像潮水一样从各个出口漫出来。走远了，回头再看，演艺中心被拥裹在淡蓝色的灯火中，迷离而恬静，留给人好多遐想。

梅关古道

很难想象这条古道竟然承载了如此渊深的历史重量。

梅关旧称秦关。据说秦始皇统一中国后，着力做了两件事情：一是在北方构筑长城以防御匈奴；二是在南方开关道，大力开发岭南。"岭"是五岭的统称，即大庾岭、骑田岭、萌渚岭、都庞岭、越城岭。在秦朝之前，五岭之南的广东、广西皆属南蛮之地，是列为疆外之域的。梅关就修建在大庾岭东面，时为公元前213年，算下来，距今竟有2200多年了。梅关古道应该是中国疆域上最古老的一条山道了。

我们一进入这条古道，就感觉到脚下的这条路径不会是两千多年前的那条路径了。虽然石板光滑，两旁杂树蓊郁，满眼古意，但道路平整，阶梯井然，随处可见的青苔也不显苍黑，不免稍感失望。细一想就觉得这是有点天真了。经历了几千年的变迁，山河都很难说依旧，一条道路当然是有变化的。梅关古道，光有记载的就经历了几次大的修葺拓展。

比如说张九龄。张九龄是本地人，官至中书令，是唐代有名的贤相。但我所知道的张九龄，首先是一个诗人。上大学时就读过他的诗："兰叶春葳蕤，桂华秋皎洁。欣欣此生意，自尔为佳节。谁知林栖者，闻风坐相悦。草木有本心，何求美人折。"（《感遇》）感觉生机勃勃，情致深婉，十分震动。后来在我供职的花城出版社出版了一本《唐诗三百首》，收录的第一首诗就是他的《感遇》。到了南雄，站在梅关古道的小径上，才知道张九龄是位关心民间疾苦有着古道热肠的实干家。那时已经是公元716年（唐开元四年），张九龄告假还乡，侍奉老母，亲身感受和看到老百姓翻山越岭的艰难，"岭东路废，人苦峻极""以载则曾不容轨，以运则负之以背"，艰辛无比。于是上奏唐玄宗，请求重新凿山路，变天堑为坦途。张九龄对这件工作十分认真（我想他就是一个对自己工作认真的人），亲自考察地形，亲自指挥和监督施工。他放弃了原来的老路，另辟一条山口低、易通行的新路。这里山势险要、岩头峻急，工程全靠人工肩挑手凿，其难度是超乎想象的，但他硬是带着工程人员和当地的父老乡亲凿出了一条新路。新路的格局同老路完全不同了，宽可丈余，坡缓路平，两旁遍植林木，人可走，马车牛车也可并行，一头直通中原腹地，一头接住浈江码头，顺浈江南去，即达广州，完全打通了广东同中原的交往。当年秦始皇开辟大庾路，纯是出于政治目的，为的是征伐南越，统一中国；而此次张九龄开路，更多的是经济意义上的，它加强了岭南岭北的贸易往来，促进了经济繁荣，改善了老百姓的生活。通道即成，南来北往的商旅络绎于途，道旁酒肆林立，茶坊无数，梅关古道一时繁荣无比。当地人铭记张九龄的恩泽，一辈一辈地传诵下来，留下许多掌故。他们不一定能知道张九龄的诗文，但都记得他造福乡梓的功德。

这样的人是值得纪念的。

后来又有两个人是让人们时时念起的。蔡抗、蔡挺，是两兄弟。那已经到了北宋，时为1063年，距张九龄凿路已过去三百多年。两兄弟各自在梅关左近做官，一个是广南东路转运使，一个任江西提刑，南北相邻。既为兄弟，自然时有往来，于是一个主意就在茶余酒后议定了，两人分别修缮各自所辖境内的路段，补种松、梅。自古至今，筑路修桥就是最为人们称道的积德善举。当地民众对蔡氏兄弟的善行十分感念，吟诗诵知："峤岭（即大庾岭）古来称绝徼，梯山从此识通津。"著文记之："庾岭险绝闻天下。蔡子直（抗）为广东宪，其弟子政（挺）为江西宪，相与协议，以砖铺其道，自下而上，自上而下，南北三十里，若行堂字间。每数里置亭以憩客。左右通渠，流泉涓涓不绝。白梅夹道，行者忘其劳。予尝至岭上，仰视青天如一线。然既过岭，即青松夹道，以达南雄州。"后人亦多有称颂，"古松夹道，形如虬龙""郁郁凌云气，岩岩耸耸材""不风能避雨，即雨亦衔杯"。这哪里还是古道，完全是当今高速路两旁的景象。据说，发展交通同美化环境同步，是现代交通的一个重要观念，从这里可以看到渊源。

时代是发展的，任何事物都会有兴盛和衰落，公路、铁路、航运，各种发达的交通形式纷纷取代了古道的功能，如今的梅关古道早已废弃不用。但它的历史犹存，文化价值还在。在国富民强之后，政府适时地拨出专款把梅关古道修复成了旅游区，供游人消闲凭吊。

我们从南雄县城出发，车行不过二十分钟，就到了梅关古道的进山处，甫一下车，前头的惊呼就一声一声不断。眼前浓郁的绿色让人们顿时兴奋起来。

那绿是太绿了。漫山遍野地、铺天盖地地、兜头盖脸地，直逼人面。注目细看，那绿又不完全一律，是有变化的：浓绿，黛绿，翠绿，浅绿，粉绿，间或也会显出一点一丛白色或鹅黄色，却又把绿色渲染得更强烈了。这里的空气也被绿化了，是潮湿又轻软的，混合着泥土味，只略作停留，一身的骨肉就松软下来，有种净化了的感觉，被吸引收摄着赶紧往上走。

穿过书有"古驿道"三个大字的牌坊，脚下是岩石和鹅卵石混合铺就的道路，宽约五米，阶矶井然，规整而干净，感觉不像乡间岭上，是在广州的大公园里漫步，十分惬意。古道蜿蜒，两旁密密匝匝地长满梅花和松树，绿色的植被将泥地遮盖得严严实实。天光漏下树缝，将我们的影子淡淡地投映在路上，若有若无，令人恍惚。

我们很快到了"夫人庙"。庙颇精巧，略显颓圮。庙为张九龄夫人戚宜芬而修。乍听之下，不免疑惑：莫非张九龄也兴夫贵妻荣那一套？听了介绍，才知是多心了。原来这里面还有一个壮烈的故事。据说，张九龄修筑梅岭古道时，白天开凿出来的岩石，到晚上就又弥合了。一连五十天，天天如此。张九龄在梅山顶上设坛祈祷，有神人给他指点迷津："此乃山神管辖的地盘，需用孕妇的血液滴到上面，方能破岩。"张九龄的夫人戚宜芬知道事情原委后，正好有孕在身，立时有了主意，当日半夜时分，独自持剑上山，自刎，以血祭天。自此，工程进展异常顺利，再无阻碍。这个故事，当然神话的成分很多，但人们都相信了这是真实发生过的，自发地修庙供祀。中国人对历史上为国家为人民有过贡献的人总是非常景仰和虔诚。从庙里转一圈出来，默诵着立柱上的一副庙联："夫布慈云天上佛；人施法雨海中仙。"心中忻然。再抬头吟诵门口立柱上的联语："风度永存神灵在；精诚所至石能开。"很是信服。

我们在"东坡树"下小作逗留。"东坡树"在六祖寺对面，是一棵巨大的枫树，枝干挺拔，直耸云天，虽已古老，仍然枝繁叶茂。无论在典籍或民间，苏东坡留下的故事传说非常多。典籍上记载的无非是苏东坡先生的行踪和诗文，民间传说的大多是他遭谪贬时的逸闻。这里的传说便是其中一则。据说是东坡先生被贬时路经大庾岭，在这棵枫树下的小摊上买了碗水酒止渴。卖酒的老者宽慰落难的大学士，说："苏大人，吉人自有天相，总有一天能够遇赦北归的。"苏东坡心生感慨，当即赋诗一首《赠岭上老人》："鹤骨霜染心已灰，青松合抱手亲栽。问翁大庾岭头住，曾见南迁几个回。"谁知事情还真给岭上老人说中了。六年后，六十五岁的苏东坡遇赦北归，庾岭上又遇到卖水酒的老人，一时感慨万端，再又吟诗一首："梅花开尽杂花开，过尽行人君不来。不趁青梅尝煮酒，要看细雨熟黄梅。"（《赠岭上梅》）

青枫树下，已经没有了卖水酒的摊担，只在旁边搭了一个敞棚，有老者坐在石磨前，缓缓地磨着豆浆。雪白的浆汁从石磨四周滚涌而下，散发着淡淡的清香。旁边，还有一个烟摊子。

梅花诗碑林值得一看，尽可盘桓。古道两旁，皆为旧物复原，只此一处是新增加的。碑林所刻诗文，都是古今名家所作，诗文好，书法亦佳。如《重修岭路记》，记述的是张九龄凿通大庾岭以来，梅关古道上的变迁和繁荣景象。又如中华人民共和国开国元帅陈毅的《梅岭三章》。1936年，陈毅遇险，潜伏在梅岭的莽林中三十多天，身临险境，全无惧怕，十分从容，居然还有心情写下《梅岭三章》藏于棉衣内层，以留后世。陈毅是我十分喜欢的元帅之一。他是元帅，也是诗人，他的正气让人景仰。我一直珍藏着一本四十多年前得到的《陈毅诗选》，淡蓝封面，纸质粗糙，但数次迁移和搬家，许多旧书舍弃了，那本《陈毅诗选》却一直放在书柜的顶里面。他的诗我不一定很喜欢，然而爱屋及乌，因为喜欢他这个人，也就想读他的诗。

陈毅躲在这荒山中二十多天，四面都有敌人重兵围困，我很想知道他是靠什么充饥，又是如何摆脱险境的。我的担心显然多余。还是岭上老人给苏东坡说的那句话（也是古已有之的老话）：吉人自有天相。他在这块神奇的土地上，完全可以用意志、信仰、阳光、清风、草根、野果果腹。

再上一程，眼前豁然开朗，微微抬头，就看到不远处的梅关了。一瀑光亮，从关口处直泻下来，一派亮堂。梅关果然气势不凡，两旁山岩突兀，怪树丛杂，关口那边就是江西境域，一条石板路垂直而下，远处，山影晰然，烟雾渺茫，关口的风很大，很清冽，一会儿自东而来，一会儿自西而来，时有变化。在上面站了一刻，就感觉身心皆被洗涤一净，有种清空的愉快，尘虑尽消。

头顶上，梅关顶端的横石上刻有五个大字：岭南第一关。上面满布岁月的尘埃。

同行的人都分散开去，拍照，喝茶，抽烟，大呼小叫。我独自扶向路下山。独行的感觉又自不一般。一路又看了看状元树，看了六祖庙，看了六祖慧能的放钵石、衣钵亭、卓锡泉，看了送子泉，看了雁来亭，在北伐军出师处的石碑下面小坐片刻。我不知道汤显祖的《牡丹亭》故事是否确定就发生在这里，也无法揣测冯梦龙"三言二拍"中的《陈巡检梅岭失妻记》，讲述的那个藏妖洞是否就在附近，但我知道古典文学名著给一代又一代读书人的滋养陶冶是永在的。

一群一群的游人在眼前络绎来往，我觉得这些人真会挑选地方。在当今如此喧嚣的社会中，暂时放下俗务，远离那些烦人又恼人、嚣杂喧闹、尔虞我诈、钱欲熏心的名利场，到这里放缓脚步走一走，等等灵魂，听听心跳，一定对放松身心、启迪心智是大有裨益的。

晚宿南雄迎宾馆，一夜无梦。

在德保喝蛤蚧酒

我在三十多年前就知道了，广西产蛤蚧。拿蛤蚧泡酒，可以治风湿，治气喘，还可以壮阳，可以补肺。蛤蚧泡过的酒，会平和很多，喝着有点淡。

那时候我在卷烟厂烧锅炉。锅炉房里最大的好处是，暖气足，热水多。一到冬天，很多工友就钻到锅炉房的更衣室里取暖来了。

长沙的冬天，比北方难受。一样的北风呼啸，一样的大雪封门，可是长沙的室内没有取暖设备，屋里和屋外一般冷。厂里有规定，单身宿舍的房子里不准烧炉子。下了班，吃过晚饭，还有漫漫长夜该怎样打发呢？女工们多是脱了罩裤，坐到被窝里，一边织绒衣，一边有一句没一句地聊天。她们把作为劳保用品领来的绒手套省下来，拆了，再织成绒衣（也有更手巧的，拿那种白绒钩成窗帘、桌布、绒帽、袜子。我只是不明白，她们怎么能领到那么多绒手套）。那些男工们哩，就一头钻到锅炉房的更衣室里来了，喝茶，抽烟，扯闲嗑。

更衣室不算小。靠里墙一排衣橱，靠窗并排两张办公桌，还有不少空地，就放置着长凳、矮椅、藤沙发，一张缺腿的铁转椅傍墙放着。在这里，烟、茶都是免费（烟是卷烟车间的工友随身带来的，一大捧，"唰——"往桌上一摊；锅炉里的茶叶则是厂里提供的，叶梗粗糙，但尽量供应，一泡一大壶），暖气又足，常常穿件毛衣还出汗。所以，晚上的更衣室里总是高朋满座。椅子不够，桌上也坐了人。

我们都是招工进来的知青，大多来自本省各地，湘南的、湘西的、湘北的、长沙的都有。也有几个广东人，还有一位生在广西。我们操着各地乡音，话题十分广泛。

有一天，我们谈起了喝酒。衡阳的糊汁酒，嘉禾的倒缸酒，湘西的苞谷烧，永兴的黑豆酒，蓝山的牛屎酒——说是拿糯米酒用坛子装了，外面裹上牛屎，埋进地里，过三五个月后起出来，一揭坛盖，清香扑鼻，喝一碗，醇厚宜人。广西的那位工友就是在那时候说起蛤蚧酒的。他拿粉笔在桌子上写下大大的两个字"蛤蚧"，给我们把读音校正，然后就眉飞色舞地将蛤蚧酒渲染了一通。他说蛤蚧酒平和冲淡，十杯不醉，他说蛤蚧酒补肺平喘，壮阳奇效，他还强调每次泡酒一定要一对蛤蚧，效用方好。他觉得普天之下，蛤蚧酒应数第一。大家听了都很兴奋。

我问他蛤蚧是什么样子。他想了想，说："样子像壁虎。"随后又补充一句，"比壁虎大，比壁虎还难看。所以，也有人叫它大壁虎。但是功效好，真的好喝。"

我想了很久，实在想不出比壁虎还难看的蛤蚧会是个什么样子。后来我还会时时想起蛤蚧酒会是什么样子。到过年前工厂放假的时候，工友们纷纷托人买票准备回家过年，我找到广西那位工友，托他给我带一对蛤蚧回来。

这位广西工友很守信用，年后返厂，给我带回了一对蛤蚧。果然比壁虎大，也比壁虎难看。长约半尺，皮似癞蛤蟆，背面紫灰色，有红色斑点，尾巴短秃秃的却是暗灰暗灰，十分丑陋。我从厂里医务室讨来一只敞口玻璃瓶，打了两斤散装米酒，把蛤蚧泡上。

我把蛤蚧酒给了朋友莫应丰。

那时我跟莫应丰交往快一年了，过从甚密。我们几个工人作者常常在他家里相聚。老莫嗜烟嗜酒，但却没有看到他抽过什么好烟喝过什么好酒。烟是一角八分的飞虹牌，酒是五加皮，顶多浏阳河小曲。他的肺大概是不太好的，常常是一边抽烟一边猛烈地咳嗽。老莫每顿饭都要喝酒。他喝酒很慢，"吱——"一口，"吱——"一口地喝，很少干杯。一边喝酒一边聊天，一顿饭拖好久。每次吃饭，老莫都会给我倒上一杯酒。那酒真不好喝。要么一股药味，要么辣口。我总想着要搞瓶好酒给他喝。

莫应丰那天接到蛤蚧酒，很高兴，张开嘴巴笑得呵呵的。他把酒瓶放到饭桌上，侧偏了头左看看，右看看，忽然盯住了我正色说道："小肖，你上当了！"

原来泡在酒瓶里的蛤蚧没有了尾巴。而没有尾巴的蛤蚧是没有药效的，几同废物。莫应丰当兵的时候在广西待过，对蛤蚧有所了解。那次送他的蛤蚧虽是无尾之躯，他还是很高兴，炒了一碟花生米，同我对酌。他说，蛤蚧生在大山深处，身形丑陋，叫声奇特，夜静时偶能听到。叫声短促有力，一声曰蛤，一声曰蚧，能连续叫出十三声才停下来的，为蛤蚧中之上品。那是因为蛤蚧每一年一声，能连续叫十三声则表明年岁很长，壮实有力，润肺补气壮阳的效果上佳。他说，蛤蚧的性子很倔，很刚烈，咬住什么东西，至死不放。所以，很多捕猎蛤蚧的人不是捉，是钓。他们拿个钓竿钩片肉，让蛤蚧咬住，一扯出来，就擒获了。他还说，看到两条蛇交尾，人会倒霉；但两条蛤蚧交尾时被抓获，用来泡酒就是绝品了。这是传说，他也没有听到有人抓获过。后来的人习惯拿两条蛤蚧泡酒其实是一种想象而已，并不是非此不可。

那天我们拿蛤蚧的故事下酒，一连数杯，竟都有点醺醺然了。

可是我心里有了几分歉疚，总想着什么时候能去一趟广西，买一对上好的蛤蚧，好好泡上一瓶酒，再送莫应丰。

可惜好多年过去，我竟一直没有机会去广西。万没有想到的是，莫应丰正值中年突染重疾，去世了。我再也没有机会同他一起喝蛤蚧酒，留下了遗憾。

渐渐地，我也把这件事淡忘了（好多事情都淡忘了）。谁知前不久，我突然被邀请到了广西德保做客。既为嘉宾，难免酒宴。我们二十来个人围桌而坐，每人面前一个细瓷小杯，一只玻璃壶。酒是倒在玻璃壶里的，各人自斟自饮。酒满敬人，服务员给每只玻璃壶里都倒得很满。显然那是药酒，淡淡的琥珀色看着就很诱人。倒在杯里端到嘴边一闻，清香扑鼻。等到大家都举起了杯，主人——县委书记黄宗道才宣告：我们喝的是蛤蚧酒。

原来我们是到了蛤蚧的产地来了。广西盛产蛤蚧，主要在德保，它一个县的产量就占了广西的四分之三。黄书记介绍说，德保的蛤蚧，同别的地方的蛤蚧是有区别的，很容易就能分辨出来。德保的蛤蚧有五个爪，别的地方蛤蚧却是四个爪。德保的蛤蚧背脊呈淡黄色，很光滑，不难看。黄书记说，德保的蛤蚧泡酒比别处的效用要好很多。这个不难理解，谁都会说自己的东西好。黄书记还说，他们的石龙酒厂里面有个老虎洞，号称"亚洲第一窖"，窖里的酒都是蛤蚧酒。他们窖藏的历史已经很悠久了，但他们的量是有限的，每年只收购两万条蛤蚧。

我们那一围二十人，有的好酒，有的没有酒量，但无一例外都听说过广西蛤蚧酒，知道一点关于蛤蚧酒的知识，都对蛤蚧酒很有兴趣。好酒者不等主人招呼，早已"吱"一声将酒灌到肚子里去了。那些没有酒量的，也充满好奇地抿一口，又抿一口，随后就小心地仰高脖子都喝光了。我也跟着慢慢把酒含进嘴里吞了，感觉绵滑醇润，略有劲道，十分舒服。

那一晚，德保的主人竭尽了地主之谊，轮番劝酒，又有身着民族服装的姑娘小伙子载歌载舞地助兴，我也就敞开喉咙一杯接着一杯喝下去了。那一晚，大家都喝得非常尽兴，谁都不知道自己究竟喝了多少杯酒。很奇怪，竟没有一个人有醉意。睡一觉起来，第二天大家在饭厅见面时，个个精神焕发，眉眼有光。接下来的一天，我们去看了吉星岩、大沐屯河红枫湖。

那红枫湖是真美啊！中间一湾碧水，平静无纹，长两里有余，曲弯有形。四面的山起伏连绵，山上长满枫树，高大浓密，枝叶拥簇，浑然一团。已是深秋时节，枫叶还没有转红，满眼只是一团一团的苍黄绛紫。麻石小径下面的漫坡上，长满了青草，油绿油绿的，平坦、光滑，一绿到底。高天、云影、紫枫和碧绿清亮的湖水，让我感觉到不是置身在广西德保，而是在中国北方像风景明信片上面的画境中。

　　我忽然想起了莫应丰。如果莫应丰还在，我们携一壶蛤蚧酒，坐在草坡上对酌，那该是一件多么畅快的事情。

走进七百弄

　　七百弄是个乡名，地属广西大化。行走在七百弄山里，不由得想起我的家乡。

　　家乡在湖南郴州，也属山区。在我出生的县城，四面环山，只有一条土马路穿山越岭，逶逶迤迤地通往外界。我们从小就知道，马路的那头连着郴州，连着省会长沙。因为出门就见山，爬山成了我们生命中最经常的运动。我们常会选择不同的路径，攀爬上山。山上很多岩石，很多树。山风总是很大。站在山上，可以俯瞰脚下的山脉。绵绵延延，大小参差，遥无尽头。我们看到从县城西门口吐出来的那条土马路，努力地往前延伸，逢山过山，逢水过水，越远越细，忽然就没影了。我们不知道路那一头的郴州是个什么样子，更无法想象省会长沙是种怎样的繁华景象。我们对山外面的生活充满了向往。我们做梦都想着走出大山，到外面去闯世界。

　　七百弄的地形跟我家乡正好倒转过来，这里的山都是倒扣过来镶嵌在地里，形如大大小小的锅。这种"锅"当然都奇大无比，深可几百米。当地人把这种"锅"叫作"弄"。"弄"

不是汉语,是瑶家语言。弄是"洼地"的意思。七百弄乡号称有七百个弄,其实不止。清朝时候为了便于管理,在这里设了七个团局,每个团局管一百个弄,名义上七个团局就有了七百个弄,乡名也随着叫了七百弄乡。这里实际上有一千多个弄场。在方圆不过五百平方公里的土地上,镶嵌了上千个弄场,如果从空中俯视下来,那会是一种怎样的动人景象。

凡事都有最大和最小。七百弄乡最大的弄是甘房弄。停车挪步,行不到 50 米,就到了垭口上。迎面一块巨石,上书"天下第一弄"。笔迹飞舞,气势了得。站在巨石旁,可以看到洼底有十几栋房屋,错错落落地呆立着。没有太阳,天阴着,洼底下的村落就显得更邈远,但还是分辨得出哪是住房,哪是草垛,哪是晒坪。村头有一栋房子特别高大,想来那是他们的宗祠堂。有一栋房子的瓦背上有炊烟飘出来,才飘到一根竹竿高,就散了。有一只鸟在半空中飞,我们看到的是鸟背。我们脚下,有一条石板路,差不多是垂直地挂下去。对面的洼壁上也挂着一条小路,细若麻绳,若隐若现。弄底的人出弄进弄,就靠的这样的羊肠小道。那时已近深秋,草枯了,灌木也已落尽叶子,岩头尽显,四围一片肃杀,再无路可寻。据说,下面的人要出来一趟,得花大半天的时间。我很想下到底下去,看看那里的人,看看那里的村巷,看看那里的房屋,看看那里的鸡猪牛狗,看看那里的贮水塘、苞谷地,呼吸一下那里的空气。可是依我现在的脚力,纵然下得去,又还爬得上来么?

我只能靠在岩石上,呆呆地去想象那个不算太远却无法靠近的生活。

我想，那里应该是一片真正的世外桃源。日出而作，日落而息；石臼舂米，麻秆照明；瓦缸盛水，木碗吃饭；村巷里有鸡在啄米，狗在交尾。现代化的东西当然也会无可避免地渗透过去。他们也会穿胶鞋，穿尼龙袜，会戴发卡，会用塑料盆，会用搪瓷缸，还会拿塑料膜遮挡风雨。他们的土地是有限的，那里的人口也应该是基本保持一个恒数，几百年都不会有大的变化。他们也会有贫富之分，但贫者不致太贫，富也富不到哪里去。他们的生活不可能奢华，但是平静平缓，是安定的。连天上的雨雪只落到一半，就都飘散了，化了，竟不知其所终。

我很疑惑，当年土改的时候划分阶级成分，他们那里也有地主，有富农吗？"文化大革命"轰轰烈烈，"红卫兵"徒步串联，到处煽风点火，也能把造反的大字报贴到几百米下面的洼地上去吗？他们知道反"右"运动吗？知道大跃进大炼钢铁吗？他们感受不到金融风暴的巨大冲击，大约连"非典""甲流"都没有听说过。

但我相信一点，他们并不满足这种生活，他们知道要改变这种生活状况，只有走出去。走出去靠什么？他们知道：读书。

学而优则仕，读书改变命运，"读可荣身，耕可致富"，"诗书传家久"，这种观念在我们中国人心中由来已久，可谓根深蒂固。山里的孩子，这种愿望尤其强烈。

离开"天下第一弄"，我们重新登车，又在山里转了一大圈。这里的人家住得很分散。弄底的人家自不用说，多则十几户，少则三五家，独门独户的亦不在少数。就是在一些山坳平地上，聚居的农户也不多。这就给读书带来了很大的困难。政府只能在人口相对集中的地方设点建学校，让周围的学龄儿童入读。很多孩子，从读小学一年级开始，每天就得背着书包，带着午饭，爬"弄"过坳，翻山越岭，走上几里路，甚至十几里路，去学校学习。这些孩子没有大人陪伴，独自出门，行走在荒"弄"野路上。无论阴晴，无论雨雪，皆无改变。挂在洼壁上的小路笔陡笔陡，他们得一步一步走上来，傍晚又一步一步走下去。他们走得很慢——那种路能走得快么？我们读书的时候，也有乡下的同学，也是走着小路翻山越岭过来读书。可是这里的孩子比我们那时要走得艰难——艰难很多。这里的自然环境（山上多是岩石，很少有出产），这里的生活，这里的学习条件，显然都比我的家乡要艰难。但他们仍然日复一日地走着，学习着。走完了小学的路，又要走更远的路，到乡里的中学去读书。

艰苦的环境，必能更加激发人的生命力，总能长出一些栋梁之材。一直陪同我们的一位县领导，就是七百弄乡土生土长的人。我们要求去他的家走了走。看了他家在弄底的祖屋，看了他上学时走过的小路，体会到了他年少读书时的艰难，更体会到了他要改变这种状况所付出的努力。

他终于是从山弄里走出去了。

这山弄里还会出更多的人才。

高明散记

　　高明一日，跑了几个地方，看了几片景，留宿一夜，给我一个鲜明的印象是：恬静。

　　第一站去杨梅观音禅寺，汽车出高明荷城，眼前的马路陡然宽阔起来，马路宽而直，地面十分洁净，太阳光直直地落在上面，像敷了一层薄薄的盐粉。路中间有花坛，尽植花草，油绿油绿的，鲜红鲜红的，随路而前。坐在车上，一路看出好远，教人顿时身心舒畅。

　　行约20分钟，汽车拐弯，掉头，上了一条山道。不一阵就到了观音禅寺的停车场。观音禅寺还在修建中，四处宽敞，道路不平整。为了表示我们的虔诚心意，特意绕道下去，从正门处踩着阶梯一步一步走上平台。迎面见到的大雄宝殿让我心里一阵震撼。这座正殿好大，比我在其他寺庙见到过的大雄宝殿都要大。因其大，更显得庄严凝肃，气象恢宏。游人不多，少有喧哗，是难得的一份清寂。平台中央置一张很大的长形香案，两支红烛高擎，香案里覆了浅浅的一层香灰。我们在平台上散漫地踱步。地下铺的是大理石方砖，长宽各是一米，呈乳白色，清凉的地气透过鞋底板传导上来，直入肺腑，涤荡着心中的尘埃，无比清爽。彼时高天无云，一色深蓝，放眼望去，视野十分阔远。可以看到远处淡灰的山峦，可以看到不远处白亮的河流和深黄浅绿的田野，可以看到脚下近处如簇如拥青翠作一团的树木。那树是真绿真密啊。顶上的向阳的树叶蓄饱了阳光，闪烁着针尖一样锐利的反光，让人眯细眼睛扩大鼻孔，直想多待一会儿，再多待一会儿。

据记载，杨梅观音禅寺始建于清光绪十四年（1888年）。寺院在抗日战争期间的1940年被毁。1998年重建。建寺院，说明国运昌隆。这里还有个故事，据说杨梅观音禅寺的住持释宏惠大师原先在清远的飞来寺，那年受广东省佛教协会的介绍和邀请，在广东开设一个正统的佛寺。释宏惠大师为选址费了很多工夫。那时他已经90岁高龄，却四处行走，看遍了广东的山山水水，最后选中了高明的杨梅将军山。大师几乎是一眼看中了这块地方。他的解释是，远眺此山，像一个端坐着的大佛，富态而安详。

这里真是一块福地哩。

返回时，我们特意绕道山前，好好地看了看进门牌坊上的一首诗联：

观音天成赐圣水，

柳枝洒遍济世间。

将军山中龙头泉，

松涛阵阵伴钟声。

诗很写实，但意味悠长。

接着下山，一阵急驰，到了阮涌古村。

古村真是很古很旧了，沿街屋宇，墙壁已经让风雨磨蚀得很粗糙，瓦缝里长出了一茎一茎小草，迎风抖颤，铁门环也都有锈迹了。一条石板街道，略有弯曲，向前延伸过去。两旁房屋，一栋挨一栋挤得很紧。房屋大多还是住家，门都敞开着，依稀看得见厅堂深处的神龛，以及粗笨的桌椅，墙画，还有电视机、电冰箱。街道旁偶尔也会有窝藏的一间日杂店，或是糖果铺。柜台后面，无一例外地坐着一位胖大嫂，眯眼打瞌睡。两旁房屋忽然断开了，那是有巷道劈出去。巷口的空地上，可以看到影壁，看到镂花木雕，把村子装饰得更加沧桑。街道的拐弯处，一块小小的角落里，两位老者坐在矮凳上，把腰弯得很深，负曝下棋。听到有人过身，一齐偏脸，扫过一眼，复又转正脖子继续走棋。他们脚下的地上，各放了一只茶缸，还蹲了一只小黑狗，都很气定的样子。忽然，空中有水滴下来，抬头看时，一半老徐娘正从阁楼的雕花木格窗子里探出身子，将一竹篙衣服搭在对面的屋檐上。竹篙上耷拉下一只大裤衩，滴滴答答地沥水。

少妇冲我们嫣然一笑。笑里有歉意。

街道的建筑、情景、氛围，怎么那么熟悉。对了，我的家乡就是这个样子。我恍惚回到了二十世纪五六十年代湖南南部的那个小镇上，旧事徘徊。

我出生的那个镇子里也有这样一条石板街。我们那里是县城，人家多，街道自然也比阮涌古村的要长——长很多。街两旁的店铺也多得多。我家住在南门凸街旁的小巷里。我读小学的学校在县城的西门，中学校却是在北门外。每天上学放学，我都要走过那条长长的石板街道。伴着石板道，有一条小溪流水，宽不过四尺，水清可鉴，汤汤漾动，水底的游鱼、虾米、碗碴瓷片，都看得清清楚楚。清早，我们逆水而上；傍晚，顺着水流走下来。水面将我们的影像摄入水里，时而很胖，时而很瘦，摇摇漾漾，怪态百出，让人乐不可支。街道的拐角处，有一方床铺大的空地，常常有小妹子弯起一条腿在上面玩跳房子的游戏。她们单腿直立，一跳一划拉，样子十分可爱。北门外的街道尽处，有一股很大很清冽的泉水，名珠泉。家乡的镇上，有很多眼井水，可是人们都喜欢喝珠泉水。每天的清早或傍晚，他们都结伙去挑珠泉水来家。桶底的水沥沥啦啦地滴落下来，一串一串，牵扯攀连，在石板街上结成牵牛花。我们赤脚踩在滴满水污渍的青石板上，凉爽，松快，心里好欢喜。

家乡出太阳的日子还是多。可是街道两旁的房子太挤，屋檐很宽，阳光够不到石板上，街道上就永远是湿漉漉的。家家墙脚下，都浅浅地巴着一层青苔，透着古老温润的气息。这种气息让人温馨，沁凉。我常常想起家乡那条充满水的气息的街道。

在阮涌古村老街的街尾，我们还看到了一间老药房。大凡中医世家都有个药号。此号名"万春堂"。这名字很好，容易让人想起春天万木复苏的生机。黑漆金字匾，木门，铜环，古旧的抽屉式老药柜，铜制的舂药器，粗厚的长条凳，一切都保留着清代中药房的韵味。墙壁上挂了好几块锦旗。不难想见，此处传医布药，妙手回春，活人多矣。

转过街尾，又见一排石脚砖木结构的老屋。据说这已是清代传下来的了。用心一数，一共有13栋。房屋当然很旧了，木格窗上糊的白纸都已经破碎，屋椽也是槽黑的了。它们笼在厚厚的白亮的阳光下，静静伫立，似乎要给人诉说什么，又似乎什么也不想诉说，只留给人遐想绵绵。

坐上汽车，重新驶回宽阔平敞的大马路，顿时又回到了现代社会中来。路旁的建筑簇新整齐。水果摊子从车窗前一晃而过。红的，黄的，绿的，各式水果堆得溜尖。路人的神态都十分安详，脸上浮现着愉悦而满足的笑容。过了一座塔，名文昌塔。塔身高耸，把倒影映进旁边的沧江水里，形似一对犄角。据说文昌塔建了有500多年了。文昌塔建成的第三年，本邑即有区氏两兄弟金榜题名，考中进士，后又因诗名成为"岭南诗派"的代表人物，一时传为美谈。接着又穿过了一座商贸城。商贸城里好热闹。卖电器的、卖服装的、卖食品的、卖皮货的、卖摩托车的，首饰店、金店、花店、冰糕店……一家音像店开着音响，声音很大，但不震耳。

后来又经过一片山野。那片山野好大，好葱茏。路两旁全是树木。近处是树木，远处也是树木，绿成一片。这绿是重复的，却又是浅深不一的。近处是浅绿，远处是深绿，中间凹下去的那一段则是浓绿。这是因为那一段的树木特别高大，枝叶特别浓密；厚密的绿叶层积在一起，绿得就格外浓烈，格外深沉；远眺过去，十分养眼。

到了大沙水库。嗬！这哪里是水库，分明是一座天池。一座太大的天池。我曾经慕名到过新疆乌鲁木齐的天池和内蒙古阿尔泰山上的天池，都不及大沙水库大。即使将那两座天池的平面相加，也还不一定能超过养眼的这块水面。但它确实具备了天池的品相。水是碧清碧清的。水面无风，水平如镜，天容云影，倒映其中，清晰可辨。像极一帧巨幅的水墨画卷。四周围以山峦，皆不高，错落有致。山峦上长满了树。看不到树干，只看到树叶，绿意纷纭，一堆一堆地滚作一团，连接天穹。最绝的是水中央有一座小岛，也长满了树，也是只见树叶不见树干，那绿色却一直触探到水肚里面去了。水边一株大树上，挂了上百只白鹭，一动不动，像凝固了一样。水边地上也站了一白鹭，伸着长长的脖颈，凝然而立。同行的赵洪先生说，在他的老家东北，是把白鹭叫作"长脖老等"的。白鹭的定力十分好。它们站在水边，昂首向天，半天不动，直到水里的鱼游到脚跟前了，才猛然把嘴啄下去，随即叼上一条鱼来。白鹭叼上了鱼，却不马上吞进肚里，只是把鱼叼在嘴上，骄傲地伸长了脖子，久久地站着。蓝天，绿树，碧水，一只白鹭叼着鱼昂着长脖站立水边，那景象是很美妙动人的。

可惜我们那天终究没有看到这个景象。

无论在乌鲁木齐的天池，还是在阿尔泰山的天池，都有一个景象，人多——人多得不得了。水边人工架设的观景台上，人挨人，人挤人，插脚不进。那不是看景，是看人。人看多了，会完全破坏心境。大沙水库就不一样了。我们去的那天，几乎看不到人影。水是静静的。水中的小岛是静静的。山是静静的，里侧边那座度假山庄里绿树掩映的黄墙黑瓦也是静静的。大地真是空旷。我们在堤坝上慢慢走。天光水色，细草丰茸，蝶舞蹁跹，鱼翔浅底。我的心里一点一点地澄净下来，变得无比透明。

我们在水边待了好久。我心里一直惊叹着：真静！

上了车，我心里还在想着：这里真静！

向晚时分，我们的汽车已经行驶在一条乡间公路上。公路不宽，仅容两部汽车相对而过。两旁的桉树长得非常整齐，一棵一棵挨着，密密排立。路旁的田野里，稻谷熟了，金黄灿亮，一直铺排到远处。中途，稻田忽然撕开了一个口子，裸露黑墨墨的田地。几个人在田里忙碌着，收割稻子，砰嘭之声隐约可闻。一种遥远的知青时候的生活情景在心里升起，有一丝淡淡的、虽然酸辛但很纯净的伤感。

我把车窗打开，让风灌进来。

那风打在脸上，好舒服。

晚饭在一个叫作十字坡的地方，这地名也很静，静得令人想起《水浒》中的月黑风高夜。这是高明作协主席夏建芳着意安排的，是一处山间小店。说"店"，有点太过正经，其实就是一户农家。把前面堂屋腾出来，在楼上辟出几个包厢，就叫作店了。店前柜台旁边，立了两个大酒缸，近一人高，两人还合抱不过来。柜架上摆了一些蛇酒和药酒瓶。小店侧门外，有一个大院，用木栅栏圈着。院子里种了菜，油绿油绿的，十分茂盛，有成群的鸡鸭鹅穿行其间。摆了几盆花，花下面长丁葱和蒜。一间矮砖屋里，关了斑鸠、鸱鹑之类野物。小店在村头的一道漫坡上。夏建芳他们不叫这里十字岭，叫作十字坡。这当然是借用了《水浒》里头那个吓人的地名。但这里没有孙二娘，当然也不会有人肉馒头。店里的老板和做服务的小姑娘，个个都很和善，满脸笑容，话语柔细。我们把饭桌搬出到二楼阳台，当中摆下。往藤椅上一歪，泡一壶滚茶，看着袅袅的热气腾上来，感觉真是非常舒服。彼时天色已晚，暮霭沉沉。但还能看得见下面小河里碎银般闪烁的粼光，能听到田野里蛙声如鼓。

那天吃的是土鸡、田蛙、小白菜，还有几只山鸟。几种野味合在一只钵子里炖了，香味异常，刺鼻刺喉。喝了六杯蛇酒。起身时，已有点醺醺然了，是扶住栏杆走下楼梯的。

回到高明荷城迎宾馆，已是晚上十点多钟，将近子时了。有点累，但精神非常好。乘着余兴，在住房旁边的阳台上独自站了一阵。阳台很大，种了很多鲜花，空气中有一种淡淡的清香。人立花丛中，四处寂静，叶影萧然，只能用那句俗话来形容了：惬意。

然后，返回房间，倒头便睡。竟一觉睡到大天光。睁开眼睛时，阳光满窗，窗外有小鸟啁啾，好久都没有搞清楚自己身在何处。

在龙门看农民画

外出采风，安排我们在龙门只待一天，让我顿感索然。好长一段时间来，常有人跟我说起龙门，说那里的南昆山、桂峰山、温泉小镇，都是极其清凉好玩的去处；那里的舞火狗、舞春牛、点灯，则又是极其独特的地方风俗；还有建龙围、焕文楼、翁泉，无不值得一看。如此多的景致，却让我们在那里只待一天，能尽兴么？

汽车一出惠州，大雨便卷地而来；车到龙门，却风雨骤停，头上清出一汪蓝天，让人的心里也顿然清凉起来。稍事休息，县里的宣传部长安排我们先去观看农民画。画而冠以"农民"，很容易地就想象出它的泥土气息。我对于凡带泥土气息的事物都感兴趣，即刻欣然前往。

首先去了文化馆。馆有四层，专门辟出二楼隔作了若干间画室，供一些农民画画师在此间作画、授业。这里是龙门农民画的一个重要基地。能在这里占据一席之地的都是在农民画创作上有了相当成就的高人。政府将这些画室免费提供给他们，供他们潜心创作，也可带些徒弟。一两个、三五个，不等。他们授徒也都是免费的，而且不设门槛，谁都可以报名来学。政府自会给他们补贴。我们一路走去，每间画室里都看了看。画室统一规格，大约二十平方米，三面墙上满满地挂着室主人的作品，角落里堆着画布，两位学徒模样的在学画。学徒的年纪都不小了，已近中年，且大多为女性。他们学画的时间也许还不长，颜色线条都还显得稚嫩，但都极为专注、认真。任我们在里面喧哗品鉴，他们完全不为所动，连头都没有抬一下，只是静静地、一笔一笔一丝不苟地画着。他们的神情令人感动。能这样沉下心思努力的人，假以时日，终会有成。

在二楼转过一圈，发现龙门农民画都是没有题识的。他们完全没有中国画创作"留白"的讲究，只管将画面填充得十分饱满，连半点缝隙都没有；颜色皆大红、大绿、大紫、大黄，极尽绚艳。这样饱满而绚艳的画面给人的视觉造成极大的撞击力，一种喜感扑面而来，而在饱和的画面上任何款识都会显得累赘。但也有例外。农民画画家王汉池先生已经画了三十多年，对农民画创作的各种技艺烂熟于心，但王老先生并不满足，总还想有变化。他想到的是将龙门山歌糅进画里面。

龙门山歌也是极有特色的地方文化，一首山歌即是一幅画作的立意。他打破龙门农民画没有题识的框框，有意打乱某种格局，淡化了那样刻意的平衡与和谐，留出空白，将山歌题写在上面。在他的画室迎门处挂着一幅刚刚完成的作品，名为《接新娘》，画法依旧，画面很有喜气，新娘子一袭红装，美丽又端庄，一左一右的伴娘都把头歪向一边，着装一红一绿，互为映衬，接亲的队伍也各具形态，这些都跟其他农民画画家如出一辙。不同的是他在画的左上方留出一块空白，把那首山歌题写在上面：太阳一出圆当当，金光灿烂照四方；新娘美艳赛豆腐，又白又嫩又端庄。有了这首山歌，画面顿时生动起来，少了几分呆板，显出与众不同的艺术魅力。

接着驱车到了中国农民画博物馆。这是一座由民营企业家出资修建的博物馆。在这里，能看到龙门农民画的发展脉络，也能看到他们最优秀的一些代表作。据介绍，龙门县的农民画作者数以千百计，遍布城乡。他们大多不是科班出身，对于创作却都很自信，因为笔下表现的题材都是亲身经历过的生活，有着切身体会。只需看看这些画作的题目：《淋菜》《榨油》《摘豆角》《盖新房》《磨谷谷》……无不带着一股浓烈的乡土生活气息。想来这些农民画画家都是些心地善良宽广的俗人，他们在画作中着意滤去了生活的艰辛，只是尽情地渲染铺陈一种欢乐气氛。一个家里，一间餐厅，挂上一幅农民画，那份喜色能让满室生辉。

龙门农民画有不少表现的是当地风俗，最常见最著名的是舞火狗。

有一个传说，说瑶族峒主幼年丧母，是靠吸吮母狗的奶水长大的。狗对瑶族有哺育之恩。后人为了纪念狗的大恩大德，就有了舞火狗的活动，是一种祭祀。也是青年男女们的一个节日。每年中秋的夜晚，少女们齐集在祠堂门口，她们在肩膀和腰上都绑了黄姜叶，头戴竹笠，竹笠上插着点燃的香，谓之"火狗"。随村人一起祭完祖，"火狗"们就排着队，且歌且舞，到每户人家的灶房和菜园去舞拜，小伙子们此时则不可上前，只能远远放鞭炮助威。至夜，各村的"火狗"队会集到一处，舞至河边，将身上的披挂统统除下扔到河里，站在水边将手脚洗干净了，然后男女会集，隔水对歌，至明方歇。再然后呢，舞过三次火狗后的女孩子就可以住进"妹仔屋"，可以在晚上等候男子约会了。舞火狗实际上是瑶族女孩子的成年礼。

这是一个非常浪漫、充满人情味和洋溢青春气息的活动。想想看吧，秋夜、朗月、舞火狗、男女隔河对唱、妹仔屋里月下约会，这都是多么具有画面感的场景。舞火狗成了龙门农民画画家们常常拿来创作的题材。每次创作，自有新的角度、新的立意，无有雷同。

炎夏的龙门，随处有阴凉，到了南昆山中，更是凉意袭人。夜宿自然保护区的度假村，窗外大树肃然，极为幽静，一波波的山风从窗口灌进来，凉爽至极。我坐在灯下，翻看着县里赠送的《龙门农民画作品集》。与一些只为招商和旅游而作的宣传品不同，这本画册用的是艺术形式来表现乡风乡情。不着一字，尽得风流。我静静地把一本画册翻读到底，直至夜深，兴尽而眠。

窗外的山风响了一夜。

南岭北望

　　一脉大山横亘在两省交界处。山势蜿蜒，绵延几百里。站在山顶的岩头上，顿觉天高地远，胸襟开阔。山那边是湖南，山这边是广东。一山两名。山那边叫莽山，山这边叫南岭。山上的风很硬，一掌一掌地照人身上拍打。在烈风中转动脖颈朝四下张望，是件非常快活的事情。我的家乡就在那边山下，当年我下放的地方，却就在南岭余脉上。我分明地感觉到，脚下的地气是通着那边山脉的。我将眼光努力地投向远方，极目处，山影晰然，岚烟氤氲，旧时旧景在一派迷蒙中恍然泛起。

　　然后，择路下山。路两旁的树木越来越高耸挤密。树种多为南岭松，一层一层地参差有致。南岭松学名"华南五针松"，当地人干脆叫之广东松。南岭松似乎生就专为人们观赏的，枝干挺拔，针叶飞扬，层次分明。它没有别处松树的那种苍劲，独有一种灵秀。悬崖陡壁上也长了南岭松，这里一棵，那里一棵，像是从悬崖上探出手来打招呼，生意盎然。据说南岭松的叶子是随季节而变化的，春夏是翠黄色，到冬天，就变成了粉蓝色。南岭山上冬天会下雪结凌（好厚的雪，好大的冰凌），南岭松自身会分泌出一种防寒物质，把树叶染蓝。蓝松，在别处没有见到过。我们到南岭的时候，正是深秋时节，南岭松尚在演变之中，将蓝未蓝，蓝中带绿，枝叶上浮着一层淡淡的褐色，阳光照着，闪烁不定，现出一派奇景。

我们一行人都站停了，呀呀惊叹，寻找各个角度拍照。其实何必找角度，随处皆成景。

南岭松漫山铺延，枝叶舒展，像水洗过一样干净。天很蓝。空气极其新鲜。

我不知道南岭山上是从什么时候开始有了这么多松树的。记忆中在我当年下放的南岭余脉那方山地里，生长的大多是杉树，杉树下面是油茶树和很多杂树，如南酸枣、木瓜、紫荆、刺榆、柞木之类。杉树用途广，砌房子、做家具都是好材料。杂树可以做烧柴。当地农民都很穷，我们知青也穷。烧不起煤炭，只能烧柴火。生产队每五日放一天假，给大家上山捡柴。我们天亮即起，爬十几二十里山路，进到山的腹地。漫山漫谷的杉树，密密挤挤。泥地很湿润，空气也很湿润，杂树丛上蜘蛛网接住的露水晶晶发亮。我们提着柴刀，在没有路的地方开出路来，四处乱走。我们砍下胳膊粗细的杂树和杉树枝，集拢到一处，削去枝叶，再用藤条捆成堆。如果能捡到一两个油茶树蔸或是几根松树枝，那是让人最开心的事情。油茶树蔸经烧，是大年三十晚上守夜最好的烧柴。松树枝劈成木片，可以留到夏天的晚上下田照鱼，可是那时候山上的松树不多，偶尔有一棵两棵，都是被人斫砍得枝叶不全。

那时候松树的用途不大，山民们都不栽种。

　　但那时候的杉树是完全能跟眼前的松树媲美的。那时候杉树林外头的山岭上，一到春天，就开满了映山红，一大片一大片，满坡都是，映红了半边天。可是那时候常常饿肚子，心里想的只是怎样能果腹御寒，满眼美景，无心欣赏，只顾低头匆匆而过。

　　我扶住一棵松树，伫立良久。离去时手上沾了松脂，一缕松香跟住我往下飘荡。

　　行不数步，一片水声泠然响起。一条水涧斜起在眼前，蜿蜒而下。

　　同行的南岭林场场长介绍说，这就是南岭有名的亲水谷。

　　亲水谷一起势就表现得非常大气。源头处是一片大水冲刷过一般的石滩，几颗巨石，庞大如房屋，杂杵其上，有泉水自石底涌出，汇聚成清流，汤汤而去。稍远，即成了蓝色。那水是真蓝。宽宽展展的，从从容容地，像一匹轻轻抖动的蓝绸布，把旁边的岩石都晕染得变了颜色，把我们的心都映蓝了。

　　紧傍亲水谷，修起了一条水泥栈道，随水势一路往下。栈道稍宽，可以并排行走三人，有种在公园里踱步的感觉，水声一直在耳边喧响。它们不可能不喧响。水要从这么高大的山岭流下去，该经过多少道坎。每道坎都能让它们形成瀑布。瀑布有宽有窄，有长有短，无论宽窄长短，下面都会形成一面水潭。瀑布自然是千变万化的，无一处雷同。水潭也是多种多样的，小的不过桌面大小，大的却比篮球场还大。有几处瀑布都是从几十米高的崖壁上飞泻而下，长练如虹，撒珠溅玉，形成奇观。有一处峡口如碾米机的出口，水流至此，槽口突然收窄，那水便如同加工好了的米粒，散碎开来，纷纷扬扬地顺槽而下。再一处峡口却十分宽大，水流静静地滑下去，依天接地，恍如一幅硕大的白布。每道瀑布的地下都蓄起了一汪蓝莹莹的水潭。当地人给每一处水潭都取了名字：飞花潭、双溪潭、映月峡、响水峡、九曲潭、朱雀潭、通幽潭、青蛙潭、清水潭、珍珠潭……名字很形象，很美，多为纪实。我把这些名字一个一个印在了脑子里。

每个水潭旁边都有人驻足拍照；也有人蹲在潭边捡石子。每当捡到一枚彩石，就一声欢呼。

过了桥，我在路边石凳上坐下来。不是累。实在是为了多逗留一阵。石凳正在一堆浓稠的树荫下面，身上越发地感觉到清凉。石凳旁边，一溜竹槽把青青的泉水从山上接下来，叮咚有声。

山泉水让我想起当年挑柴下山的路上，路边也是有一条溪水伴随。路的弯多，溪水的弯也多。溪水比亲水谷的水大多了，白花花的，带着很清纯、很透明的样子。溪中石多，溪水很急，冲撞在石头上，哗哗地不停地喧闹。喧闹声让寂静的山林不再寂寞。在水的喧哗中，我们的脚步特别轻快。路边上，隔不远就有一处泉水凼。泉水用竹槽从山上引下来。蓄在路边的水凼里。那些水凼用岩石砌了边，小小的一汪，清清亮亮。我们在每一汪泉水凼旁边，都会卸下柴担，歇一阵。在水凼里洗一洗手，然后，合掌成勺，从竹槽下面接满一捧水，再送到嘴巴上喝。有时候懒得动手，干脆就趴下去，将嘴巴直接凑到竹槽下面喝。山泉沁甜的，滋润了肠胃，也松快了五脏六腑。

暑热顿消，疲劳顿消。如果运气好时，水凼旁边还能摘到刺莓，或是野果子，刺莓是酸酸的，野果子是涩涩的，可是含在嘴里，特别有味道。那时候的生活是苦涩的，但有了这溪流，有了这山泉水，有了这刺莓和野果子，似乎都不觉得了。

我有时会摘了一束野菊花插在柴担顶上。野菊花一颤一颤地，把我的心情颤得很开朗。

常常地，还有蜜蜂跟住我们往山下绕。

……我在石凳上坐了好久。直到凉气浸透全身，才站起来。我把矿泉水瓶清空了，在竹槽下接满一瓶山泉水。我心说：久违了，山泉水！

我握着山泉水瓶，走几步，忍不住就要喝一口。越往下，亲水谷水势越大，它们一路跌宕，一路喧腾，低吟浅唱，水木清华。偌大的一座南岭，正是因为有了这条亲水谷，才变得灵动和活跃起来。

我们傍晚时分才回到山下。很奇怪，上山下山走了一个下午，竟丝毫不感觉疲累。亲水谷在这里被一座大坝拦住了，拿它发电。我回身在大坝的石墩上坐下来，面对南岭山，还要好好地看几眼。暮霭已经在山间腾起，山上混沌一片，更显峻伟和幽深。我感到了一种温馨和慨叹：这座大山，在我们贫穷时，给我们以柴薪和食物，它的物产，滋养和温暖了团转上百座村子的村民；在我们初步富裕起来以后，在紧张的工作之余，想要有个地方休闲时，它又换了一身装束，供我们闲静和清凉。

我又想起了我们老家的一句骂人的俗话：那是南岭山上

下来的强盗拐子。这句话已经在老家流传一千多年了。可以想见，南岭山历来是盗匪出没的地方。我小时候在家乡时常听到有人恶狠狠地用这句话骂人。现在回家乡，再没有听见人使用这句恶语咒人了。

现在南岭山上有的只是蓝松清溪，爽风明月，是一派清凉。

到胡公庙摇签

一

对胡公庙的兴趣，是何志云挑起来的。

一进入到金华境内，同行的何志云就不断地提起方岩，提起胡则和胡公庙。兴奋推崇之色，溢于言表。我这人孤陋寡闻，依稀记得早年读过郁达夫先生的一篇散文《方岩纪静》，年代久远，里头的文字都淡忘了，完全不记得有没有写到胡则和胡公庙，所以，对何志云的一再渲染，我有点不以为意，浑然不觉。

至夜，我刚刚住下，何志云推门进来了。

这位老兄又是来跟我说方岩和胡则的。何志云跟我曾经同学，浙江人氏，做过六年浙江艺术职业学院院长，同金华渊源很深，此前已三上方岩，还想再去。他给我说了一段关于方岩的掌故。他说六十多年前毛泽东主席途经金华，召集当地政要见面时，还专门就胡则和胡公庙做了一番议论。于是我才知道原来胡则是古代的一名大官僚。但我以为毛泽东主席作为一国之首，熟读史书，了解一个地方的名臣也不是很奇怪的事情。我的心思还在即将要去的舟山镇，想着观看打罗汉、九狮图。

打罗汉的场面很大。九狮图很壮观。

我们一早到了舟山镇。表演的地方在镇中一块空地上，四围用绳子圈出了一方比篮球场略大的空间，正中放置了一排桌子、一排条凳，作为贵宾席。表演还没有开始，绳圈外面已经挤满了观众，堆叠了四五层；场边马路上，停了很多汽车，竟有人爬到面包车顶上坐着，两条腿悬在空中。场子斜对面，过一座石桥，突出着一栋青砖黑瓦大石门的祠堂，身穿黄布衣衫头扎黄巾肩扛兵器的汉子在进进出出。我沿石桥走下去，挤进祠堂。堂屋很大，涌动着一簇一簇的黄衣汉子，这些罗汉每人手上都持有一件家伙：案头旗、大刀、滚叉、响叉、木棍、单刀、盾牌。屋尽头摆着偌大的神龛，神龛里供着一尊神像。神像有常人大小，通体红色、头戴金冠，胸前飘着几绺黑胡子。像前的神案上，堆了猪肉、苹果、橘子、馒头等一应供品。香炉里的香灰堆起好高，六支大红蜡烛燎燎亮亮地烧着。一会儿，门外头轰然炸起鞭炮声，锣鼓也敲打起来了，罗汉们精神一振，各自把兵器抄在手里，鱼贯而出。待罗汉走尽，却见神案旁还剩着一队人，皆是老婆婆，一个个神情肃整，依次走到神案前，从神案上抽出三炷香，点燃，对着神像鞠三躬，将香插在香炉里，再又退开。我忙也跟在队伍后面，恭恭敬敬地点了三炷香，三鞠躬。然后才问身旁的老婆婆："上头的神像是哪路神仙？"老婆婆说："是胡公大帝哩！"

而胡公大帝，就是胡则。

等我回到场上，表演已经开始了。两队罗汉，各二十余人，每人手持一面案头旗，踩着锣鼓点子正在绕场旋舞。旗幡上一面大书：胡公大帝，一面是：独松胜案。"独松"大约是个地名罢。一会儿，锣鼓点子急骤起来，两支罗汉队伍跟着交叉穿插，手中的旗幡兜风张扬，猎猎作响。过一阵，随着最后一声锣响，"当"的一声，队伍摆出"一"字长形，静立不动了。静场的间隙，广播喇叭里介绍说：这个阵式叫长蛇阵。接着，锣鼓声重新响起，队伍又跑又舞，变化出三角阵、八卦阵、梅花阵、蜈蚣阵、龙门阵……每成一阵，罗汉们都要一齐拿兵器往地下一撺，同时吼出一声："嗨！"四周便也跟着轰出一声："好！"场面十分热烈。

接下来的武术演练，又是另一番景象。或两人，或四人，都是对打：大刀对打、长棍对打、响叉对打、双刀对打、矛盾攻防，各式兵器轮番上阵。看得出都不是花架子，都是演练过千百回了的。那种起势、收势，那种马步，那种跺脚抖刀，都十分专业。一刀劈下去，呼呼生风；一棍扫过来，平地起尘土。

最后压轴的节目是叠罗汉。上下四叠。第一叠、第二叠的罗汉都是身强体壮的后生，第三叠是半大小子，学生模样，精瘦，却无不身手敏捷，一手牵住上面罗汉的手，一手搭在旁边老人的肩上，双腿一纵，腾空跃起，就轻巧地落在第二叠罗汉的肩膀上了。最高一叠，是两个更小的小孩（当地人称之为罗汉孙），在几个大人的又托又推下，慢慢爬了上去。然后，在骤然激越起来的锣鼓声中，第一叠、第二叠、第三叠罗汉，依次挺直了腰身，最后罗汉孙也颤颤巍巍地站直，又站稳了。于是，两座由几十个罗汉叠成的"牌坊"就在场中间矗立起来了，四周观看的人炸雷似的爆出一声"好"，接着大片掌声响起来，地动山摇。稍停片刻，两座牌坊又互相牵扯着缓缓转动，直到转完一个圈，才停下来。表演结束。

接下来是九狮图。

表演用的狮笼一推进场，就表现出气度不凡。狮笼高数丈，长宽各约五尺，周边雕龙画凤，饰以金色，显得光彩夺目。一根长约八尺的龙头木杠从狮笼上方斜伸向天空，翘首瞪眼，木杠上金黄色的龙鳞历历可数。据介绍，九狮图又叫拉线狮子，还叫颠狮子。拉线狮子者，顾名思义乃背后有人拉动纤绳操纵之意，跟拉线木偶是一个原理。当看到狮笼背后站着一排穿红衣裤扎红腰带包红头巾的人竟清一色是妇女时，不禁哑然。既名九狮图，出场表演的自然有九头狮子。狮子大小不一、装饰各异，却都十分可爱。从狮王甫一出笼，在长杆上跳跃腾挪起，人们就开始笑。是那种自然而然的笑，忍俊不禁的笑，开怀的笑，乐不可支的笑，如醉如痴的笑。从头笑到尾。看来九狮图是非常讨人喜欢的节目。因为连续地不断地大笑不止，我都记不清狮子们进进出出蹿上蹿下玩过什么花样了，但最后一个情景却记忆深刻，弥久难忘。那时已近尾声，长杆上爬起了七头狮子，正嬉闹间，长杆顶上的彩球"砰"一声爆开，竟爬出两只幼狮。幼狮只有拳头大小，毛发蓬松，伴着悠长的锣鼓点子，一耸一耸地爬近狮王，左右相偎，拱头扑爪，极尽天真顽劣之态。全场一片哄笑。

时间就在不经意间过去了。我感觉到无比的轻松和畅快。一台节目，能带给人这么多快乐和欢笑，真好！

后来才听说，打罗汉和九狮图都是方岩庙会上的主打节目，九狮图甚至上过中央电视台，还受邀到法国、新加坡、新西兰表演过。方岩庙会已经有了千数年历史，每年从农历的八月初开始，到九月重阳结束，历时一个多月。庙会期间，人山人海，热闹非常，周围几十里内的人都涌到那里去；每天都有节目表演，有时甚至几处同演，打罗汉和九狮图自不在说，还有"讨饭莲花""十字莲花""十八蝴蝶""九曲珠""调花钹""大面姑娘""铜钱棍""踩高跷""鲤鱼戏龟""老鼠招亲"等四十余种。你方演罢我登场，令人目不暇接，流连忘返。那么，方岩庙会的起源是什么呢？原来是因为拜"胡公"。胡公即胡则，方岩庙会实际上就是胡公庙会。

说来说去，最后又落在了胡则身上。他到底是个什么样的人物？

二

胡则是北宋时期的一位名臣。家贫，自幼苦读，二十六岁考中进士，二十八岁出仕，在近五十年的官宦生涯中，从县尉（这是掌管一县军事的官职）做到了兵部侍郎，其间浮浮沉沉，在全国很多地方留下了宦迹。

胡则的名字是经皇帝御笔批改过的，颇有来头。幼时他名叫胡厕，因母亲如厕时突然生下了他，索性就取名一个"厕"字。理由倒是不错，说是"贵者贱之"。可是这名字到皇帝那里就通不过了。宋太宗看过他的卷子，十分欣赏，可是一看名字，却不高兴了："一个进士怎么能以厕为名！"遂朱笔一勾，将"厕"字的"厂"字旁划去。于是，胡厕就成了胡则。皇上御批更名，古来得此宠幸者能有几人？我想那时初出茅庐的胡则该是欣喜若狂的。这从他当即写下的《七律·及第诗》里可得到印证："……御苑得题朝帝日，家乡佩印拜亲时。小花桥畔人人爱，一带清风雨露随。"从此他就立下了报效皇上、尽忠报国的志向。

鉴于中唐以来藩镇强盛、尾大不掉的历史教训，宋王朝决定采用崇文抑武的基本国策，即重用文臣，抑制武官，这就大大激发了士大夫们的参政热情和社会责任感。通过科举考试进入仕途，是众多读书人的一条人生捷径，而入仕之后也大多能勤于政务，勇于言事。他们能自觉地把自我人格修养的完善看作是人生的最高目标，一切事功仅仅是人格修养的外部表现而已，所以，那时的士大夫虽然承担了很多重要的社会责任，也受到朝廷的严密控制，但并不缺乏个性自由。他们可以向内心去寻求个体生命的意义，去追求遵循道德自律的自由。

胡则的一生中做过很多事情，一些史书上都有记载。若用现代的话说，他在每个位置上的业绩都很突出，但他最为老百姓感念的还是减免赋税的功绩。古时所谓"为民请命"，现代语则是"敢为人民鼓与呼"。胡则出身寒苦，深知苛税不除，民不聊生，社会不稳。从他入仕起，就把宽赋除苛奉为终生奋斗的施政纲领。为了老百姓的利益，他无畏权威，将生死荣辱都置之度外。

宋仁宗天圣三年，胡则移知福州。那时他已经六十三岁
了。年龄的衰老、宦海的沉浮，还有父母亲相继去世的哀伤，
都丝毫没有伤损他的志向和个性。在福州任上，为了减免百姓
税租，他直言力谏，向朝廷连送三道奏章，言辞一次比一次激
烈。到第三道奏章时，他简直是愤怒了："……反映百姓疾
苦，是刺史尽忠陛下的天职。如果刺史反映了百姓疾苦，提出
了谏言，朝廷却置若罔闻，那还要刺史做什么？"胡则把话说
到了这个份上，宋仁宗固然心中不悦，也不好再不理会，更无
法驳回——奏章上罗列的都是事实。圣上英明，没有让胡则再
上奏章，恩准了。

至明道元年，胡则调回京都担任工部侍郎。是年江淮大
旱，赤地千里，饿殍遍野。胡则以他在群臣中的声望，慷慨陈
词，奏免了衢、婺两州百姓的身丁钱。婺州即现在的浙江省金
华市，正是胡则的家乡。身丁钱又叫丁钱、丁口税，是一种代
役性质的赋税。胡则从小就切身地感受到，这种苛税是个大祸
害，害得老百姓喘不过气来。人到暮年，终于将这重苛税免除
了，为家乡父老做了一件好事，欣慰之情，难以名状："六十
年未见弊由，仰蒙龙敕降南州。丁钱永免无拘束，苗米常宜有
限收。清嶂瀑泉呼万岁，碧天星月照千秋。臣今未恨生身晚，
长喜王民绍见休。"他觉得可以对家乡的老百姓有个交代了。

在所能看到的歌颂胡则的诗文中，尤以范仲淹的《祭胡侍
郎文》最好。范仲淹因《岳阳楼记》名垂千古，他在文中有两
句话"先天下之忧而忧，后天下之乐而乐"，哺育了多少后代
人，成为多少官宦的座右铭。中国的读书人，不知道范仲淹、

不知道《岳阳楼记》的，大概少有。范仲淹虽写了《岳阳楼记》，却从没有到过岳阳楼，全凭想象写成，但跟胡则却曾经共事。就在胡则奉调回到京都担任工部侍郎之前，他以戴罪之身被谪贬到了陈州（历史上的良臣似乎都有过谪贬的遭遇。范仲淹亦被贬到邓州——即现在的延安）。其时，范仲淹担任陈州通判，胡则比范仲淹大二十六岁，应该算是两代人了，可是两人的性格和执政理念都极其相似。他们很快成了无话不谈、生死不渝的忘年交，同声相应、同气相投，且能朝夕相处，昼夜倾谈，这真是人生一大快事。虽然两人共事的时间不长，前后只有一年零一个月，但在范仲淹心里留下了极其美好而深刻的印象，以至在几年后胡则去世时，范仲淹含泪写下了《祭胡侍郎文》。祭文中盛赞胡则："进以功，退以寿，石不朽。百年之为兮千载后！"

百年之为兮千载后——说得好啊！

胡则的声名，更重要的是留在了民间。官家的好评、史家的赞颂，固然都很当紧，但都不及民间留名来得实在和深远。我的家乡有句老话：水不清心清，山不高人高。老百姓心里明白得很，谁是庸官，谁是贪官，谁是清官，非常分明。中国的老百姓也是最讲实际的，谁在官位上为他们做过主，谋过利，都是记得的，还喜欢编成故事传颂。包公包大人就是一个最好的例子，胡则是另一个例证。我的家乡还有句话：黑心进衙门，清心进庙门。在老百姓的见识里，进了衙门当上官的，心肠都会变，胡则是个例外。混迹官场几十年，还是初衷不改，矢志不渝，一心想着建功立业，为老百姓做点实事。还真让他做成了。

永康的百姓十分感念胡则，在其少年读书时的方岩山上建起庙宇，塑起他的泥像，供人祷拜。

非常神奇的是，胡公庙建起来后，传说发生了几桩胡菩萨显灵解困救厄的事情。那些故事都很离奇，传得很神，尤以胡则"助王师灭贼"的故事最为奇特。人们都相信，一个在生前和死后都尽忠帮扶朝廷、倾力关照百姓的人是会成仙成佛的。历代的统治者都很懂得借助和调动民间信仰的力量大做文章，借以加固自己的统治基础，将孔子奉为"至圣先师"是一例，胡则也是一例。他们会借势，也会造势。为此，赵宋皇帝对胡则的封赠代有所加，宠遇殊深。在宣和至宝祐的一百二十多年中，胡则的地位不断提升，由臣而侯而公，封号累加，竟有八个之多。时隔三百余年改朝换代后的明太祖朱元璋又敕封其为"显应正惠中佑福德齐天大帝"。于是，历史和传说一齐发力，便造就了这个人物的不同凡响乃至神仙地位，从此百姓便敬称胡则为"胡公大帝"，胡公庙香火大盛，胡公庙会也越来越兴旺，很多村子都成立了"胡公会"（也有几个村子联合成立的），都有一座用樟木雕制的"胡公大帝"神龛，有一套专门的理事班子。每个村都还有一支罗汉班，农闲时习武，有事时护村自卫，在庙会期间则上方岩山表演，生气勃勃、热气腾腾。每年农历八月前后开始的一个多月的庙会期间，上方岩拜胡公、赶庙会的人多达二三十万。到了八月十三胡则生日当天，气氛达至高潮，数万人聚集在方岩山上山下，还有一百多支罗汉班上去表演朝拜，"祈愿者肩踵相接，帜仗蔽道"，热闹非凡，蔚为壮观。

然而，这些都是资料上才能看到的场景了。胡公庙会曾经沉寂了很长一段时日，神庙被毁、天门关闭、罗汉班子解散，方岩山道上再少有人攀爬。直到二十世纪的九十年代，政府顺应百姓的吁求，允许并倡导各地的胡公会恢复活动，重新活跃了胡公庙会。组织罗汉班和表演队上方岩朝拜胡公，让这项已经传承了千年的民间文化活动得以延续下去。

现在，每年的庙会还是如期举行，但在规模上是大不如前了。而且，上方岩山赶庙会的大多是老人、小孩、妇女，还有外地来旅游的过客，后生仔不多见。

改革开放以来，有一个很大的变化是农民纷纷往大城市挤拥——尤其是沿海的开放城市。我们国家是个农业大国，农耕文化的因子源远流长、根深蒂固，世世代代有一个传统观念：以土地为根本。二十世纪八十年代分田到户，本是令农民们欢欣鼓舞的事情，可是政策一旦放开，好多好多人就宁愿放弃耕种土地，背井离乡，义无反顾地往大城市拥。我一直不太明白：难道金钱就有那么大的魔力？大城市的钱，就有那么好挣？大城市的生活就有那么美好？这些年我到周边的几个省跑过一些农村，村里住着的大多是老人、妇女和孩子，他们戏称自己是"三八""六一"部队。那些村子给人的感觉是，完全没有了精、气、神。看着一栋一栋废弃的农舍，一块一块荒芜了的土地，心里就一阵阵揪紧。我的老家是个只有三十多万人口的小县，可是光在广东东莞一地就聚集了近十万老乡（他们在那里成立了同乡会，还成立了全国唯一的一个驻外常委会，管理得井井有条）。我曾专程到一个名为瓦窑头的村子看过，那是一座曾有一百多户人家的大村；村子三面是山，山上郁郁葱葱，种满了松、杉、竹和果树，还有很多药材；村子前面有条宽丈余的山溪流过，溪水清澈见底，哗哗流淌。如今村子却几近废弃，只有十几个老人家还留守在那里，其余人家都搬走了。远的，到了长沙、广州，最近的也搬到了县城和附近的镇上。我们在铺了石子、石板或水泥的村巷上高高低低地走着，每户前面的门上都挂了锁，窗户上的塑料薄膜很多都破了，扒住往里探看，有的里头还堆着柴火，丢着桌凳，有的则空无一物。村子中间有条电线耷拉下来，挂在一道屋檐下；好几处洗衣台板下面，爬满了青苔；牛栏屋里的乱草板结成了淤黑的一块。村子应该废弃不久，却到处是腐朽的气息。我们到了村头一栋水泥瓦房门口，房子很大很气派，依山傍水，抬眼就可以看到满山青绿，可是门上也挂了锁，玻璃窗户关得死紧，据说屋子的主人也搬到省城住去了。我抓住自来水井的扶把，只压两下，清凌凌的井水就哗哗地跑出来了。喝一口，沁凉，还带了丝丝甜味。我在坪里的石凳上坐下来，看着远处的村庄和青山，听着流水潺潺，心里无比地伤感和空茫。

我不知道瓦窑头的乡亲们在外面生活的状况，但我认识不少跟他们情况类似的人，大致知道一些他们在城市里打拼的情状。"外面的世界很精彩，外面的世界很无奈"，可以说，他们中的大多数在城市里不是生活，只是生存而已。他们在城市里做着最苦最重最脏的活，拿着很少的工资（当然会比在乡下的收入要高些），吃着很差的饭食，居住环境接近于恶劣。他们整天劳作，起早贪黑，节假日都不敢休息，大概才勉强挣个温饱（或许略有节余），只在过年的时候，才匆匆赶回家乡待个三五天（有的人甚至连过年都不回去，舍不得时间，舍不得路费）。国情如此，在"胡公大帝"可能辉照到的地方自然也不会例外，于是各地的罗汉班子都因青壮年男子不足而无法组成（在我曾经工作过的一个地方，很多村子里的后生仔都外出打工去了，有时出殡，竟连抬棺材上山的八个"腿扶子"都找不齐，还得向外村借人）。好在江浙人聪明，"粮不够，瓜菜代"，组不成罗汉班子，就用女子代替。那些娘子军搭不了罗汉，却可以创新形式，将腰鼓队、洋鼓队、健美舞、木兰扇这些现代的东西融进庙会，让胡公庙会更显多彩。

我想起在舟山镇看到的九狮图表演，就是清一色的红衣嫂子，不禁欣然。

看来，方岩山确实值得一到。

汽车把我们一直拉到方岩山下才停住。跳下车，看到工作人员往售票处买票去了，忙在路旁的香烛店里买了一把香捧着，抬脚就往山上走。石阶很长，还陡，两旁路荫掩道，一步一登高，不大工夫就到了步云亭。亭、殿皆极古拙。殿前有一大坪，置于陡崖之上，长可跑马。据说庙会期间，此处亦为节目表演的一个场点，我们所看过的打罗汉、九狮图，都会在这里隆重登场。届时观者如堵，连对面山坡的岩石上都站满观众。庙里的和尚也走出来，穿着袈裟，与俗人同乐。从步云亭再上去，过天街，转一道"之"字形的栈道，又在天门前照了相，便坐在石阶上歇一歇。不是累，只是为了看看走过来的

214

山。那些山都已经沉在了脚下，一座座状似馒头，拔地而起。众峰罗列，绵延不绝。令人称奇的是，每座山的山脚和山顶都长满了树，林木森森，蒙翳纷披，而在半山腰却是一层一层呈浅褐色的沙石崖壁，坚硬而有光泽。有一只岩鹰在半山腰间盘旋。那里只有岩鹰到得，人是上不去的。

等一众人齐了，才起身振衣，一道穿天门而过，直奔胡公庙。进到庙前，迎面一道长方形碑墙，上覆黄色琉璃檐瓦，基座铺以长条青石，四周饰有长条石栏。碑墙上赫然两个繁体大字：赫霖。字是宋高宗敕赐的题额，自有一种气度。为什么是"赫霖"两个字呢？"赫"字在我的湖南老家话里就是"很"的意思。战国时代，湖南、湖北和浙江的吴越一带同属楚国，语言有很多相似之处，这个"赫霖"是否就是"很灵"的意思呢？我说对了。浙江人何志云拍着我的肩膀告诉我，"赫霖"就是"很灵"的意思。胡公大帝是位极其神灵的菩萨，"有求必有应，有祷必有答"，凡上方岩的人都会在胡公庙里求一道诗签。他嘱咐我一定要看看自己的运气，不可错过。

碑墙一侧，另有一座砖碑，记述的正是毛泽东主席在专列上召见永康县领导的那段掌故，印证了何志云所言果然不虚。

绕过碑墙，胡公庙赫然现于眼前。但随即映入眼帘的是庙对面廊檐下坐着的一排老者，每人跟前摆放条桌，桌上置一木牌，上书：解签诗。老者们目光如炬地望着我们，分明是在说：哈，送钱的来了。

意思自然是，到了胡公庙，无有不抽签的。而抽了签，又少有不解签的。既要解签，多少都得打发一点的。这已经是行情了。

　　我们对这类行情早已麻木了。进寺庙收钱、游名山收钱、烧香收钱、解签收钱，这都是近几十年才有的事情，光烧香一项就分好多种：头道香、发财香、升官香、平安香、状元香、子孙香……有地方一炷香甚至开价到9999元。我不明白，祖国的名山大川自古以来就是供人民大众游乐的，怎么忽然就成了一些人的生财之地。我总在疑惑，凡间的贪欲竟然打着神佛的名义，该是怎样的一种亵渎。有些事情，信则有，不信则无。但我信佛，人都该有佛心；也信神，信奉"头上三尺有神明"的老话，也信万物有灵。每次进到寺庙，我总怀着一种十分虔敬的心情，但如何表达心意，那是自己心甘情愿的事情，不希望别人的半点勉强。

　　我望了老者们一眼，小心翼翼地跨过门槛，进到庙里头。正殿当中供奉着胡公大帝的神像，同我此前在舟山镇祠堂里所看到的大致一样，也是金冠、红脸、红衣服，只是庙里的胡公胡须更浓密、更长，慈和中透着一种威严。庙堂里寂寂无声，每个人的行动都轻缓而庄重。点香、跪拜、摇签筒、兑换签诗，都尽量地极其小心。我垂手侍立一旁，静静地望着胡公大帝，鼻子里飘忽着淡淡的檀香，心里极恬静，极悠远，十分安和。

　　我给胡公菩萨敬了三炷香，而后，摇了一支签。上上签。我给解签的老人好好表示了一点意思。下山路上，在小卖部意外地买到一本《方岩签诗解说》，细读下来，里头的一百首签诗，竟有一多半是上上签，心中不免好笑。但每一首签诗，都带了一则典故，读完全书，又增加了不少历史知识，倒也是一种收获。

回到广州，赶紧搬出《郁达夫文集》，翻到《方岩纪静》再读。达夫先生果然谈到了胡则，谈到了胡公庙和胡公庙会——事情本该如此，写方岩，怎么可能不写胡则和胡公庙呢？——先生大约对胡公大帝的灵异同样很感兴趣，专门辑录了几则有关胡公显灵的传闻，又说："类似这样的奇迹灵异，还数不胜数，所以一年四季，方岩香火不绝。而尤以春秋为盛，朝山进香者，络绎于四方数百里的途上。金华人之远旅他乡者，各就其地建胡公庙以祀公，虽然说是迷信，但感化威力的广大，实在也出乎我们的意料，这就是方岩的盛名所以能远播各地的一个近因……"先生还对方岩的风景倍加称道，"从前看中国画里的奇岩绝壁，皴法皱叠，苍劲雄伟到不可思议的地步，现在到了方岩，才知道南宗北派的画山点石，都还有未到之处。"方岩的风景确是绝佳。回想起来，从我们踏上方岩山道的第一级台阶开始，就一直在登高，走了有一个多小时，竟感觉不到一点疲累，真是有点奇怪。

换了坐高铁

我们已经习惯把乘坐高速铁路列车叫作"坐高铁"。从我居住的广州回家乡郴州，过去坐火车需要5个钟头，现在坐高铁只一个多钟头就到了。这真是一种神速。

5个钟头的车程，说远不远，说近也不近。一般我都会买卧铺票，而且一般上车时间都是在中午12点钟左右。我有午睡的习惯，上车不久，晃悠几下，就可以爬到卧铺上睡觉了。火车上睡觉，并不踏实，也睡不久，但是这一觉必须有。小眯一会儿能让人静息精神，提升元气。卧铺车厢里面可以是静谧的，也可以是喧杂的。上铺下铺，左邻右舍，素昧平生，照了面完全可以不打招呼，不必拘泥任何礼节。这时候的心情是极其松散而又舒展的。我可以安静地闭眼躺卧在铺上，想一点事情。火车拉着我们奔驰向前，给人一种颤颤巍巍的陶醉感。小茶几上堆了食物、茶杯，有人坐在铺位上有一句没一句地聊着天。也有乘客还在睡着。这就有了一种氛围。这种氛围很容易就让人沉落在一泓静平的洼地里，恍兮惚兮。躺久了，也腰疼，不妨蜷腿下铺，坐到窗边上，凝神看看车外边的风景。窗外边的风景是熟悉而陌生的。春天，田野里一片翠绿；秋天，满目金黄。还有连绵的山峦、错落的村庄、树林、水库、马路上的汽车和拖拉机……广东和湖南交界的路段上很多隧道。一会儿，轰——黑了；一会儿，轰——又亮了。俯仰之间，惊乍莫名，亦惊喜莫名。然后，走到两节车厢的连接处，肩膀斜倚在车门上，点一根烟抽了。在旅途上能够优游地抽一根烟，那神气是特别不同的。当然，如果在同一组卧铺车厢里碰到特别有趣的人，也不妨一起聊聊天，逗逗小孩，敞怀笑一笑，那是上苍的另一种赐予，又是别一种境况。不知不觉地，车就到站了。我觉得是在漫长而严峻的人生长旅中得到了一次小小的休憩和休整。

有了高铁。

我坐了几次高铁回家乡。图个新鲜，也图个快，便捷。那高铁真是快，正应了中国那句古老的成语：风驰电掣。我们排着队，依次上车，规规矩矩地坐好，随即车就启动了。车一启动，刚刚闭眼想眯一会，还没睡着哩，却已经掠过了千重山万重山，广播里就在提醒马上要到站了。坐高铁留给我的印象是：快捷、舒适，列车员可人的笑容让人愉快。可是总觉得缺少了一点什么。少了什么呢？少了那种悠游，少了那种烟火味道。坐一次高铁，只会把我生命的发条上得更紧。高铁似乎在暗示我，生活就要不断地加速。

可是我需要的是在高速奔跑的路上经常有个小憩的机会。

所以后来出行，只要没有急事，我还是选择坐普通火车。我明白我们这种二十世纪五十年代出生，下过乡、当过工人的人，有些福是享受不起的。

文里的祠堂

我们在潮州的文里村待了四天。

一待四天，主要看祠堂。

一条村里，竟有36座祠堂，这在全国都是少见的。《辞海》释义："祠堂，旧时祭祀祖宗或先贤的庙堂。"依律，一个姓氏，一个宗族，也就只有一个祠堂，文里村中却拥有如此众多的祠堂，让人惊诧。这是因为：一、历史悠久（建村有九百多年矣）；二、人口众多（常住人口即一万七千多人）；三、姓氏庞杂（大姓十个，小姓无数）。一些大姓，均有公祠；各派系还有自己的私祠。杨姓是文里第一大姓，分别就有杨氏大房公祠、杨氏二房公祠、杨氏三房公祠。在村里走着走着，忽然就闪出一座祠堂来，在太阳光照下静静矗立，庄严、肃穆。

祠堂的规模有大有小，但格局大致相仿。门很大，门槛很高。进门一方小小的廊庑，两侧各有一条行廊直通厅堂，迎面供着列祖列宗的牌位。厅堂两旁，墙壁上悬挂着祖宗画像。画像上的老祖宗长眉、长目、长须、深鼻，人中长而阔，戴官帽，着华服，蹬朝靴，面色凝重，端坐在太师椅上，俨然一副富贵相。画像应该是后人根据记忆和想象描绘而成。子孙绵长，家业宏大，他们完全有理由让老前辈集中了相书上所有的贵人特点。祠堂里光线很好，窗明几净，映照出画像上的老祖宗神采奕奕，纤尘不染。

祠堂门外，照例有一块小小的坪地，铺了地砖，或是抹了水泥，显得干净整洁。却也有例外。杨氏门前的坪地上，既没铺砖，也没抹灰，裸露着一块平平整整的泥土。这似乎很不协调。细问之下，明白过来，原来是，"杨"与"羊"谐音，羊乃食草动物，只有留得泥土在，才得根深草茂，得以养羊。于是想到祠堂和民居中的各种吉祥图案：葫芦（福禄）富，石榴（贵子）留芳，一鹭（路）莲（连）蝌（科），三羊（阳）开泰，蝠（福）至心灵，封猴（侯）拜象（相），壶（佛）报瓶（平）安（案几），四狮（世）同堂，羊羊（扬扬）得意，六鹤（合）同春，鹿鹿（路路）如意……这些处处可见寓意深远的民俗文化，让人驻足，让人欣喜。

更让人欣喜的是祠堂所承载的历史。

每个祠堂都有很多故事。

关于宗族的起源，一般都是从寻找吉地开始的。文里村的风水很好。民谣唱曰："文里创村久，未有杨，先有柯；未有柯，先有潘；潘来时，水连滩。"史料载，一千年前，文里村是南海边一处尚未开发的湿地，也是韩江下游的出海口，泥沙堆积，荒野漫漫，一眼望不到头的野草茅丛、芦苇灌木，各种飞禽群起群落，一派荒芜。也有山脉，也有水。站在高处俯瞰下来，山脉似龙，水系如凤，这在风水学上叫作：龙凤呈祥。有了宝地，自有人寻访而至。据资料勘定，最早跑来文里筑屋定居的是潘姓人家，后为柯，再之是陈，时为南宋乾道二年（1166年），从福建过来。随后，杨家的祖先跟踪而至。他们是受到高人指点来到这里的。高人解说道，文里潮地洋（潮湿之意），乃草木葳蕤之地，适宜羊（杨）的生养，可创祖，但不可独立建立村寨。若建村寨，无意围圈圈养，羊若圈养，受到限制，便难发展。只有不受限制，放养的羊才能自由自在，随处逐草而食，才能生长壮大，有发展。杨姓族人深解其意，一点就通，并不独立建村，即使后来子孙繁衍，枝繁叶茂，也是分散各地，傍村而居，无意立村，却成村中第一大姓。高人所言，果然不虚。再然后，蔡姓、郑姓、庄姓、李姓、许姓、鄞姓……陆续像水一样渗入到此，一到这里就不走了，落地生根，生枝展叶，繁衍开来。迁入的原因无外两类：一为躲避战乱，二为谋生。

只有谢姓例外。

谢氏祖公谢壶山乃朝廷命官，进士出身，当朝郡马，御赐铁牌总管，奉旨领十七将镇守粤东。统辖惠州、潮州、梅州。越三年，壶山公往文里村一带视察水军时，见龙溪多纹洋一带风光秀美，土地肥沃，傍水依山，宜耕，宜渔，宜猎，且宜居。遂请旨再在多汶洋创村。郡马爷兴土木自是不同凡响，请来国师堪舆，修庙，建郡马府。盖民居，垒寨墙，筑营房，车水马龙，轰轰烈烈，闹闹腾腾。日夜赶工，很快就把一座村落兼军营修建起来了。

郡马府建于南宋理宗中朝，距今已经800多年了。村落早已并入文里村，郡马府的遗址却还在。高大的石牌坊依旧矗立，阶基上的条石十分规整，还能分辨出轿厅、官厅、厢房、马房、书房、后花园的位置。据说郡马府有23个厅、36间房、99个门、8个水井，真是规模宏大。如今，偌大的废墟上杂草丛生，开满了星星点点白的黄的蓝的小花儿，有两只蝴蝶在其间寂寞地翻飞。靠在稍已倾斜的石柱上，能想象到当年的堂皇和气派，不由得生出一种朝代兴亡、时光流逝、华发早生的感慨。

据说这一处的风水格局是有讲究的，叫作：二水夹一龙。当年的军巷还在，一条仅容两人走过的巷道；寨墙也还有部分完好。寨墙有两丈余高，厚约五尺，拿沙石拌石灰拌糯米浆浇筑而成，十分坚固，寻常的马钉亦凿打不进。800多年的风雨侵蚀，并没能改变它的容颜姿态，泰然一副粗粝冷峻的样子，让人心生敬畏。

距郡王府不远处的福德庙、三山国王宫也都还在（当然是经过多次翻修的了），佛像前的供桌上供着鲜果、潮饼、绢花，香炉里的香灰堆起很高，空中悬吊着红色的黄色的幡。看得出这里的香火非常旺盛，我想人们到这里进香祈祷，除了祈求平安顺遂，很大的成分也是凭吊这位先人。岭南历来被视为荒蛮边鄙之地，多少朝廷命官遭受处罚就是被谪到这里流放充军（如韩愈、苏东坡），壶山公贵为当朝郡马，却甘愿离开繁华京都，到这岭南最南的地方戍边守境。时人称其"剿平盗寇，守土抗元，竭尽全力施仁泽，保境安邦厚人民"，很有一番作为。这样一个人，当时得到皇上厚爱厚赏，到了后世，也是值得人们纪念的。

因了这样一位辉煌的祖先，谢氏祠堂修得很大，其名称与众不同，祠堂门口的匾额上题的是"谢氏大宗祠"。

谢氏大宗祠就在铁牌总管巷的旁边，门前一座古色古香的三山门楼，有一个广场，还有一个花园，视野非常开阔。进门是一块砖铺的坪地，两旁遍置石雕。左侧的砖墙下置有石锁、石礅，乃族人习武健身所用。石礅半人多高，重三百余斤，抓手上已被磨得溜光水滑。同行的湘西人田瑛自觉勇武，率先上前，蹲桩站好，双手分开抠住抓手，摆足了架势，抿嘴鼓腹，使出浑身气力，石礅却丝毫不为所动。我们亦一一上前一试身手，不见得好到哪里去。最后，陪同我们一起采风的村委工作人员小杨在大家哄抬下缓步上前，只一用力，就将石礅提离了地面，引得一阵鼓噪喝彩。小杨瘦瘦筋筋，并不高大，不显健壮，却有如此神力，不由得让人瞠目。

谢家大祠堂的规模很大。据说当年修建时（那要追溯到南宋末年了），有三进一后包、六火巷、六从厝，属民间所云"大抱堂"格局。因朝代变迁，历经重修，现只存三进一后包、二火巷、二从厝，面积缩小一半，但也够堂皇气派的了。光二进和三进之间的天井，就比别的祠堂大出一倍。而且，全系条石铺就。前厅和正厅，只见画栋雕梁，红楹绿桷，光彩熠熠。屋顶上是琉璃瓦配琉璃飞檐，再饰以潮汕特色的嵌瓷图案，分别是双龙夺宝、松鹤延年、八仙八骑、加冠人物，俱皆大红大绿，虽俗艳，但不俗气，艳丽逼人。前厅正中高挂"铁牌总管"的牌匾。祖龛很大，三龛连体，黑漆金画，排满祖宗牌位。两旁照例是祖宗画像，杂以书法墨宝（这是与别处不同的）。一首《谢安颂》："大贤国运每相关，安石毅然出东山。胸怀家国千秋任，归来拂衣心自闲。"让我驻足良久，反复诵读。我以为它道出了一种亦儒亦道的人生态度。

我们在谢家大祠堂待的时间最长。

接连几天，我们在祠堂里听到了好多故事。故事因人而起。每个宗族都有引以为傲的人物。

故事和人物都很感人。

且说杨氏家族的杨琠、杨玮两兄弟。

这两兄弟都是进士。所谓"一门双进士，兄弟同登科"，这句话流传至今。杨琠官至南京山西道监察御史，杨玮则做到了南京户部主事。两兄弟都以勤政著称，"弹劾不避权贵"，十分体恤百姓疾苦，为老百姓做了不少好事。而尤为人称道的，则是他们的清廉。这方面流传的故事很多。一次，弟弟杨玮奉命按察江西田赋和仓库，归返时，官员们都来送行，场面自是很热闹。一县令乘兴送上一包蜜糖。些许土特产，如果不收，确也太不近人情，主事大人笑纳了。走出几百里，打开蜜糖给大家分吃时，才发现内里竟包有二百两黄金。杨玮大怒，当即着人将黄金送回，并治了县令的罪。弄巧成拙，反遭惩治，那县令也够倒霉的。

杨琠的故事则颇具文学性。说是，杨御史还不到六十岁即辞官告老回乡。家乡父老倾村出动，聚在内关码头迎接。杨大人的名声如雷贯耳，都想早见为快，一睹风采。杨大人是乘船回来的，一艘好大的船，船载很重，吃水很深，船上重叠地堆满了箱子。那么多箱子，装的什么？无非金银财宝。做了大半辈子的官，搜刮得还不少哩。天下乌鸦一般黑，告老还乡才现了原形，原来清官的名声竟是假的。码头上的乡亲们议论纷纷，啧有愤言。有人当即退走了。船靠岸，杨琠率先下船，跟乡亲们一一抱拳作揖。然后，指挥家人把箱子搬上岸，当众启锁开箱。乡亲们一看，都傻了：一箱一箱的，全是石头。石头不是一般的石头，鸡蛋大小，上面还有花纹。有人认识：雨花石。这就让大家不明白了，衣锦还乡，路途迢迢，运一船石头回来做什么？原来是，依家乡习俗，出远门的游子归来时，都要大包小包带回家，以示在外面混得不错，要个面子。杨琠在外面做了半辈子的官（还是大官），却两袖清风，身无长物，就捡了几大箱石头做面子，好跟乡亲们见面时有个交代。这人真是有意思，老了老了，思维有时会变得很奇怪，听了心酸。

几千里路外运回来的雨花石没有白运，杨琠把它们铺在了内关码头的泥路上，平整的路面，也美化了环境。雨花石在这里也不再叫雨花石，人称"御史石"。

杨御史告老还乡，并未闲着，制定族规，修大崎桥，在韩江南岸筑堤治水，做了很多好事，惠及一方。他去世后，老百姓在新埠头修起一座"报公祠"，以示对他的纪念。

这样的人当然会一代一代传下来。我们在祠堂里倾听讲述时，老人们争相叙说，互相插嘴补充，口气里满是景仰，同时又是自豪的。

这些人物和事迹，都是要写进族谱，保存在祠堂的记忆中的。这种特殊的文化形态，成为这个地方特殊的文化积淀，影响着当地人的思想意识和行为特点。其实，祠堂发展到现在，已经不只是"祭祀祖宗或先贤的庙堂"了，它还具有了凝聚本族人精神力量的功能，是每个家族的坐标，是寻根溯源之所在，也是乡规族法产生和执行的地方。

据介绍，每个祠堂都有理事会。理事会的成员都是年纪偏大，德高望重，由族里人投票选举出来的。我们每到一座祠堂，都早早地就有一群人站在门口迎候，皆衣着整洁，慈眉善目，周正的脸庞上含着微笑，一看就能感觉到是有分量值得信任的人。

有的祠堂还设立了爱心基金会，主要工作便是抚老恤贫。每年在重阳节前夕，对80岁以上的老人进行慰问。对族内考上大学有困难的学生，根据基金会能力大小给予资助。这些工作主要是村委会在做，还有些民间慈善机构也有表现。基金会的表示只占小头，但令人格外温暖。

祠堂都有祖训，都悬挂在前厅一侧的墙壁上，十分醒目。祖训开宗明义便是："吾族为人之道，应是立德从仁。富欲施仁，强勿仗势，富勿骄奢，穷勿志短，弱不可欺，贫不可贱，扶弱济贫，视为本分……"祖训综合了《三字经》《弟子规》《龙文鞭影》等传统教材的内容，用自己的语言表述出来，更加细化，更加具体（如"见了长辈，不能直呼其名""不孝不是人"），琅琅上口，好读，好记。

祖训都不短，内容很丰富，但基本都在"儒"的框架之内，传扬的是修身、齐家，宗、孝、礼、智、信。祖训体现了中国文化大传统的正统观念——儒家的"仁学"，是一个人在社会上安身立命的做人原则。

祖训之外，还有家训。家训套用了《三字经》的形式，三字一句。如《杨氏家训》："重孝悌，厚伦理，睦亲族，勤持家，施善德，遵师训，树正气，守国法。"内容同祖训重叠。

但重叠往往是为了强调。

中国人是最有家庭观念、最注重家族意识的民族。这是几千年历史所形成的。史书记载：早在商周时代，中国就是以地缘为基础，以血缘家庭为组织形成的一个宗法系统的国家，把土地、家庭和国家这三者紧密联结在一起。周部落灭了殷以后成为中原之主，遂开始把这一宗法社会正规化，并沿袭下来。至秦汉以后，这种传统又转化为"同宗而居"的生活习惯。"父之党为宗族"，凡出于同一祖先的族人都为同宗。聚族同居在汉、魏、晋、南北朝开始大兴。宋代兴"义庄"，宗族聚居更盛。到了元、明、清，从兴"义庄"发展到"义田""祭田""祭祠""族谱"等等，修建祠堂的规定也在明代中后期放开了，允许民间自行修建宗祠家庙（之前规定只有豪门贵族才能建祠堂），使整个中国社会血缘化、宗法化。祠堂文化也就在历史变迁中得到强化。正如《现代汉语词典》上的"祠堂"条目："1. 在封建宗法制度下，同族的人共同祭祀祖先的房屋。2. 在封建制度下，社会公众或某个阶层为共同祭祀某个人物而修建的房屋。"其解释同《辞海》略有不同，强调了这是封建制度的产物。

祠堂也是中国所特有的。在西方，姓氏组织和血缘社会早在公元前6世纪至前5世纪就已经解体了。没有姓氏组织也就没有祠堂。亚里士多德在《政治学》中就明确指出，东方政治体制的原则和希腊城邦的政治体制原则不同，认为城邦不是血缘团体，而是以共同利益（善业）为纽带的社会性联合体，是"政治社团"。希腊城邦尽管也起源于一种血缘的氏族团体"Gens"，同中国的姓氏相同，但是，公元前6世纪由民主主义政治家克里斯提尼所推动的政治改革，其中一项重要的内容，就是打破和改造雅典社会结构中残存的血缘姓族组织。而在中国，这种血缘姓族关系的纽带一直是维系社会的基本结构关系。

祠堂也是近30年才恢复起来的。在相当长的一段时间里，作为封建制度产物的祠堂在扫"四旧"的行动中遭到废弃。我下放时回了湖南老家，老家的祠堂做了生产队的仓库兼碾米场，整日机声隆隆，粉尘弥漫，让老祖宗们不得安宁。据说文里村的祠堂也肢解分给了穷人居住，后来是族人出资赎回，重新翻修，才成了今天的样子。

我那家乡的祠堂，同文里的颇不一样。我们那里的祠堂，要高得多大得多，一律的青砖青瓦，少有其他颜色，没有装饰，没有飞檐，庄重得近乎沉郁。文里的祠堂却十分花哨耀眼，从下到上，灰墙绿瓦，画栋雕梁，彩团锦簇，神采飞扬而不失庄重。这不奇怪，这种地域文化的差异，是地理环境和经济基础决定的。正如《礼记·王制》所言："广谷大川异制，民生其间异俗。"是必然。

文里人勤劳，会做生意，会生活。改革开放以来，得天时、地利、人和，经济发展很快，人们的生活水平不断提高，家境殷实，和乐融融。古人对幸福生活的理解是：太平盛世，小康之家，妻贤子孝，三五好友。文里村人正是这种感觉。这当然首先得力于有一个团结一致、开拓进取、身先士卒、很有经营头脑的村领导班子，其间，祠堂也功不可没。祠堂起到了很好的凝聚人心的作用。祠堂散布在村里的各个角落，不显山不露水，亦显山亦露水，默默地影响着人们的思想和行为，配合村里的工作，就像揳进土里的几十根石桩，牵起了结构稳定的绳网。

文里还有善堂、寺庙，有全村人共同祭拜的神。

庙叫龙尾圣王庙，俗称龙尾爷宫，供的神自然是龙尾爷，民间也叫虱母仙。龙尾爷在世时是名何野云，乃元末明初人氏，同刘伯温为师兄弟，却各为其主，刘伯温帮扶朱元璋，何野云襄助陈友谅。陈友谅兵败身亡，何野云遂隐姓埋名，出家为道，仗着一身绝技，流落到潮州一带为人看风水、算卦、医治疾病，颇有名声。但谁也不知道他的真实姓名，看他从不洗澡，不换衣服，身上长满虱子，气味难闻，私底下便称他"虱母仙"。他羽化升天后，还常现形给人指点迷津，救人于危难。于是，立庙祭祀之，并由地方官府奏报朝廷，敕封为"榕江水神"。 龙尾神庙不大，但占地很广，庙前有一坪地、一水塘、一座凉亭，还有一座公厕。龙尾神是水神，职责主管江河湖海中的吉凶祸福，但，大约是他这神做久了，加之热心肠，法力强，有求必应，屡见灵验，权限就扩大了，大凡祛病消灾、读书求学、升官发财、家宅平安，都会到神像前焚香跪拜祷告。就连死了人报地头，孝子孝孙们也是托着木盘，上放死者庚帖，还有红糖、麻丝、香烛、纸钱，来跟龙尾神报到。这事本来归地头爷宫（即土地庙）管，但人们信任龙尾神，也就一并托给他了（村里另有两处地头爷宫）。想来他的上级领导玉皇大帝许是开明，许是糊涂，既然人们信任他，他又乐意管，就让他管去吧，不加干涉。

龙尾爷成了全村人的保护神，每逢初一、十五，人们必到龙尾圣王庙里烧香进油；每年农历二月十二日，是龙尾圣王夫人诞辰日，全村人会齐聚龙圣公庙前，举行祭祀活动。到了那天，倾村出动，万人空巷，临街的店铺门前都挂起了红灯笼。河涌两岸沿线插满彩旗，大街小巷清扫得干干净净。人们齐集在龙尾圣王庙前，烧头香的是村里的带头人谢秋强——村党总支书记兼村委主任；然后进香的是村两委领导班子成员；再然后，是各个祠堂理事会的老人们。最后是全村巡游，锣鼓彩旗开道，队伍的次序依然是，谢秋强走头，两委领导班子紧随其后，各个祠堂理事会的老人们相跟一起，再后便是汹汹涌涌兴奋异常的村人们。这似乎是很有意味的一种象征。那种万人大巡游的场面，真是声势浩大，十分壮观，所经之处，每到街道拐角处，便有鞭炮响起，冲天焰火直上云霄。

文里村很大，巡游的队伍要走一天。中午，每人一个盒饭，吃完了接着走。

谢秋强已经当了14年文里村的带头人，牵头做了14年的万人大巡游。这位海军退伍的中年汉子，皮肤黝黑，精力充沛，壮实得像一尊牛筋丸子。我同他聊过几次，从谈吐中感觉到这是位有见识、有魄力、有远见又十分亲和的领导人兼企业家，极想有番作为。我问他游走一天累不累，他笑答：当然很辛苦，但看到老百姓那么高兴，心里就不感觉辛苦了。

我们是临要离开文里的那天上午去的龙尾圣王庙。庙堂果然不大，刚好安下三座真人大小的神像，居中的是龙尾爷，头脸用一块黄布蒙起。他为什么要以布蒙头呢？做了那么多好事，为什么不愿意让人看看他的真面目呢？

我给龙尾爷神恭恭敬敬地上了一炷香。

108的玄机

淮安三日，几件事物都与108有关，心下暗暗称奇。

从南京出发，驱车直接就到了淮安的洪泽湖古堰道上。我国有四大淡水湖，洞庭湖排名第一，洪泽湖是老四。我是湖南人，自然是无数次地到过洞庭湖的。"洞庭波涌连天雪"，每次都看到洞庭湖里白花花的波涌自远处排挞而来，绵绵不绝，訇然有声。那气势真是十分了得。而眼前的洪泽湖却完全是另一番景象。偌大偌大的一泓湖水，没边没沿地铺展开去，平滑如镜，呈青灰色，越远越淡，到了跟天际融接的地方，就成了蒙蒙的一片。印象中的洞庭湖总是让人热血贲张，心忧天下，情不自已；此时的洪泽湖却是一派安谧、淡远、辽阔，明显地感觉到身心都得到了洗涤，周身清爽，尘虑顿消，只想要软下身子坐一坐，歇上半天。

我不知道洞庭湖是不是有过安静的时候，洪泽湖早年间的狂躁却是有所耳闻的。洪泽湖前接淮水，后出清口以东，会黄河入海，绵延120里，东西相距80余里，水面开阔，烟波浩荡，自古以来，每值淮河涨水，洪泽湖便首当其冲，洪水肆虐，冲闸决堤，顷刻间扫荡千里。传送中的大禹，就曾在湖边龟山上设立治水指挥部。朱元璋称帝后，决心治理洪泽湖，敕令军师刘伯温前往督办。刘伯温一到，各地河官的陈情表也就上来了。陈情表的内容大致一律，即：自己管辖的堤段至为危险，需要拨款修补。河官们都很敢开口，要的银子一个比一个多。刘伯温是何等明白之人，他知道如果逐个核实，那会需多少工夫。他一概不予理会，只着人在洪泽湖上头入口处倾下大量谷壳。谷壳轻浮，在湖面上漂着荡着，慢慢慢慢就汇集在一些堤坝的弯道里，不动了。然后，刘伯温率领众河官沿堤一路巡过，将那谷壳堆积很厚的弯道一一标记下来。凡谷壳积攒够多够厚的弯道，便是需要修补加固的地方。事后统计，那些弯道共108处……

刘伯温是懂识天机的高人，我总觉得这108的数字里头，应该是藏了某种玄机的。

如今的湖防大堤，后来又加固了好多次，水患少了很多，但还常有。最凶的一次是清道光四年（1824年）农历十一月十二日，午后，西风骤作，寒潮突起，风助水势，浪击冰摧，周桥段大堤不堪重负，顷刻崩塌，一下冲出了近400米宽的决口。时任江苏按察使的林则徐正在丁忧期间，奉命赶过来督修抢险，率民工修筑750米的内堤围住大堤。后人为了纪念他，专门存了一堵断墙，以供瞻仰。我还没有看见过如此工整精密的石墙。墙高9米，21层，石条约为5尺长、尺半宽，石条与石条之间，用了"工"字形铁锔勾连，十分紧密细致，只有一线细细的灰浆痕迹。最绝的是，铁锔上都铸了工程负责人的名字。一旦工程出事，铁锔便是铁证。古人的问责制度，设计确实够严明；古人的担当精神，令今人汗颜。

第二次遇到108这个数字是在河下古镇。对于古村落、古镇，我素来饶有兴趣。原因是我从小在镇上长大，总想知道别处镇上的人是如何生活的。河下古镇就在淮安的边边上，已经有了两千五百多年的历史。如今的河下古镇，似已衰落，一些宅院、街巷、店铺、桥梁、码头、茶楼、酒肆、祠堂、庙宇，都是后来修整过、以供游人观赏想象的。但格局、底蕴、气场都还在，不少明清时期的建筑都还保存完好，石板路锃亮锃亮的。还有古树。河下镇的地形很好，正在里运河的臂弯上，南来北往的船只都在这里停靠，早先是个大码头。在世界上还没有汽车、火车、飞机的时候，船舶就是长途运输的主要工具。水运是十分缓慢的，那时候的航行都很漫长。水手们白天行船，晚上便要找个地方上岸，踩在陆地上透透气，缓解一下枯燥的旅程和疲累的身体。那些人身上多有银子，吃喝玩乐一番是自然的。河下是淮北食盐的集散中心，沿海各地所产淮盐都要运到河下，经检验抽税后再运往各地销售。盐务为历代朝廷之大政。国家税收，相当部分来自盐业。自明至清，几百年间，盐运，再加漕运和商运，从河下经过的船只多矣，每年数以万计，"帆樯林立，盛极一时"，是时人对当时盛况的描述。而对河下，则曰："人烟辐辏，商旅云集。"当年河下的繁华景象，从至今遗存的街名巷名中，以及亭台楼阁戏园子，亦能看出。且看街巷：酒巷、烟巷、茶巷、花巷、小绳巷、打铜巷、湖嘴大街、估衣街……再看楼阁：状元楼、魁星楼、宴乐楼、文楼……还有好多会馆：新安会馆、福建会馆、浙绍会馆、定阳会馆、江宁会馆、江西会馆……富起来的人很任性，底气足，干什么都不掩饰，直奔主题，十分招眼。他们已经没有必要含蓄。后来我在中国淮扬菜文化博物馆看到一幅壁雕画，画面上是一个宴饮场景，一艘画舫行驶在河中，船舱里一群食客举杯的举杯，伸筷的伸筷，神态微醺；船头几个女子，歪着身子，侧着脸面，巧笑顾盼，风情飞扬；绝的是花船的右前方还有一艘船，船上几个力夫，船头形似龙头，龙嘴里喷出一道瀑布似的水帘，歪歪地浇淋在画舫顶上，形成一帘蒙蒙的水雾。想来那是个夏天，宴乐的客人不耐酷热，以此消暑。我很惊叹这种创造性，但又愤愤不平：真是岂有此理！这真是应了明代的那首诗篇："十里朱旗两岸舟，夜深歌舞几曾休。扬州千载繁华景，移在西湖嘴上头。"令人感喟。

据说，明清两代，河下出过57名进士，号称"进士之乡"；有状元1名、榜眼2名、探花1名，可谓三鼎甲齐全。在这样一个文化昌盛的土地上，再出一个吴承恩，就是再自然不过的事情了。我最早知道《西游记》，是小时候看过的连环画。在上世纪的五六十年代，在我们那偏远小镇单调枯燥的生活里，连环画常常让我们兴奋。我为《西游记》里上天入地、出神入化的描写激动不已。我很小就记住了：花果山、水帘洞、牛魔王、白骨精……在北大作家班学习时，有次夜谈，一位江苏的同学问我：假若生在古代，你会使用什么兵器？我脱口回答道：金箍棒！在中国四大古典名著中，我是先知道《西游记》《水浒传》，后才读《三国演义》《红楼梦》的。小时候很奇怪，《西游记》的作者想象力怎么就那么强呢？看了河下古镇，看了吴承恩旧居，看了吴家隔邻状元沈坤的旧居（吴承恩和沈坤是同窗好友，小时常在沈家后花园里游玩打闹），似乎悟到点了什么。

夜读《河下志》："河下有108条街巷，44座桥梁、102处园林、63座牌坊、55座祠庙……"不禁讶然。

又是一个108。

翌日，在清江浦记忆馆里看到了复原了的河下古镇全景模型，我忽然很想借个放大镜坐下来细睐一遍，看河下镇到底是不是108条街巷。陪同去的市旅游局王局长愀然恼道："这还怀疑？就是108条街巷！"王局长警校毕业，干过刑警，虽为女性，说话却干脆利落，不容置疑。我也忽然感到好笑。我这人真是太天真了。地方志上是这样记载的，不会有错。

在淮安几日，自然顿顿吃的淮扬菜。淮扬菜名气很大，中国八大菜系里有它，四大菜系里也有它。广告词说的是：东南第一佳味，天下之至美。描绘当年吃喝盛况的则是：清淮八十里，临流半酒家。淮扬菜系里，最为推崇的是大闸蟹。吃了几天，我发现大闸蟹不常有，鳝鱼却餐餐不少。鳝鱼在这里又叫长鱼。头一顿吃的鳝鱼名字很好听，叫：软兜长鱼。皆无名指大小，切成寸段，伴以切成丝的蘑菇、葱、姜，熬制而成，菜盆面上浮着一层浅浅的黄汤。刑警出身的女局长客气，首先就给我舀了满满一碗。敬菜哪有这种敬法的？我迟迟不敢下筷子。但那香气真香啊。香气扑鼻，直侵腑脏。我是个爱吃鳝鱼的人。在我们湖南老家，最常吃到的是鳝鱼煮黄瓜，伴以辣椒、姜、蒜、芹菜，那才吃得过瘾啊。脸红筋胀，大汗淋漓。
另一种是鳝鱼拿滚油烹炸而成的太极图，味道极其燥脆，好下
酒。我小心地夹起一条在此地被叫作长鱼的黄鳝，塞入口中。
这却又是另一种味道：香，鲜，滑润。入口轻轻一嚼，即化成
了碎屑，滑入肚中，香味却在齿颊间更浓。我很快吃完一碗，
意犹未尽，但又不好意思，只好声明我的那份大闸蟹不吃了，
再要半碗长鱼。

　　大凡名菜，总会流传一些故事传说。关于长鱼，讲说得最
多的是，中华人民共和国成立时，要举行开国第一宴，这个宴
席上什么菜，是有讲究的，有人提议，毛泽东主席是湖南人，
该上湘菜。毛主席否决了这个提议，他觉得湘菜太辣，有人会
不适应。毛主席提出上淮扬菜。淮扬菜中和、平顺，大家都能
接受。大家同意。周恩来总理是淮安人，自然很高兴。而在开
国第一宴上，上的第一道菜就是软兜长鱼。于是，顺理成章
地，软兜长鱼就被称为"天下第一菜"。名头真是够大。

　　淮安的鳝鱼并不只是"软兜长鱼"，还有好多种做法。在
"中国淮扬菜博物馆"，就看到介绍有"全鳝席"，号称108
道菜全用鳝鱼做成。这不是夸张，不是附会，是在《清稗类
钞·饮食类》中有文字记载的："同、光间，淮安多名庖，治
鳝尤有名，胜于扬州之厨人。且能以全席之肴，皆以鳝为之，
多者可至数十品，盘也，碗也，碟也，所盛皆鳝也，而味各不
同，谓之全鳝席。号称一百有八品者，则有纯以牛羊、鸡鸭所
为者合计之也。"我有点明白了。其实"全鳝席"并不全是鳝
鱼做成，还拿了牛肉羊肉猪肉鸡肉鸭肉充数。但我又不明白，

为什么是108呢？如果是为图吉顺，88岂不更好。又如果为图圆满，100才是最佳。可偏偏就是108。为什么？

于是想到洪泽湖大堤的108道湾，河下古镇的108条街巷，还有据说由淮安人发明、当下在江苏全省流行的"掼蛋"，也必须是两副扑克叠在一起合成108张牌才能开打，不由得想问：108这个数字，到底有什么玄机？

问是不用问的了。在一个美丽、丰腴、精致、历史悠久的土地上，难免会生发出一些带有神秘色彩的物事。

月亮湾记

　　月亮湾居郴州之西，去城八公里。城郊岔路处，扯一条瘦马路，蜿蜒而至。左边，右边，后头，皆有山相拥，月亮湾正镶嵌在一坪山谷里。古时，有一亭，名八姑亭；有一庵，名香泉庵。据此可以推知，这是块风水宝地。

　　月亮湾其广数百亩，随地势之高下，遍植松杉，及桂花，及杨梅。进门，右手一栋青砖瓦屋，依山而建，颇具江南别墅风格。左手一汪大水潭，澄洌碧深，有水淙然，黑鲤千头，往来翕忽，喋喋出声。循泥路前行，渐行渐高。两旁绿树成行，花草纷纭。有蚱蜢惊起，有蜂蝶绕舞。至弯处折行，越潭坝，泥路幽绝，有洞藏山中。洞中一开阔处，形似弯月，故名月亮湾。

　　踩石磴攀缘而入。初时，一团昏冥。渐行渐豁，陡见天光。怪石骈列，意态百出。乳石倒悬，盘结幡盖。洞中有洞，洼底有洼。宽阔处敞若厅堂，可集百十余人；狭窄处，仅可容身。平坦处，可快步疾行；低矮处，只许蛇行而过。流连有时，有怪石横见侧出，蹦跶而上，忽出洞口，则豁然开朗。又山风飒然而至，心脾顿爽。月亮湾有九处出口，此为其一。出洞口，行不丈余，矗一危崖。下临绝壁，旁有苍藤怪木。近俯水色天光，远眺田隰错布，别是一种趣味。

相传抗战初期，日本鬼子掠夺经此，附近村民悉数躲藏于月亮湾，历时半月。呜呼！彼一座山岩，乱世时守护民安全，盛世时则供人登临，以旷心神，岂不美哉。

庚寅年初夏，承月亮湾主人李国安、李国定兄弟盛情，邀往山庄小住。是夜，四野恬静，万籁无声，凉意沁人。酣然一觉，直至天明，气清骨酥。于今世事纷扰，浮嚣躁厉，能得一清静地，不容易。

辑四

伤怀程贤章

程贤章先生给我的最鲜活的印象一是热心肠，二是笔耕不辍，老而弥勤，慎终如始。

2002年，我所服务的花城出版社开发了一套小学音乐教材，这是一件关系到出版社生存的事情。那段时间，全社员工都发动起来做推广工作，我给认识的朋友逐一发出了求助的信息。我也给程贤章打了电话，那时我跟老先生并不熟，但大略知道他在他的老家梅州德高望重，具有极大的影响力。

程贤章回复说："我马上去找教育局长联系。局长不行，我就找市长；市长不行，我找书记，总要给你一个答复。"第二天，他就催我：你们过来吧。我们立即驱车上路，赶到梅州时已是下午6点多钟。程贤章没有留我们喝茶（他家里总是有好茶叶的），见面就问："是马上去找局长还是明天去？"他担心我们坐了七八个钟头的车，很辛苦。我说："不辛苦。如果方便，现在就能去当然更好。"程贤章说："那马上去。"

走到路上，我提醒他给局长打个电话通报一声，免得唐突。他很自信，觉得事先已经联系过了，那就随时可以去。听他这样说，我更坚持让他打电话。手机通了，局长果然有点不快，责怪他怎么没有约好就把人往家里带。我不懂客家话，但我明了他们交谈的意思，心下忐忑，等老程收了手机，我说我们回去吧，另外再约时间。老程一下瞪起了眼睛，说："去去去！我不相信他不给我这个面子！"

局长虽然心里不悦，却还是平和地接待了我们。然而不巧的是，他们下午才开过了局务会议，确定的教材使用范围里没有我们的。要想改变，十分为难。事情没有办成，大家神情难免怏怏的。老程很过意不去。他坚持请我们吃了饭，又安顿我们到旅馆住下。他把一句话反复说了好多遍："再想办法！再想办法！"看那样子，倒像是他在求我们办事了。这让我很过意不去。

局长还是很给面子的，第二天一上班，就又召开了会议，圈定了花城的中学音乐教材。那时我们的车已经跑在返回的路上，半道上老程的电话就追过来了。他在电话里像孩子一样兴奋地大声说："好了，有希望了！"他不知道，那份教材还不是我们的，是别人使用了我们的花城社的版号，受益的还是人家。但我再不想给老人家添麻烦，只是顺着他的话音连声道谢。我觉得老人家的这份古道热肠，足以让我感念的了。

我是到广州后才同程贤章结识的，那时他已从广东文学院院长位置上退休多年，可是还坚持在写作，还写长篇小说。程贤章体形鼓墩，声音洪亮，貌似壮实，其实身体并不是太好的，常常生病，久不久还需要住一段医院，可是他一直就没有停过笔，没有停止思索，甚至比年轻时更勤奋，作品更多。他似乎就是为写作才来到世上的，写作要伴随一生。

在他生命的最后十几年时间，光在我们社就出了七本书，其中三部是长篇小说。《围龙》写的是围龙屋里客家人的生活、客家文化；《仙人洞》表现的是他亲身参与的土改工作队的一段经历；《大迁徙》描述的是客家人程氏家族从中原南迁到梅州的生命历程。不难看出，程贤章到晚年时的思考主要在探寻历史的深度和人性的厚度。

程贤章还有一本书是报告文学集《开路先锋》。自二十世纪八十年代以来，程贤章采写了很多人物专访：省委书记、省长、市委书记、市长、县委书记、县长、人大常委会主任、政协主席、镇长、区长、检察长、开发区老总……这些人物，是广东改革开放的设计师、指挥员、实践者。我看了这些报告文学，觉得很有现场感，有历史资料的意义，建议结集出版，以为广东改革开放"立此存照"，书名可以叫《开路先锋》，并建议再补充一些领域进来，譬如：城市建设、文化教育、医疗改革、高速公路、环境保护，尤其是农民工……

这后一条建议，我只是说说而已。那时程贤章已是七十七岁高龄，只怕是有此心亦无此力了。谁知老先生雄心勃勃，满口应承下来。此后用大半年时间，跑了深圳、珠海、梅州、汕头，差不多走遍广东。那年的冬天特别冷，好多人家都用上了电热炉，好多老人都不出门了，程贤章却穿着胶鞋，打着伞，由人搀扶着，顶风冒雨，走到垃圾发电站、污水处理厂，坐上公共汽车，爬到山中的煤矿矿井上，找人采访，实地考察。然后，躲在他在梅州的老家，闭门写作，逾半年。当他把新写就的八万多文字连同旧作一起堆放在我的案头上时，我忽然意识到，当初的建议真是有点不近人情。

程贤章先生忽然走了。他到底没能躲得开"老人难过七十三、八十四"的这道坎。听到程老先生去世的消息，我独自关在家里，一天没有话说。我为他的离世感到十分伤怀。

《开路先锋》序

　　我印象中的程贤章是位小说家。他写短篇、中篇、长篇，产品颇丰，水平整齐，势头汹涌。拿过好多奖项，还得过劳动模范的称号。早在二十世纪的七十年代，我就读过他发表于六十年代的短篇《俏妹子联姻》。情节别致，人物俏丽，语言清新，让人印象深刻。九十年代初，他将自己的六部长篇集于一册，两百万字，大十六开本，精装，厚重沉甸，状如砖头，开了我们这一行的先河。但我没有想到，程贤章还写了这么多的报告文学。

　　以小说出名而写报告文学的作家，不多。原因似乎很简单，有点不屑。

　　程贤章却写了。有一段时间还写得很多，很集中。

　　小说家写报告文学有什么好处？有。小说家的语言都很凝练，很有功力。小说家一般都注重情节，注重刻画人物。小说家看事情，往往也会深一点。小说要有思想，报告文学也要有思想。小说家进入这个领域，基本能够摒除目前所见到的大量的报告文学的通病。

　　小说家写报告文学对自己又有什么好处？当然有。最大的一个好处是可以开拓生活面。小说家要写出好作品，需要有丰富的阅历。经的事多，感受多，才能有提炼，有发现。才可能"发而为文"。但一个人经历再多，总是有限的，这就需要有其他的手段补充和丰富。写作报告文学，是很好的一种手段，写报告文学之前，得找人采访。有时候一次不行，两次、三次……起码得了解那一块生活，得把那个人物吃透。认真点的还会到实地去走一走，看一看，要找到实感。能够被写进报告文学的人，大多有一段独特的经历，有一份非常的业绩，有一些闪光的地方。能跟这类人交谈一番，那不是一件很好的事情么？

　　程贤章显然是体悟到了其中的三昧的。他采访的人物，身份都很特殊。省委书记、省长、市委书记、市长、县委书记、县长，政协主席、人大常委会主任、区委书记、区长、镇长、检察长、开发区老总……这些人物，是广东改革开放的设计师、指导员、实践者。广东，时称中国改革开放的前沿阵地，尽得风气之先。程贤章采访和写作的时候，已经是八十年代的中后期，广东的改革，已经初见成效。但工作还很艰难，道路还有曲折。程贤章从这批各级指挥员的身上，了解到全面的战略规划和工作情况。程贤章深为他们的精神所感动。他在采访和写作的过程中，反观和比照自己，以及自己周围的生活，思想得到升华，使命感更加强烈。我推断程贤章后来创作出了一批表现现实生活的小说作品，同那段采访是有很大关系的。

　　时隔多年，当我邀约程贤章把当年这批报告文学结为一集，以为广东的改革开放"立此存照"的时候，检阅旧作，他突然感到了不足。在我的建议下，他也觉得还应该补充一些领域进来，譬如：城市建设，文化教育，医疗卫生，高速公路，环境保护，农民工……他要客观全面地记录下那段历史，让这本书成为广东改革开放三十年的见证。然而，这时候程贤章已经是七十七岁高龄，他还能跑得下去吗？还能写吗？

我的担心是多余的。程贤章老人的身体比想象的要好，更好的是他的精神。他跑深圳，下珠海，过福州，赴汕头，跑遍了广东省。去冬的天气特别冷，好多老人都不出门了，程贤章打着伞，顶风冒雨，去到垃圾发电站、污水处理厂，坐上正在改革的公共汽车，爬到山中的煤矿井上。老人家步履蹒跚，却精神抖擞，声音洪亮。常常一身水，一身泥。然后，躲在梅州的老家，远避尘世，整理笔记，写作。他写得很慢（毕竟老了），可是不停地写。只要坚持，就有成效。不到半年时间，又写出八篇作品，计八万多字。这种效率，只怕很多中青年作家都难以达到。

当年，改革开放之初，广东的主要领导有一句名言：杀出一条血路来！这是一种何等的气概。程贤章就是用这种气概来写作的，所以才能写得这样有激情。他用二十二年的写作，记录了广东改革三十年的历程。

程贤章是位认真的、有责任感的作家。

一本见精神见性情的心灵之约

　　我和党柳灵的先生和老师都是朋友，常有过从，推杯换盏中，总会听他们聊起小党，有相当长的一段时间，小党四处飞走，一时北京，一时青岛，一时横店，采访明星演员。我对歌星影星向无心情，听了也就听了，并不在意。我以为迷恋崇仰明星那就是少男少女们的事情。

　　忽然地，一本厚厚的《心灵之约》（副题是《党柳灵演员访谈录》）送到了我面前，让人惊喜不已。连夜捧读，觉得有些话很想说一说。

　　这本书收录了对孙淳、张国强、陈思诚、颜丹晨、何晟铭、郭广平、胡亚捷、吴越、王斑和曹磊等十个演员的访谈。他们分别出演过《人间正道是沧桑》《士兵突击》《我的团长我的团》《花季雨季》《决战南京》《便衣警察》《桐柏英雄》《和平年代》《归途如虹》和《松花江上》。这些电影或电视剧有的我也看过，《便衣警察》中的主题歌《少年壮志不言愁》至今还常听人唱起，印象很深。但对其中的演员不甚了了，名字一个也不曾记得。此番读着这本书，才又断续回忆起当年追看电视剧的一些情景，生发出不少感慨。

这些演员都曾经红过紫过，被无数粉丝忠过粉过，一段时间却有点沉寂，银幕上很少看到他们出演角色。影视圈本是个异常热闹而驳杂的名利场，多少人都奋不顾身拼了命地要往上走，要演主角，要出名，要红。他们不同，却在成名之后，忽然沉寂了，消失了。为什么？不少粉丝发微信询问，他们笑而不回。这次小党找他们访谈，才知道了，原来都是在闭门读书学习，修炼内功，蓄势。他们都很冷静，很理智，知道"成名并不是成功"，知道"艺无止境"，知道在乱哄哄你方唱罢我登场的乱象中要有坚守，有担当。他们成名的时候都还很年轻（有的还只二十岁左右），以当时的状态，完全可以不断接片，不断地出演角色，一路狂奔，虽然不敢说更加大红大紫，多多赚钱却是肯定无疑的。好多人，出名不就是为了赚大钱么？！但他们就是不愿意随波逐流，不愿意蹚浑水，有着对自己所从事的职业（事业）的想法和理念。他们的片约当然很多，但他们想要的是能打动自己的剧本、能有挑战性的角色，不愿意重复自己。颜丹晨说："我是比较看重我演员这个身份的，我每一次出来的角色，会有变化，会有突破，会有不一样。"艺术创作不是流水线作业，最忌的是重复别人、重复自己。他们需要的是"不断地追求、不断地提升、不断地往高处走"，都不甘平庸。

因为小党的身份是原广州军区《南疆影视》杂志的特约记者，采访的这些演员曾经都在银幕上塑造过军人形象，其中有几位本身就是部队的演艺人才，在他们的访谈中，都透露着一种特有的军人气质。他们对军人、对英雄都有一种情结，特别向往。既为访谈，话题难免会要涉及他们出演的一些影视剧，谈话很轻松，明星们也很坦诚，从看剧本，到挑选演员、体验生活、熟悉角色、选场、与搭档过招（配戏），都会谈到，有显规则，也有潜规则。说到一些战争场面和高难度动作的拍摄情景，总还会隐隐有些激动，会情不自禁地抒发一些感慨。他们对塑造角色都有个共同的心得：要贴近角色，用心去塑造。沈从文先生说过：小说创作要贴着人物去写。不知他们看过沈先生的这段话没有，但这是艺术创作的一条共同的规律，他们遵循了，用心去做了，所以他们塑造的角色得到了观众的认可，才能打动观众。

要采访谁，谈些什么话题，作者事先都做过很多功课，是有选择的。这些明星身上都有着难得的正能量和责任感。在一个物欲横流的圈子里，他们非常警醒，时时让自己保持洁好。他们也对时下的风气和污浊有所针砭，但那都是温和的，善意的，点到即止。他们都很高蹈，期望用自己的行动去感染同道。他们的谈话，让我想起一些戏剧界的老戏骨，想起看过的北京人艺的演出，想起看过的关于北京人艺的电视系列片，老戏骨们对艺术精益求精的精神和高洁的品格让我景仰。

明星们成名以后怎么说怎么做？这本书中的明星们无一例外地表述了感恩父母、感恩导演、感谢观众的支持，表述了要回馈社会的意愿。感恩父母，重在一个"孝"字，每年过年，张国强无论再忙，无论是在天南海北，都要回到佳木斯老家，在大年初一早上恭恭敬敬地给父母亲磕上三个响头（硬是磕头哎），用这种古老的传统的形式感谢父母的养育之恩。曹磊曾经在一个贫困山区拍摄《松花江上》，住了一段时间，当地老百姓知道他喜欢吃贴饼子，就经常贴些饼子送过来给他吃。曹磊了解到因为资源整合，当地好几个村子都没有学校，孩子们上学，每天要跑十几二十里路去到中心小学，十分不便。便出资租下一座山庄，买来课桌课椅，办起了一座学校，取名"远方小学"，自任校长，又亲自到佳木斯师范学院请来老师，聘请一位教务主任常年驻守。一切费用，全是他出。曹磊认为，回馈社会，就要办点实事。

陈思诚说："得到别人对你的尊重远远比得到别人的喜欢要重要得多。"说得真好！

小党从2008年开始，先后采访了二十多位明星演员，《心灵之约》一书，仅只录下了不到一半的访谈。她的每次采访，都要做很多功课，精心准备，比如，看作品（影视剧），看有关的资料，去演员的博客和微博看他们对生活对社会对人生的感悟，去贴吧看粉丝们对偶像的评说，然后写出采访提纲。她从不做电话采访。演员什么时候有空了，她自掏腰包买上机票飞过去，中午有空中午谈，半夜有空半夜谈。她认真的态度感动了所有的受访者，都愿意敞开心扉，坦率地说出自己对艺术、对社会、对人生、对家庭的看法。每次的访谈录音整理出来，都是五六万字。据说，曾有书商愿意高价买下访谈录的版权，她不给！她说花了这么多心血做这些工作，根本不是为了钱，她要把访谈记录原汁原味地保存下来，让人们知道，在影视界有这样一批有理想、有坚守、有担当、有境界的演员。

　　小党的精神，以及《心灵之约》一书中这批明星们所表现的精神，却正是我们现在所缺少的。

《反贪一线》序

　　我不是第一个阅读《反贪一线》的人。小党稿成，首先自然是让她的先生通读。小党的先生是检察院的侦查员，他的经历颇富传奇色彩。他经办过的一些案件，曲折复杂，常有奇招，是一般人（比如我）想象不到的。《反贪一线》就是以他为原型创作而成。然后给一位电视剧的名导看了；再然后好像又给一位写作电视连续剧的高手看了。几位专业人士都给了很高、很确定的评价。书稿到我手里时，耳朵里已经充盈了如潮的好评。我捧着沉甸甸有点厚重的书稿，怀疑自己能否很快读完。其时我的小外孙刚刚出世不久，我不知轻重地主动承担起了看护的任务。我完全不知道带嫩毛毛要如此经心、如此细致，非常累人，我只能利用晚上的时间读稿。每天晚上，宝宝总要醒来两三次，啼声一起，就要赶紧给他换尿片、冲牛奶、喂奶水、哄他入睡。宝宝睡着了，大人却没了睡意，索性歪在床上看稿子。我一只手握着宝宝柔嫩的小手掌，一只手轻轻地翻动纸页（宝宝的小手好温润啊，贴在我的手板里，丝丝入心）。我没有想到小党能把故事讲述得这么精彩、这么有味道，无法释手。

我用几个晚上，把书稿看完了。

小说写了一个案件，又不只是一个案件。案件里头套案件，一个案件又扯出了另一个案件，于是故事就有了曲折，有了波澜，有了悬念，非常好看。我尚不清楚小党以前写过长篇没有，仅从这部小说，已经表现出了她讲述故事和把握节奏的能力，显得训练有素。

反映公安题材的小说看过不少，检察院题材的却不多。两者都涉及破案，内容却不同。一个是刑事犯罪，一个是职务犯罪。近些年来，国家不断地加大反贪力度，挖出不少蛀虫，拍死好多苍蝇，也不乏老虎。现实生活中人们都很关注这个领域，是个热门题材，但为什么这类文学作品却不多呢？我想原因一是很多作家对这块生活不熟悉；二是创作这类作品有相当的难度。难在哪里？与公安题材相比，这类作品很难写出曲折紧张的故事，而故事性太强，又很难写出人物的性格和命运，两者不容易统一。

小党是个敢于挑战困难的作家，她对这块领域自然是熟悉的。她的先生是反贪一线的斗士，日常耳濡目染，口传心授，让她对检察院系统的人，对这块生活，十分了解。她一直就想着迎难而上，要把一个枯燥的题材写出好看的小说，要把反贪战线同志们的风貌展现给读者。

小说中的案件起于两个保安的举报。举报材料说，他们的公司经理贪污了二十几名保安的六千多元加班费。这件事情很小，可是经办人吴文杰科长经过分析判断，敏锐地意识到公司经理的问题肯定不止这一桩。多年办案，他们得出经验，很多大案都是由小线索牵出来的。吴文杰真是人中俊杰，一抓一个准，果然不出所料，他们很快就查实了公司经理贪污二十万元的犯罪事实，还顺藤摸瓜，查出了他的上级集团公司领导受贿、行贿、贪污的诸般劣迹，这是一个耸人听闻的窝案。这个案件破案的过程当然不轻松，是非常艰难曲折，而又漫长的。窝案中的领导有正厅级、副厅级、正处级、副处级，都是洞庭湖上的老麻雀，非等闲之辈。他们有势力，有关系，还有大把的钱，个别人甚至还有部队和政法系统工作的经历，可谓老奸巨猾，具有极强的反侦查能力，大难来时，绝不甘愿俯首就擒，而是使尽花招负隅顽抗，一场侦查和反侦查的斗争就此展开。一开始铁幕只是捅开了一个小口子，越往里去，口子越阔大、越幽深。沿途波光潋滟、柳暗花明、精彩纷呈，直至猿声啼尽、大现光明。在一大堆铁证面前，腐败窝案的大小魔头终于流了泪、低了头，认罪服法，反贪利剑大获全胜。

读者大多喜欢故事性强的小说。故事性也即人们通常所理解的人物冲突、情节起伏。《反贪一线》中的人物冲突，很多时候是背靠背运作的，斗争双方是在不甚明了对方的情况下进行，这就增强了故事的神秘性和紧张度。一般情形下，侦查员一方是主动的，犯罪嫌疑人则处处被动，但偶尔也有情势反转，比如《反贪一线》中犯罪嫌疑人通过上层的关系向下施压，甚至一度面临撤案和吴文杰无故被指责、强行调离的局面，侦查员们的行动就显得被动了。这是现实生活在文学作品中的反映，也是小说情节要有曲折的必须。有时，敌对双方也有正面交锋。比如，一个犯罪事实费尽周折都无法坐实时，百般无奈，只好找到当事人面谈，展开攻心战，以求找到突破口；又比如，犯罪嫌疑人用尽心机都无法阻止案件的侦破时，只好铤而走险，约见办案人员求情。这种面谈，有时在办公室，有时在茶楼，有时在家中，有时在讯问室，也有时在宾馆里，地方都是经过精心策划的。那种交谈，是神经与语言的交锋，既剑拔弩张，又内敛虚与。察言观色、出语谨慎，进进退退、左右闪烁，步步进逼、步步为营，明修栈道、暗藏机锋，有迂回，有强攻，紧张得"空气里都能抓出水来"，无异于一场战斗。这种交谈，往往是情节的一个转折（当然也有时是白费工夫）。作者对这种场面的描述，表现了很高的智慧和技巧，细致灵动。

小说中也有很多闲笔，反贪一线的侦查员们除了工作，（那是多紧张的工作啊），也有家庭生活，有社交活动，要买菜做饭，要接送孩子上学，要应酬、要打球、要生病、要为婚房发愁。小说中写得最多的是喝酒。吴文杰和他的兄弟们似乎个个善饮，半斤八两白酒根本不在话下，兴头来了时，斤把也可以。他们在酒席中绝不谈工作，不谈案子，只一件事，喝酒。我曾经参加过一次他们的聚会，开始时都还文质彬彬，小杯小杯地喝，可是转眼之间就上了高潮，小杯换了大杯，人也变得亢奋，平时严肃刻板的脸松弛下来，大呼小叫，神采飞扬，咕——一杯，咕——一杯，喝酒像喝水。于是我明白了，他们实在是工作太紧张，压力太大，借喝酒减压。每次喝酒，他们都是自掏腰包，自带酒水。每次都要醉倒一两个人。小说中也写道，有一次他们到一个经济发达地区调查取证，接受吴文杰战友的邀请，去了一回夜总会。这位战友在调查中帮了大忙，盛情安排之下，不去不恭。这里，作者以摄像似的手法，细述了夜总会装饰、灯光、音响、地毯、酒水，以及花枝招展的小姐，极尽奢华，让侦查员们大开眼界，也让读者开了眼界。然而，吴文杰他们自有做人的底线，更有做警察的底线，绝不会越雷池。如此种种，看似闲笔，却是整部小说机体中不可或缺的部分。如果说，一部小说即是一棵大树，情节是树干，闲笔就是树叶，一棵树光有树干是不行的，会很难看，只有覆上了层层叠叠的浓绿的树叶，才会生气勃勃、摇曳多姿，才会有无尽的韵味。

我同作者小党的先生是朋友，每年总有几次约在一起小范围地喝酒聊天，约略知道一点他的工作性质和工作状况。读了《反贪一线》，我才知道了检察院从立案到结案都要走那么多程序，要做那么多艰苦深入细致的工作，才知道了在破案过程中也会遭遇诸般掣肘，才知道了抓捕、审讯都是有方法和时机的，知道了什么情况下会要撤案，而什么人身上有什么病只好抓了又放，知道了他们的年度办案工作为什么是从圣诞节开始的，知道了什么叫"击弱"，知道了"开门红""开门黑"对他们的工作意味……我想，读者对这些大概也会有兴趣。

看得出，《反贪一线》主人公吴文杰的原型是作者的先生，而故事则是依据先生经办的几个案件综合提炼创作而成。吴文杰的身世、身材、相貌、脾性，都跟作者的先生大致相同，就连说话慢条斯理的语气，接听电话时的神态，喝酒时仰

头一倒的爽快，都活灵活现是我常见的那位朋友，完全是一个
模子里倒出来的。难怪我在翻看书稿时，常会会心一笑，暗暗
称绝。但我不知道朋友会打羽毛球、会做菜，会在床上说梦
话，会因为妻子去约见大学时的男同学而生闷气，还不知道他
独爱口味极重的酱板鸭……如此种种，并不奇怪。作为朋友，
了解的肯定不如朝夕相处、同床共枕的夫妻，何况，文学作品
需要虚构，也是允许虚构的。古今中外，妻子以丈夫，或是丈
夫以妻子为原型进行创作，这样的范例数不胜数。我国二十世
纪五十年代的一部小说《野火春风斗古城》，即是作家李英儒
以他的妻子为原型，塑造出了金环、银环这两个典型形象的。
在十分熟悉的原型基础上发挥想象、进行创作，作家的自由度
无疑会更大，也更合理、更真实。

《反贪一线》还塑造了一个反贪战线的群像，这里有吴文
杰的同事、上级领导，同一条战壕的战友。作者因为熟悉了解
自己的先生，也就熟络了他的战友们，写起来无不自然顺畅、
生动活现。一部长篇，光只主人公性格鲜明是不够的，总得有
一群性格各异的角色环绕周围，小说才能生动、饱满、丰富。

小党希望我给她的小说写个序，我很高兴。虽然我很少应
承给人作序，因为这是件很冒险的事情，很难说到点子上，费
力不讨好，但我很愿意向读者推荐这部小说，祈愿每个读者都
能从中获得自己不同的感受。这，大概也是作者的期许。

知青的另类心路历程

——读罗丹散文集《知青笔记》

　　《知青笔记》里的作品,有一些是写知青生活的,还有一些不是写知青生活的。

　　《知青笔记》的作者罗丹是个老知青。她下放的时间很早。比我们这些人都早。她是1964年下去的。她们那批人中学毕业,还是豆蔻年华,却从省会长沙一竿子插到了偏远的湘南江永山区。江永地属永州,当年柳宗元就是被贬谪到那里以后写出了《捕蛇者说》。那里还是一块没有怎么开发的生土。这些中学生好比种子,被撒在那块土地上,也经了风霜,也吸了雨水,阳光也不可谓不多,可是没有发芽。

　　也不是完全没有发芽。罗丹就是在经过很多年以后,以她所特有的艺术方式,发作起来的。她开始是画画(她是个很有特点的画家),后来又写散文,一篇接一篇地写,一发而不可收。她用散文的形式表达出对尘封已久的那段生活的一种怀念,一种追忆,一种怅怨。

　　我很早就看过罗丹的散文。她最早的散文发表出来的时候，我就看了。后来只要见到，我都会翻开一读。这里有个原因：我们曾经是同事。我有个习惯，只要是朋友、同事的文章撞到了眼下，都会要浏览一遍。读一个人的作品，很能够看到这个人的心性。我这人不喜言谈，不太容易跟人交流沟通。读作品，是一种较为便捷的沟通的方式。而且，读朋友、同事的作品，有一种亲切感。我陆续读过罗丹的一些散文，感觉这是位诚朴、善良、传统，而又有点迂执的女子。

忽然，罗丹要出版散文集，请我作序。罗丹说这是林贤治先生的郑重推荐。理由是：我也当过知青，又曾经做过她的领导。

这个理由其实并不充分。这也让我感到了为难。我很少给人写序。我总觉得这种事情应该是七十岁、八十岁以上年纪而又功德圆满的老先生做的。我给人写过的有数的几篇序，都是再三推辞不下，勉强为之。自己感觉十分费力，有的还不一定谈到了点子上，时间过去好久还心存惶惑。

可是罗丹还是把厚厚的两大本书稿送到我的桌案上来了。书稿全部按版式重新打印，插图有了（是罗丹自己画的插图），老照片有了，写了后记，也给"序"预留了位置。一切就绪，只等"序"到，我只能慨然从命，应承下来。

书稿在桌案上摆了一段时日，然后等到了元旦小长假。我这才可以有一段整块的时间，有一份安静的心境，闭门谢客，好好地读罗丹的散文。我读得很慢。作品中的一些情景，常常让我停顿下来，怅然良久。我下放的地方，和罗丹下放的地方同属湘南，都是山区，风俗人情极其相近。我比罗丹年纪要小，下放的时间也晚几年，但下放的形式差不多，所经历的事情也差不多。我们都是怀着"接受贫下中农再教育"的虔诚心愿下到农村去，忘我劳作，力图洗心革面，做一个合格的革命事业接班人。罗丹的散文，挑起了我很久远的记忆，也触发了对那段生活更多的思索。我暗暗庆幸，好在当初没有硬推硬辞。我不再觉得这是件苦差事。我觉得我有责任给罗丹的散文集写一篇读后感。

我忽然有点明白林贤治推荐我写序的意思了。

谈罗丹描写乡村生活的那些散文，很难想象这是出自一个知青之手，感觉就是一个土生土长在农村窝了一辈子的乡土作家，感觉她的指甲缝里长年淤着黑沃的泥土，头发上是沾了碎草的，散发出一种泥腥气。她笔下的乡村生活是古朴的、凝滞的，像百年老屋脚下的土砖坯。开春了，"山谷里有一纷纷扬扬的雨，地里有了水，有了牛的闹春，有了人声吆喝，干冻一冬的山沟沟才算活泛了"。——这是写自然环境。她写去犁田，"赤脚插进田里，一股寒流冲上了心尖。那种刺骨的痛，透心儿的凉，我浑身直打着哆嗦，牙齿止不住咯咯咯地响。看不见的风雪像是在地里储存了一个漫长的冬天，见天之日，冷气冲出来三下五除二，将人的衣服剥得精光。我好比赤裸裸地站在冷轧的风雨中"。——能把人对气候的感受写得这么准确，这么生活，这么到位，非一日之功。又写："暮归时，只要有一个人招呼一声：回啰——，山坳里即刻回音四起。人在水凼里洗净泥脚，洗净锄头；牛慢悠悠地踏上回村的路，一头紧挨着一头，遇宽敞的路段，自然形成两三头一排，四五头一群，摩肩擦肚，蹄声嘚嘚。"——这是一幅水墨画。自然、朴素、恬静。看到这样的画面，我们的心也会变得柔软宁静。还有写赶集。赶集在乡村是很让人兴奋的一件事情。"走啊。女人从各自的家门走出来，背着背篓，挎起竹篮，挑起细箩，两三人一组，五六人一行，银手镯叮叮当当地响，大裤脚一撇一捺地摆。"一个银手镯，一个大裤脚，把村姑村妇们的心思都挑明了，写活了。她们从沉重的劳作中暂时解脱出来，到那又熟悉又陌生的墟场上去走一转，心里充满了喜悦，充满了憧憬。这时候她们一定都是非常美丽的。罗丹集中笔墨写了一组吊脚楼人物。"吊脚楼人家二十多户，摩肩搭背紧紧凑凑，出工时，队长站在樟树下一声喊，声音就落在石板上，落在家家的街基上。后来公路通了，上公路过河渡的人都从此地经过，能干的人家把堂屋改成了铺面，搞起了豆腐店、炒货店、理发店、裁缝铺，河街成了像模像样的小街。街上的人也就比那些交通闭塞地区的农民要活泛得多，古灵精怪得多。"罗丹笔下的这些人物，我下放的那乡下都有，都见识过。但没有罗丹这般熟悉。她好像从小就在那里生活着，成天没有事干，这家出，那家进，看他们做生意，忙时搭一把手，闲时喝碗芝麻豆子茶，说说贴心话，所以才写得那么巴肝巴肉，细致灵动。她在写这些人物的时候，当然有所臧否，但她把自己的感情掩藏得很深，完全不动声色。她只是把这种生活呈现在读者面前，让读者自己去触摸，各凭心得去评判。这是艺术创作的一种高境界。在这里，她用了写小说的方法写散文。

罗丹也有感情很外露的时候。她写牛。她的好几篇文章都是写牛，在另外一些篇章中也多有涉及。她对牛的感情真是很深很深。在湘南农村，牛是农民最勤苦、最忠实的伙伴。罗丹也有着同农民一样的情愫。"在人畜共存的村庄里，牛屋就搭在人屋边上。牛和人一样金贵，或者说，人和牛一样卑贱。人和牛都逃脱不了一种责任，农家兴旺，人畜共同强健共同兴旺才行。""村子里的牛本来是一大家子，就像几十户人家一脉相承，山里的世界就是两大家族人和牛的世界。"罗丹对牛的了解很细微，很深入。因为她就住在牛屋边，朝夕相伴。白天她牵牛上山吃草。"在冬日的暖阳里，牛会慵懒地俯身在草地上，两只前腿向后弯着，我会靠在它身上惬意地打个小盹。"无边的草地上，一个半大的女孩子靠在蜷困着的牛身上打盹，那情景是很动人的。她很感慨："没有下过农村未曾见过牛群喜庆情景的人，绝感受不到那些笨牛除了犁地、吃草、沉默、肮脏外，还有着与土地的可以入地几尺的温情的粘连，还有着骨肉相聚的舐颈贴身的依恋的缠绵。"

罗丹刚刚下放到村里的时候，房东大伯问她："罗罗，你们城里有牛吗？"她说："没有。"房东大伯张大嘴巴看着她，朝她喊道（是"喊"啊！）："没有牛的地方有什么好？"她是很久以后才体会到房东大伯这句话的意思，理解了农民们对牛的那份感情。她和牛的感情，在以后的日积月累中，也越来越浓，以至在后来写到春节杀牛时，会写得那么壮烈，那么沉郁。

她写道：

"老牛是被村里有威望的老农牵至祠堂前的，一路上着实长长地吼了好几声，卸下了它一生的重负。接下来的一幕让我惊呆了：老牛一脸的严肃，面对父老乡亲它前膝着地，慢慢地跪了下来，驯服的头颅稍稍低下，一对哀伤的大眼睛看着众人。我看见它的眼里滚出了白色的牛奶般的泪珠，豆大的一颗，一颗一颗地往下掉，很快又串成了一行行，沿它的腮边唰唰直下，女人背过脸去，老人掉了泪。全场肃穆。鲜血喷溅中，只见一道血光飘飘扬扬地越过人群，消失在云霞之中，那一定是老牛的灵魂吧。"

读到这里，我也流了泪。

这哪是写牛，分明写的是人。

罗丹另外的一些散文，写的是知青生活。这应该是《知青笔记》的主体。

罗丹是1964年的下放知青，他们比1968年全国大规模的知识青年上山下乡运动早了整整四年。同为知青，但有差别。1968年（及以后）的知青是中学毕业即统统下放，少有例外；1964年的那拨知青却是高考落榜生。据说这批人中间有百分之八十五以上的家庭出身不好（那时候统称"黑五类子弟"，又叫"可以教育好子女"），他们下放农村，带有浓重的"原罪"烙印。他们中的大多数人虽是出于无奈，但心是虔诚的。他们愿意劳动，愿意吃苦，愿意在农村这片"广阔的天地里"摔打自己，决心洗心革面，改造自己。他们都很天真，也带点悲壮，以为脱离开家庭的阴影，苦几年，瘦一身肉，流几桶黑汗，从此就踏上了康庄大道。

罗丹下放去的地方叫白水寨。这地名很美。看她的一些散文的标题，也能让人感觉到美。《无雪的山村》《我在山坡上为你唱歌》《菜花开的日子》《与目光同在的美丽》《天上人间》……

二十世纪六十年代的中国农村，生活尚不富裕，甚至还很贫穷。但他们没有感觉到苦。罗丹说："我们的住房简陋，没有可供女生洗澡的地方，砍柴很辛苦，只有在寒风凛冽的冬天才动用少许干柴烧火，互相掩护着轮流洗澡。夜深人静时，我们一行人会悄悄地来到山脚下，走进溪涧里。会游水的在深水里玩一阵，水性不好的就站在浅水里洗一洗，在石头上搓洗衣服。白天，我们将头发抓成一个大刷巴，穿着乌黑宽大的补丁衣裤，赤脚奔走在田边地头。夜里，污浊洗尽，个个都是靓女。活泼调皮的还会在坡上转几个圈，做些舞蹈动作。回屋的路上，走一条绕过草坡、穿过田间的蜿蜒小道，有一个领头唱歌，一行人都会轻声附和。"罗丹在好几处文章中都写到了唱歌。收工路上唱歌。躺在床上唱歌。聚在禾坪上唱歌。在屋檐下躲雨唱歌。连卖完了一担辣椒也唱歌。且歌还且舞。在她的笔下，那时候她们是那么快活，那么无忧无虑，还那么没心没肺。

我总觉得她们的唱歌是另一种心情的曲折表达。我下放在农村时也常常哼歌。那是在很孤苦，很迷茫，很无助的时候，心里一冲就会哼起歌来，如果四处无人，哼歌就变成了吼歌。我唱："听奶奶，讲红灯，我是风里生来雨里长……"我唱："我家的表叔数不清，没有大事不登门……"我吼："北京的金山上光芒照四方……"吼唱一阵，心里的郁结就舒张了。其实我从小五音不全，厌烦唱歌。长大后进了城，也从不进歌舞厅。我自己都不明白那时候会用唱歌来解愁。

生活中的风雨不期而至。在一个漆黑的夜晚，罗丹和她的"插友"们突然被人捆起来，送进了看守所。而那是什么日子啊。1967年的春节，中国人传统的节日。罪名呢？没有罪名。也不需要有。如果硬要安一个罪名，那就是：出身"黑五类"。然而，罗丹恰恰出身不黑。但她还是一起被抓了。在我的印象中，罗丹是位仁厚、本分，甚至有点懦弱的女子。面对任何人都是一副怯生生小心翼翼的神态。她的文字也是典雅温厚的。然而写到那一幕时，文字压抑不住地激愤起来。她写道："……冲上来几个人又将我捆了。我听到我的骨头嘎嘎地响，手臂好像离开了我的身体，一下被反扭到了后背，身体触电似的猛地一个大弯弓，头几乎贴到了膝盖。我就以这样的姿势走过县城一条又窄又长的鸡肠子街，在人声鼎沸中从两排雪亮的刺刀下进了看守所，最后被人推进了一间黑屋。……在黑屋里，我的双手被反绑到了头顶，那种全身撕裂般的疼痛无法用言语表达。"这里她没有表达另外一种痛。那就是心里的痛。这种心里的痛是可以想象得到的。因为她太无辜了。不明不白，岂有此理。但有什么办法呢？这只能归结为"文化大革命运动"（1967年还是"文化大革命"如火如荼的阶段）。是这场运动搞乱了社会，搞坏了人性。

一关半月，罗丹从此种下了风湿病的病根。让她完全想不到的是，在她回城治病期间，一个捆绑过、审讯过她的回乡青年居然找到家里看她来了。一个刚刚展现过人性最凶恶的一面的人，这时试图表达人类最崇高纯洁的情感。这真是一件太过荒唐的事情。我怎么也搞不明白，天底下还有这样无耻的人。

罗丹却表示了一种宽容和大度。她只是摇摇头，看着他。罗丹的这种态度，让人惋叹。可是在那种乱世，她又能怎么样呢？她也只能沉默。她后来写到另一个女知青闵立宏时，说："我只能认为，每个人对苦难的理解不同，你无法忍受的屈辱和困苦，闵立宏已经把它们细细地揉碎了，揉成了一种静，揉成了一种沉默。"我想这也是在写她自己。

罗丹后来又补送了两篇文章，一篇《乐闲与闵立宏》，一篇《1967年长沙六千知青大逃亡始末》。从文章标题大致可推知文章内容，但实际上远远超出了我们正常的想象，裂人心魄，不忍卒读。这两篇文章都是纪实。

罗丹的文字温婉，朴厚，细密有致。她天生地有着艺术家的敏感（她是个画家），能够善于捕捉到生活中有意味的东西，写得很有味道。她很会用文字营造一种氛围。可是，后来这两篇文章突然一变，文字变得粗粝，简洁，短促，没有一点水分。这当然是由内容决定的。这种文字，能够恰切地表述那段生活，那次事件。她的悲愤都隐在字词的背后了。她的控诉是十分冷峻的，很有节制，让人读着心里一阵一阵地发紧。她的控诉明显地带有很多的反思。反思那段生活，反思那种不正常年代的不正常的疯狂行为。补上这两篇文章，她们那拨人的生活就全面了，增加了复杂的一面，残酷的一面，这本书稿的分量也顿时不同。

进入新时期以来，表现知青生活的文学作品出了不少，取得了很大的成就，但表现1964年下放那批知青生活的作品，似不多见。他们是整个知青下乡运动的前奏，他们背负的枷锁更加沉重，他们的生活道路更加艰辛，他们的心路历程也更为曲折。他们是一个极为特殊的群体。他们都已过了耳顺之年，绝大部分已经退休，甚至有些人不在人世了。他们中间也有一少部分人经过努力（那是比旁人多一倍甚至几倍的努力），事业有成，成了哲学家、企业家、画家、教授。他们也有人一直致力于对那批知青那段生活的回忆、整理、研究，搞过很多活动（我所知道的长沙老知青郭鹤鸣先生就是这方面的热心人）。但是，这些努力都还不够，影响还很微弱。我很希望《知青笔记》的出版，能带发更多、更大的作品。

那批知青，那段生活，实在是可以出大作品的。

2010年元月16日

《西北断简》序

朱幼棣和黄继忠（夏歌）要把他们的一批游记散文结集出版，嘱我为其作序。这让我有点为难，因为我是个对旅游没有兴趣的人。偶有出行，也是走马观花，点到即止，了无意兴，少有心得。但我也很高兴，皆因我跟二位都是朋友。读朋友的文章，是一件很亲切、很愉快的事情。

文章有38篇、近30万字。厚厚的一堆稿子放在书桌上，让我暗暗吃惊。我把稿子通读了一遍。阅读每一篇稿子都有新的、不同的感受，这让我很感叹。

朱、黄二位的散文，记叙的是在我国西北地区的游历所得。他们旅行过的地方，有些是名气很大的旅游胜地，如敦煌、潼关、奉节、雁门关、青海湖；但更多的是游子很少到达的地方，天龙山、万佛山、雪灵山、麦积山、千佛洞、沙坡头、破城子、墨口石、牛皮城、无定河、天鹅湖、汾河大峡谷……这些地名，于我都很生疏，感觉十分遥远。

但这些地方却是历史沉积非常厚重的地方。远的可以追溯到唐代以前，近则元代、明代、清代，都有一两百年、上千年历史了。也曾经繁华，曾经绮丽，曾经琼楼玉阁，曾经铁马金戈，曾经客舍青青，歌乐杂作，朗月清风。可是现在都荒芜了。作者所到之处，满目苍凉，荒草萋萋，连太阳都是浑黄的。在这些篇章中，随处可见的是：古栈道，古城墙，古驿路，古墓，烽火台；台堡遗址，寺庙遗址，兵营遗址，庭园遗址，断碑残碣，旧瓦朽木；还有寒鸦、残阳、疏林、佛塔，以及白茫茫的盐碱滩和干涸的护城河。作者当然是有意为之。他们沿着古迹一路踏访，执着地对历史进行追索，叩问。他们的目的是要"凝视远古人类的足迹，思考人类未来的走向"。他们的目标很宏大，他们的踏访也是非常仔细的。几十年了，他们多次往返于大河、边塞、荒漠、长城和古堡之间，感觉是往返于历史的起始与终结之间。他们还喜欢到最详尽的新疆旅游图册上都没有标示出来的地方游走。他们在《破城子》中写道："在茫茫的戈壁滩上，在浩浩漠风灼灼烈日下，破城子显得既小且破。登高远眺，有前不见古人、后不见来者的苍凉与感慨。"他们不知疲倦地在一些少有人烟的古遗址上寻访，就是要寻找和夯实这种感觉。有些地方，几次穿越，几度往返，是为了把历史辨识得更清晰一些。有时驱车几百里，就是为了看一段旧城墙壁。他们到骊山九龙古浴池遗址的发掘现场探访，在当年杨贵妃沐浴的地方，仔细地研究了浴池的形制和给、排水系统，竟使文物专家大为感动。作者还深入到黄河边上的锄沟村，察看了村里面几十孔唐朝时的古窑洞，而后写成文章，第一次把"唐窑之谜"引进公众的视野。很有意思的是，作者去探访了唐代高僧悟空的遗迹。对于高僧悟空生平的了解，作者的思想境界也得了升华。更有意思的是，有一次作者夜宿安西的一个小客栈，闲来无事，拿出一本民间版本的《河西诗选》翻看。那天晚上，他没有读那些名家的诗，一读再读的，是敦煌一个狱管员——现在叫看守长一类民警的诗：《丈夫失意赠吴延龄》。反复吟诵，竟是感慨万千，忍不住援手为文，专门写下一章。作者写了那位狱卒短暂人生的经历，引了诗人的全部诗作。"丈夫失意何所有，万卷残篇一杯酒……"诗人生性孤傲峭拔，悲苦与迷茫也愈深切。敦煌有莫高窟，有月牙泉，但这些景致都不能抚慰诗人的心灵。属于诗人的只有邈远的念想与想象。"沧桑劫火照昆冈，苔合苓分未有常。三叠骊歌官柳绿，一鞭驿路塞云黄。从此故人玉关去，五年断肠燕台树……"诗里表述的都是真情流露，写得不俗。诗人名叫王汝涛，身前身后都没有什么名气，但是作者单就喜欢了他的诗，说明了作者有眼光，重性情。这让我也有同感，让我很喜欢。

读着两位朋友的文章，能感觉到他们不断游逛的灵魂，在那非常遥远、非常粗犷的西北中国大地上接受一次一次撞击。作者是勤奋的，也是博学的。他们对于历史、地理、时政和自然的学识，是读书使然，而多年的游历，则加强了实感和认识。"读万卷书，行万里路"，他们看得越多，对历史了解越深透，那种忧患意识也会越发强烈。他们是怀着一种沉重的心情，写下这些沉重的文字的。读罢这些文字，给人一个很深的感触：历史，真是很怪诞。

历史是由人创造的。历史都是由人物串起来的。集子中的每篇文章，都写到了人。作者写了历史上的很多人物。

其中最打动我的有两个人：一是曾铣，一是李广。

曾铣是明朝人，同作者是黄岩老乡，同在那座小城出生。作者童年时上学，要经过以曾铣命名的"曾铣巷"，对这位先烈的名字印象极深，所以作者那篇文章就叫《走过曾铣巷》。然而作者写的并不是黄岩，写的是山西的雁门关。从黄岩走出来的曾铣，曾经担任过雁门关提督兼山西巡抚，因为战功卓著，后又升任兵部侍郎、三边总督。曾铣一生打过无数次的仗。铁血秋风，纵横杀伐，喋血边城，曾铣让那些入侵的敌人闻风丧胆。但就是这样一位战功赫赫、赤胆忠诚的老将军，却为奸臣严嵩不容，网织罪名，横加陷害。这真是一件天理不容的事情。旧书《曾石塘武略》中记载，当锦衣卫在陕西抓捕曾铣时，"三军大恸，声闻百里"。其情既悲且壮。作者在那年冬天，沿着陕北的风沙线，迎着疾风，从长城绵延不断的断墙残垣下走过，最后来到曾铣修建的榆林镇北台。那是万里长城中最高的一座抗敌台。站在曾铣和他的将士们用赤胆忠心和热血筑成的那段边墙上，作者的心情十分沉重。

我也感到了一种沉重。

再说李广。

我在小时候就知道李广。知道李广武艺高强，一箭射透石虎。知道他是常胜将军。李广是我们心目中的英雄，那时候的小孩子对武艺高强的英雄是非常崇敬的。李广20岁当兵，开始戎马生涯，40多年间，驰骋塞北，镇守边关，与匈奴作战70多次，屡立战功。每有作战，李广必身先士卒，纵马奔驰，飞突敌阵，杀敌如砍瓜切菜，匈奴畏称他为"飞将军"。但他最终还是逃不掉被陷害致死的命运。死后，只在家乡留下一个小小的土坟，坟旁一碑塔，一小亭。如此而已。作者寻访到那个叫石马坪的荒山上，在凋敝的小学校园里，拜谒李广墓时，感慨万千，不觉激愤地写道："你一生未能封侯，到花甲之年，还在请缨求战。你辗转任职，官职始终只是个太守——陇西、上谷、上郡、北地、雁门、代郡、云中等边关重镇都有你的英姿，你每到一地，都使匈奴闻风丧胆。正是由于你的出现，中国西部的历史终于翻开了有声有色的一页。……英雄暮年的悲凉甚至是悲惨的遭遇，是中国历史上'规律性'的现象。你为人正直，诚实宽厚，而又拙于辞令，不善言辞——确实是你的'短处'。你一生不曾封王封侯，这也罢了。但命运的打击远不至于此。……一代名将没有死在疆场，而是屈死在了官场上！"读到这里，我心里不止沉重，简直是愤怒了，不禁要问：为什么忠臣良将总是没有好结果？

为什么？

为什么。

我把《谒李广墓》读了三遍。

我又找出司马迁的《史记》，拜读了《李广将军列传》。竟欲哭无泪。

我想起跟曾铣同朝的忠臣夏言在临刑之际曾叹道："自古圣贤多薄命，奸雄恶少皆封侯！"感觉很无奈，很无奈。

初读这堆文稿时，我有点不明白：作者之一的黄继忠是一家远洋公司的领导，长年跟海打交道，为什么却喜欢往西北的荒漠野地上跑？读完全稿，我才似乎有点恍然：那里有历史。

于是我想象着作者乘坐在吉普车上，在荒漠的泥路上奔驰，眼前是一望无际的大漠，耳边是呼呼生风。薄暮时分，到了一处古城堡前，停车，走过几段废墟。忽然，断墙后闪出一个汉子，披着旧棉袄，手里拄根木棍，喝一声："站住！"原来是收门票的守在那里。每人交上一块钱，放行。于是，拾级而上去……

那情景让人开心，让人羡慕。

读完全稿，我觉得应该感谢两位作者。他们笔下结实而圆熟的文字，带我游历了一遍西北大地，也让我检索了一遍历史。让我有所收获，有所感触。

还有一点，它让我对旅游也开始生发了一点兴趣。

《来香》序

有朋友辗转寄来书稿《来香》，嘱为作序。言之切切，再三拜托。这让我有点为难。人之患，在好为人"序"，我一直认为给人写序是件费力不讨好的事情。我很怕自己说不到点子上。但朋友盛情，却之不恭，我又怕伤了朋友的情谊，只好答应：让我先把书稿看完，再说。

我放下手头的写作，花两天时间把《来香》读了一遍。我是一口气读完的。作者扎实的生活让我暗暗称奇，书中主人公来香的经历让我十分感动，读完后的感觉是，我很愿意谈谈我的读后感——为作者，更为书中的几个人物，尤其是主人公来香。

来香是个值得让人称道和敬佩的形象，在她身上集中体现了中国女性的传统美德：勤劳、耐苦、善良、节俭、孝顺、痴情、逆来顺受……同时又是聪慧的，洁净的，深明大义的。她十二岁就嫁到黄家做了童养媳。嫁鸡随鸡，从此她就据守在那个叫作茶山村的地方，直至终老。几十年风风雨雨，她吃尽了辛劳。从来婆媳最难相处，她遇上了一个通情达理的婆婆，嫁给的却是愚鲁而又无情无义的丈夫。悲剧似乎都是有预兆的，就在出嫁那天，她竟然跌落在了一条小水沟里，手里的花伞也跌断了。虽然机智的黄婆马上念出一套吉语圆了过去，悲凄的命运还是无可阻挡地伴随了她的一生。她和那个叫黄日的男人结婚六十余年，却聚少离多，共同相处的时间很少很少。黄日这样的男人也真是少见，自私、轻信、薄情、寡义，一心想过好日子，总想当官。是来香亲手送他参加革命，进城以后，他却背信弃义，为了攀住高枝，偷偷跟领导的女儿结了婚，又生儿养女，让来香困守空房。黄日也遭遇过很多次困境，有时甚至是绝境。比如打游击时得下重病，比如"文化大革命"中被打倒，最危险的一次是老来生病成了植物人。也是奇怪，每次遇难，他立即想到的就是回到老家来，回到来香身边。来香成了他的避难所。来香和他，虽然早已成了名义上的夫妻（后来连名义都没有了），她仍然顽强坚执地守在黄家，满心喜悦等待落魄的黄日归来。最绝的是黄日最后一次回家，竟是作为植物人被送回来的。来香仍然不嫌不弃，每天两次给他按摩，一早一晚，每次两个小时。一边按，一边给他说话，大声地说，带着哭音说，说着那些自以为能刺激病人神经的陈年往事。"阿日，那年你跟着阿婆来到偃家里做新年穿的衣服……""阿日，有一次偃和你去自己山上摘柿子……""阿日，你还记得吧，那天晚上，阿婆突然袭击叫偃俩结婚。偃把自己交给你以后……"她每天几个小时，说的陈年往事都是欢乐的事情。公道地说，几十年夫妻，黄日带给她的痛苦、磨难，远远多过那几年极为短暂的欢欣，还常常伤透她的心。可

是在她心里存留着的，就只是这些欢乐的小事。以常情论，她
吃了那么多苦，受了那么多磨，心里能没有怨气，没有牢骚？
但她把多少怨气和牢骚都独自吞了，忍了，化解了。这是一颗
多么宽广的胸怀和善良的心啊！它能让无数男人汗颜，让天地
为之动容。她的精神和努力也确实感动了神明，经过两年时间
的按摩，已经被医生都判了死刑的植物人竟奇迹般地苏醒了，
后来还能够离开轮椅独自行走。从死亡线上走回来的黄日，也
有愧疚，也有感恩，可是本性难移，故态复萌，竟又一次地离
开来香，去到城里就再没有回来。可怜来香初衷不改，还是痴
痴地念着黄日。她知道黄日爱吃木瓜，自己也爱瓜成癖，每天
都要买几条木瓜回来当饭吃。直到弥留之际，她还叮嘱儿子将
她亲手缝制的一个小布人同她一起下葬。小布人是黄日，她要
让黄日永远陪伴自己在一起。痴情至此，让人无话可说。

来香还是个孝顺媳妇。老公黄日长年不归家，侍奉婆婆的
责任就落在了来香一个人肩上。日常琐碎，无须细述，只看在
老人家人生的两个关节处，来香是如何表现的。一是病时。人
老多病，这不稀奇，只是婆婆的病来得太陡，半夜起床小便，
不小心跌一跤，一下就得了脑溢血。老人瘫痪在床上，有几天
都解不出大便，肚皮膨大如鼓，痛苦不堪。来香按照医生的指
导，拿一截小肥皂塞进婆婆的肛门，却无作用。于是，"来香
找来一把剪刀，把右手指甲剪得平平整整，再从窗台上找到婆
婆的银耳扒，洗去耳扒上的灰尘"。她这是干什么？她是要用
耳扒给婆婆把屎团一点一点掏出来。屎团掏干净了，婆婆舒服
了。婆婆舒出一口长气，几位乡邻也舒出一口长气。他们对来

香这个媳妇道出了发自心底的敬佩。二是送终。婆婆瘫痪在床，一病一年，最后到底没能挺得过去，驾鹤归西。为了给婆婆治病，来香把屋子的梁柱都拆下来卖了，家里已经一贫如洗。这时，为了让婆婆能够按照风俗体面下葬，她又狠着心肠卖掉小儿子，买回棺材，请来尼姑做了几天几夜道场，燃放鞭炮，散发纸钱，亲自举幡护送入葬。热热闹闹，风风光光。

多么重情重义的媳妇啊！

作者在《来香》的扉页上，郑重写有一行字：谨以此书献给天下母亲！读完全书，我就揣测，书中的主人公来香大约是有原型的。因为那里面的生活太真实了。这当然是源于作者对生活的熟悉。作者对"来香"这个人物饱含感情，似乎到了不吐不快的地步。他把对这个人物的热爱通过文学的形式表现出来，一切都是那么自然、顺畅，水到渠成。他的感情是饱满的，但叙写十分内敛。他似乎没有在结构上过多地下功夫，也没有怎样去编，只是努力把自己熟悉的人物和生活自然地表现出来。因为熟悉，所以下笔准确、贴切、细致。作者当然是具有相当的文学功底的。文字简洁生动，深谙"当行则行，当止即止"，所以笔下的人物是鲜活的，细节是鲜活的。我曾经在一家文学期刊工作过很长时间，常有初学写作者询问：我应该写什么？我的回答是：写你在生活中最受感动、印象最深的人和事。《来香》的写作，再一次印证了"一个作者首先要有生活"这个创作原理。知道了写什么，然后才解决怎样写的问题。

读完《来香》，我自然地想起了我的母亲。她们大致是同一个年代的人（算起来，我母亲只比"来香"小一岁），经受的苦难也有很多相同的地方。不同之处只是一个生活在粤东，一个生活在湘南。她们都横跨民国和新中国两个时代，经历过战乱，经历过三年经济困难时期和"四清""文化大革命"，也欢呼过新中国的成立，感受过新时期给人们精神和生活带来的巨大变化，还进过扫盲班，搜集家里的铁锅铁器去炼钢铁……她们的人生信念都简单而传统：养大小的，送走老的。无论环境如何艰难险恶，她们都要想尽办法生活，勤作死做，默默承受，不怨天，不尤人，把日子过下去。很多时候，她们的日子不能叫"过"，叫"熬"可能更贴切。《来香》中的来香，又比很多妇女过得更为艰难。在那样贫瘠的地方，在那么恶劣的环境中，老公不在，家公走了，家里就靠她一个人独力支撑。上有风烛残年的婆婆，下有两个嗷嗷待哺的幼儿，一大家人要生活，吃喝拉撒，穿衣睡觉，小的要上学，老的会生病，光是生活这一块，就够她应付了，还有其他呢？幼儿寡母，一门老弱，各种歧视、欺凌，也都是少不了的。可是来香都用她单薄的肩膀扛下来了。小时候我常听母亲说一句话："困难，有什么了不起，我一肩挑起；肩膀挑不起，再加个背脊上去顶起。我不信会有过不去的坎！"来香不光用了肩膀和背脊，她是把全身都扑了上去，滚开路上的荆棘，打出一条血路，带着一家人往前走。

她到底把几个儿女都带大了，抚养成人。

伟大的母亲啊！

来香活了七十五岁，寿终正寝。

　　我对客家文学作品读得不多，对客家文学的成就知之甚少，在我有限的阅读经验中（我早年读过程贤章先生的《俏妹子联姻》《神仙·老虎·狗》，后来编辑过他的长篇小说《仙人洞》和《大迁徙》，仅此而已）。我觉得《来香》中塑造的来香这位客家妇女形象，在客家文学的人物画廊中，应该占有一席之地。

　　读《来香》之前，刚刚跟随作家采风团去梅州跑了一趟，看了几处很有客家风味的建筑和村落，参观了"中国客家博物馆"。几天游览，马不停蹄，虽是走马看花，浮光掠影，但感触很多，印象很深。在"中国客家博物馆"，迎门一个大写的隶书"偍"字，立即让我感觉到了客家文化的独特和厚重。看完博物馆，知道了祭春日、盐焗鸡、百侯薄饼……知道了客家人的婚丧嫁娶、年节习俗，知道了这里也有赛龙舟，有鲤鱼灯舞，还有汉剧、秧歌、客家民歌，知道了客家民俗都不相同，自有一套形式。看了文字，看了图片，有的还有实物。看的时候眼花缭乱，啧啧称奇，出门不久，就大多忘了。毕竟是一看而过，留不下太深的记忆，不免怅然。应该感谢《来香》的作者黄河文，让我在书中又重温了一遍客家的各种习俗。作者对客家文化非常熟悉，翻开书页，随处可见。但他对习俗的叙写并不是孤悬的，是附着在人物身上，是随着情节的发展自然而然发生的。比如写"喷轿"。来香要出嫁了，父亲清早就把来香牵出房间，叫她擎一把花伞走到大门口，往她身上喷洒了一点茶水和娘酒，边洒边念："茶香酒香，来香去到黄家子孙满堂。"一行人到了一条水沟旁，来香不小心跌到水沟里，手里的花伞也跌断了。黄婆赶紧把自己的红伞换过去，念道："来香跌落沥，花边毫哩（光洋）沥打沥（一串串）；来香抓柄断，十个赖哩（儿子）九个官。"这种习俗的叙写，完全是一种原生态，毛茸茸、活鲜鲜，就像路边带了露珠的青草，那么鲜嫩撩人，看了哈哈一笑，心里就记住了。黄河文厉害，他把那种文化写活了，同时，也就把人物写活了。写文化，也是在写人。其实，我们任何人从一生下来就生活在传统文化的氛围中了，传统文化一定会给每个人打上一种胎记，影响着他的思维方式、行为方式、语言方式、性格特征。只有熟悉和了解了那块地方的文化，在刻画笔下的人物时，才能做到更准确、更细腻、更生动、更地道、更厚实。黄河文在《来香》中表现的，是扎扎实实的客家文化，是真实的客家人。他在描写人的生老病死、过年过节、日常生活时，顺便就把客家的风俗习惯带了出来。有的是直接摹写，有的是化写——化在人物的言行举止中了。看《来香》，不光是文学的享受，同时也是客家文化的大聚餐。所以我建议，民俗学家在做研究时，不妨也把一些地域色彩浓郁的文学作品找来读一读，也许能从那里面获得更多资料和启发。

《来香》的语言也有特色。特色之一，是把一些客家方言化用得很到位。常用的如：偓(我)、天光日(明天)、耳公(耳朵)、暗晡(夜晚)、上昼(上午)、眠床(床)……如何使用方言，是让很多作家困惑的问题。用好了，能使人物场景顿时生动起来。北京的老舍，湖南的周立波，都是这方面的高手。老一辈作家对语言的严谨、讲究，一字不苟的精神，足够我们学习一辈子。我觉得使用的方言不必太明白，能让人意会最妙。黄河文的语言颇具地域性，注重口语化，他的这种意识还很强烈。只是有时专注度不够，说着说着就有普通话混了进来，变得不伦不类，读起来不免别扭。写作是件细功夫、慢功夫，一句话，一个细节，都不能粗疏。这些，用心点是都可以做好的。

相信作者以后会做得更好。

读完《来香》，不免为作者有点担心。他在《来香》这部书中，似乎已经把生活库存中的好材料都拿了出来，把他熟知的客家习俗也写得七七八八了，他的下一部作品还写什么呢？

再细一想，其实这种担心是多余的。人生几十年，经历了那么多人和事，生活的库藏已经堆成了一座山，从这个角度挖进去是一部作品，歇一歇，换个角度再挖，又会有另一部作品出来。

那么，就期待作者的下一部作品吧！

《幸福那些事儿》序

雷衍斌同志在《幸福那些事儿》里头主要谈到了幸福和养生。这是近些年谈得很热闹的两个话题。话题很古老，也很时尚。不知为什么，一下子就像雨后的地衣（在我们老家叫"雷公屎"）一样蓬蓬勃勃地铺展来了。好多人都在关注，都谈。著文立说，连篇累牍，各说各话，一片缤纷，令人眼花缭乱。

偶尔也读过一些人谈的关于幸福的定义，那些幸福指数、幸福感，大多让我有点不以为然，有的，越看越迷茫，不知所以。我比较认同老雷同志的说法："幸福是内心的感受。"这话实在。

老雷同志本就是个踏实、实在，而又务实的人。他出生在湘南山区，从呱呱坠地的那一刻起，身上就具有了山里人的刚毅、强霸和宽厚的特质。他似乎是弱小的，但又是雄唐的，是乐观进取的。老雷同志在他的少年时代，经历了大跃进、三年经济困难时期、"文化大革命"，日子是过得十分艰辛的。可是在那些艰难岁月中，他记住的却都是一些美好的感受。比如：他借了板车，到离家二十多里路远的煤矿拉煤，清早出门，夜半归来，他没有记住山路的崎岖，没有记住十几个小时没有吃东西是如何饥饿眼花，却记住了到家后母亲做的一碗蛋汤是那样香味诱人。比如，他上小学的时候，每天晚上要起来两次去捡狗粪。一次是半夜一点左右，一次是清早，天亮之前。想想，一个半大的孩子，还是嗜睡的年纪，却要在最好睡觉的两个时段里爬起来去出工，每天如此。且不说风霜雨雪，且不说月黑路不平，光是到时醒来，起床，就是好不容易的事情。但他记住的是捡到一斤狗粪，送到生产队就可以记一分工，到秋后就可能分到一斤谷子，是一种收获的幸福感。他还记住了每天清早第一个看到朝霞满天时的陶醉感。再比如，他总记得母亲带他到生产队分苞谷，心里洋溢着丰收的喜悦；记得1966年11月，在北京天安门广场见到毛泽东主席时的狂欢；记得在1972年7月第一次领到工资时的大笑，他大笑着把三十六块钱数了又数，欢喜得要命……

老雷同志快六十岁了（若按虚岁，则已经是六十岁了），进入社会，参加工作也有了四十年。这期间，他先后变换了七个工作岗位，从一个普通的乡村教师，到学校校长，到共青团县委干事，到县委组织部干事，到县委宣传部副部长，到镇党委书记，到县委宣传部部长，到县委副书记，最后到市房产局党组书记。他在每个台阶上驻留时间都不短，有的五年，有的八年。这足以看出他做事是非常踏实的。在《幸福那些事儿》里，老雷同志对每个台阶都有文字记叙。这些记叙，无不饱含深厚的感情和眷恋。四十年风雨兼程，他应该酸、甜、苦、辣、咸，什么都品尝过的，但他感受的、记住的，好多是生活的快乐。光是这些题目，就可看出一些端倪。如："记忆幸福""追寻我的人生轨迹""我们正年轻""追求'简单'""结交三辈朋友""勤奋与担当""今年的生日是这样过的""成功是一种选择""送人玫瑰与上善若水""享受工作""小小中奖运气"……《孟子·尽心上》曰："亲亲而仁民，仁民而爱物。"老雷同志在文章里面表达出来的真情实感，让人感动。

老雷同志在《幸福那些事儿》里，专门有一组文章谈养生。我没有想到他对养生有那么深入的研究。文章虽只六篇，但都很凝练、精到，言之有物，有理，综合起来稍微抻一抻，就是一部很好的养生学专著。文章里面，既有大量读书的心得，有密集的信息量，又有自己身体力行、细心揣摩的体验和总结。他研读了中医养生保健学说以后，总结出中医养生的关键是在于养德。认为德者寿的观点是儒家养生思想最为集中而典型的体现。他说，道德感是人的一种社会性高级情感，自我道德感的满足，缓解了这方面的情感矛盾，减少了心理冲突，并通过大脑皮层，又给心理机制带来良性影响，从而有益于人的健康。从心理学角度说，仁者心安理得，心平气和，这些都有利于生命远离疾病痛苦，自然就会长寿。我对中医学没有研究，仅凭我的阅历和感受，觉得他这话说得颇有道理。进而他说：最好的医师是自己，最好的药物是时间，最好的心情是宁静，最好的运动是步行。于是，他给自己制定了三个健身要点：宁静，养生，步行；还有三个养心要点：糊涂一点，潇洒一点，业余爱好多一点。而他在人近耳顺之年说的那句话"服老，是一种清醒；不服老，是一种心态"，则带了一点哲学意味，切合生命的辩证法。

反复读过老雷同志关于养生的几篇文章，我对他其他那些阐释幸福的文章才有了一点理解。他的那种对幸福的感受是真实的，是有根而自然而然生发出来的。

我和老雷同志是老乡，老朋友，还是"老庚"——我们都在龙年出生，同属"龙尾"，只是我比他大五十天。我们的经历也有相同之处：都干过农活，都是工农兵学员（不过他是第一批，我是最后一届），都干过七八个工作单位，而且也是在每个岗位上干的时间都不短，这样想来，我们的性情也多有近似之处。所以，我对他的称呼还是沿用了二十世纪的"同志"两字（当然，现在这个词已经完全变了味。然而，现在什么事情没有变味呢？！）。也所以，当他要把一些文章结集出版，嘱我为之作序时，我满口就应承了下来（其实我是很不敢给人作序的。我总认为，写序应该是那些年高德劭、功德圆满之人所为。我还不配）。书稿很快寄来，且装帧设计、版式都已完备，我只好丢下手头的工作，认真通读过一遍。坦率地说，我感受到了一种阅读的愉悦。这些文章最大的好处是：坦诚。笔下写的，都是心里想的，是自然而然的流泻。正因为坦诚率性，因为是出自内心的情感流泻，内容难免稍感芜杂。但一点不影响这些文章的整体质量。从他的率性文字中，可以看出他的为人：平实、亲和、勤正、好学、有修养，极富人情味。正是有了这些感触，我愿意向朋友们推荐这本图书，以表达我对老雷同志的敬意。

《郴州文学评论选》序

李国春先生主编了一本《郴州文学评论选》，嘱我作序。这让我作了难。我很早就离开家乡，长时期地在外地工作，对郴州的文学真是不十分了解，不知道能够说点什么，更不知道能不能够说得到位。何况，作序本就是件费力不讨好，而又很难讨好的事情。我心里很惶恐。但我到底还是答应下来了，原因有二：一、我是郴州人，还是从郴州这块土地上走出来的游子，我很乐意为家乡的文学事业多做点事情；二、李国春同我都是湘潭大学毕业的校友，说起来，他还是我的师弟，我不能拂了他的一片好意。

李国春把一部分稿子寄过来了，同时还寄来了前几年曾广高编著的《郴州文学志》，厚厚的一大包，我都一一看了。

我的一个突出的印象是：阵势庞阔，杂花生树，潜龙在水。

顾名思义，《郴州文学评论选》是一部评论郴州籍作家作品的文选，所选的都是新时期以来的文章，尤以当下为主。所选文章，当然不是类似评论的全部（远远不是。比如一篇《迎冰曲》、一部《芙蓉镇》，当时的评论文章有如潮涌，数不胜数，选得过来么？）。但这已经足够了。我们已经可以从这些评论文章中，看到最近这几十年郴州文学创作的庞大阵势了。此前，我收到了陈岳着人寄来的《郴州文学六十年》，厚厚四本，所选包括小说、散文、诗歌、报告文学，让我看到了对郴州文学创作的一次检阅。这个检阅，十分必要。《郴州文学评论选》是对《郴州文学六十年》的一个补充，有了这个补充，可以让郴州的作家诗人们心里有个底，也可以让郴州文艺界的领导们心里有个数。李国春做了一件很费力，但是很有裨益的事情。

《郴州文学评论选》中谈论到的作家，大多我都认识，有些还很熟，是朋友。其中谈到的作品，不少在以前都读过，有些还是经我手编发，或是推荐出去发表或是出版的，所以，谈到这些评论文章时，感到非常亲切和欣慰，怡然于心。郴州的文学朋友们，基本上都是业余创作。他们各有一份自己的事情，工作之余，再行创作。他们的生活根底和生活体验，都是极其深厚丰富的。他们对文学的那份执着，那份坚韧，实在是让人油然而生敬意。在我接触到的郴州的作家朋友身上，于为人处世方面都有一个共同的特点：质朴，实在。所谓"一方水土养一方人"，这种性格的养成，也许是郴州的山水使然。这当然是做人的一种好品质，可是到了文学创作上，太实在了就可能会影响到作品的灵动张扬。这也应了那句老生常谈的话：做人要老实，作文不能太老实。作文需要有质朴实在作底，然后要能焕发，能升华，于厚实中见灵虚，才能上到一层境界。

郴州文学界的朋友们以其实实在在的创作，陆陆续续地、不断地引起了评论界的关注——手头的这本《郴州文学评论选》便可见一斑，这实在是一种喜人的景象。作家需要评论家。作品需要有评论。作家和评论家都是能使创作走得更好更远的两条腿。我一直很佩服评论家，他们无不独具只眼，洞幽烛微，往往能看到作品后面更深一层的东西，道出作者所未道。文章多能八面莹澈，条分缕析，拨云见日，欲说还休，一定要说得你一愣一愣的，心悦诚服。当然，除了诚服，更重要的恐怕还是受益。作品在评论家的解读之下，作者原本想清楚的东西更清楚、更有条理了；作者原本只是朦朦胧胧意识到的东西，都给挑明了；还有的，是作者并没意识到的东西，评论家也给挖掘出来了，正是"一语点醒梦中人"，不免大吃一惊。无论如何，自己的作品能受到评论家的关注，能有评论，都是件令人高兴的事情。它能让人振奋，能让作家提高自信。而现在李国春能把这些评论文章汇编成册，对于郴州的作家们整体提高自信力是很有好处的。

　　曾广高编著的《郴州文学志》，出版后曾寄过我一本，现在重读，别有一番感慨。曾广高为编写《郴州文学志》，花数年时间从大量的资料中扒梳、整理，给郴州地区几千年的文学状况理出了一个脉络。虽然这条脉络尚嫌简略，但我觉得他的努力是很有价值的。他为郴州文学事业做了一件功德无量的事情。郴州建邑已经有两千多年的历史，这里山峰奇峻，水流回环，土地沃腴，林木森森，尤其是民风彪悍硬朗，男人健硕，女人清秀，皆都重情重义，个性鲜明，常会闹出轰动朝野的大动作，而且这里历来读书人不少，传统、民俗都有渊源，积淀丰厚，氤氲着丰富的文学因子，实在是一块生长文学和文人的好地方。可是很奇怪，在中华人民共和国成立以前的两千余年，都没有出现在历史上产生过大影响的大文人。前辈名家在郴州留下的诗文不少。韩愈、柳宗元、刘禹锡、王昌龄、李白、杜甫、宋之问、秦观、徐霞客、陆羽、周敦颐、解缙、寇准、阮阅……都写有诗文。这些诗文，绝大部分是遭到朝廷贬谪，流放途中经过郴州时所作。据曾广高统计，"流寓郴州纪郴之事之人之景的有14人128首"。其中，尤以秦观的《踏莎行·郴州旅舍》最为有名。秦观字少游，是北宋时期的大才子，诗词俱佳，"国士无双"。他早年的词风格优美，婉约绮丽，最有名的两句："两情若是久长时，又岂在朝朝暮暮。"广为传诵，一直流传至今。后来的年轻人写情书，多有引用。很多人不知道秦少游，但记得这两句话。从古至今，有多少断肠人拿这两句话聊慰思念之苦。后来让他在文学史上坐稳地位的却是谪居郴州后所作的《踏莎行·郴州旅舍》："雾失楼台，月迷津渡，桃园望断无行处。可堪孤馆闭春寒，杜鹃声里斜阳暮。驿寄梅花，鱼传尺素，砌成此恨无重数。郴江幸自绕郴山，为谁流下潇湘去？"自此，秦少游的词风一变，使他从以前狭小的风流旖旎的生活中解放出来，清醒地注视到自己的不幸与孤独，风格一变而为凄厉怆恻，却是更深刻地表达了人生。冯煦在《宋六十一家词选·例言》中说："少游以绝尘之才，早与胜流，不可一世，而一谪南荒，遽丧灵宝，故所为词，寄慨身世，闲雅有情思，酒边花下，一往而深，而怨悱不乱，悄乎得小雅之遗，后主而后一人而已。"又说，"其淡语皆有味，浅语皆有致，求之两宋词人，实罕其匹。"其实，秦少游一生的遭遇都很不幸，屡次应试不中，三十七岁才考取进士，做了个定海主簿的小官。不久即卷入新旧党争，后半生就一直在迁谪中度过，最后困顿而死。但在被削职流徙到郴州之前，他已经被贬为了杭州通判，后又再贬为监处酒税。他在任上时，并无过错，只因为朝廷内，新旧党争激烈，士大夫党同伐异，仅由于又让这个大才子去管酒税，心中的怨愤应该是积压得够强烈的了。郴州之后，他又被编管横州，两年后又被移送雷州编管。半生颠沛，横祸不断，积郁在胸，随时都有可能喷发。作为一介文人，最厉害的武器无外乎发而为文，狠抒胸臆。可以说，秦少游的这首传世之词，是早就在心里头酝酿成熟了的，只是还没有遭遇到触发点，无法引爆。只有到了郴州，才眼前一亮，心中一扩，得了顿悟。"郴江幸自绕郴山，为谁流下潇湘去！"只这两句，就让苏轼亦长吟不已，泪水长流。苏轼将全词抄在扇上，最后还忍不住提上一句："少游已矣，虽万人何赎！"能得到苏轼如此高看，仅只秦少游一人。秦少游一生中流徙经过的地方多矣，杭州、衡州，之后又衡州、雷州，可是他的这首词却出现在郴州。我一直觉得这件事情非常有意思。我找不出别的缘由，只能说，是郴州这方水土成全了他。用现代话说，便是，在一个适当的时间，一个适当的地方，成就了一个大文学家喷发出最辉煌的一章。

所以我更加认定了郴州这方水土是孕育文学人才的地方。

这并不是出于我对家乡偏爱的一厢期望，从《郴州文学评论选》透射出来的诸多信息来看，郴州的文学创作已经积聚了相当的能量，渐成蓬勃之势。相信《郴州文学评论选》出版以后，更能对郴州的文学创作起到推动的作用。也期许郴州文学评论界的朋友们，能更多地关注本土作家们的创作，让作品和评论互为映照，形成一种合力，让读者更了解有一个文学的郴州。

《神农足迹文丛》总序

　　家乡的文联编了一套丛书，给县里的八位作家各出一本作品。这套丛书取名"神农足迹"。文联的尹主席嘱我给丛书写一个总序，这让我感到为难。这套丛书收录比较杂。有小说、散文、随笔、诗。我做了几十年编辑，其间也写过一些小说、散文，可是不懂诗。读得少，了解不多，没有研究。到自己不熟悉的领域里乱侃，这太冒险，我还没有做过这种事情。

　　但最终我还是应承下来了。理由却就一个：乡情。

　　我只能泛泛而谈。

　　这些作家的身份很广泛。工人，农民，公司职员，公务员，政府官员，都有。其中有的我很熟悉，有的曾见过一面两面，大多还不认识。但他们都有一个共同的特点：长期生活在基层；对文学十分痴迷。

　　生活是创作的源泉，这是老生常谈，也是至理名言。这些作家一直生活和工作在社会基层，生活积累很丰厚，生活体验也很丰富。他们在日复一日的生活中，觉得有话要说，觉得有很多想法要表现，于是发而为文，为诗。他们写得都很朴实

（家乡的人为人就很朴实），没有装腔作势，不矫揉造作，更没有无病呻吟。他们只是做着实实在在的叙写，温和地表现正直和人性的思考。所以，在他们的作品中，能看到一种真实的生活，有一股真性情。而文学作品唯有真实、真情，才是最可珍贵的，最能动人。

他们都有一份正经而体面的工作（农活也是工作）。每天要守着那份责任，日出而作，日落而归，尽心尽力，兢兢业业，把身心弄得很疲惫。他们都是业余写作。别人在打牌、喝酒、唱卡拉OK的时候，他们在写作。别人看电视的时候，他们在写作。别人熄灯睡觉了，他们还在写作。写得吭哧吭哧，写得焦头烂额。他们对文学痴迷的态度令人生敬。痴迷是一种性情，是一种状态，也是一种境界。从小到老，我一直痴迷篮球。篮球是长人的运动。其实我很清楚，以我一米六几的身坯，在篮球场上再努力蹦跶也成不了大气候的（事实上我也只打到过县队、厂队和大学校队）。可是我就是痴迷它，年轻时候甚至不可须臾没有篮球。一看到篮球，十个手指关节就嘣嘣地响，我之于篮球，可以说没有任何功利目的。但就在几十年的篮球运动中，锻炼了体魄，愉悦了心情，铸成了一种精神。其中甘苦，只有自己体会最深。

痴迷当然是做好一件事情的重要因素。

听说县文联已经有了编制，有了办公室，我为他们感到由衷的高兴。我很希望文联的办公室能成为文学的墟场。这个墟场不流通物资，只流通精神的东西。是精神的集散地。这个墟场是神圣的，却又是喧腾热闹的。爱好文学的朋友们无论在家，或是出门在外，心里都牵挂着这个墟场。有事无事都会往这里跑。清茶一杯，神侃海聊，文学是很个体的事情，需要个人奋斗，需要冥思苦想，但也需要一帮文友，经常在一起交流。一点想法，一份心得，一个构思，半腔愁郁，都可以拿到这里来切磋，碰撞。即使无言，也可以呆坐一旁，听听文友们聊天，享受享受那种氛围，说不定什么时候神机一动，会得到某种启发。年轻时，我曾经在北京的鲁迅文学院学习两年，后来又在北京大学中文系学习两年，听作家评论家讲课，听教授们讲课，都得到过很多教益，但收益更大的还是那帮同学朋友。我们朝夕相处，无话不谈，也切磋，也争论，互相碰撞，互相启发，互相浸润。我亦至今十分怀念二十世纪七八十年代在湖南时的那帮朋友。怀念那段单纯而快乐的时光。

期待这套"神农足迹"的出版，能给家乡的文学创作带来更新的气象。我认识一些家乡的作家，都是些极有个性、极有心劲的人。这也是家乡那方水土养育出来的人共同的性格。低调，不张扬，十分务实。咬定了一个目标，就默默地、一步紧一步地往前走。借用老前辈萧克先生评说家乡人的那句话，就是：打铁硬，硬打铁。这真是把家乡人的性格说死了火。有了这种性格，有了这种心劲，再又有县委县政府的支持和推动，家乡的创作人才一定会倍出，倍好，一定能让外界突然地吃一惊。

别人不信，我信。

是为序。

一段掩卷而泣的过往

　　"小城故事多"，此话确实不假。周庆平的小说《破碎的琥珀》里写到的小城，就是那种故事多多的地方。对于小城的生活，我非常熟悉。我就是在那种偏僻和闭塞小城里出生、长大的。小城的房屋、街道、水井、旧城墙、墟陂、戏台、石拱桥，还有那种光影、气息和哗哗的溪水声，常常令我一想起来就心里感动。我家乡的东门头水塘边，也有一座类似小说中所描述的染坊，门前的几根竹竿上，永远搭晾着成匹的染过的棉布，早早晚晚，总有两个身穿胶皮围裙、脚蹬长筒套鞋的工人在木桶前劳作，地上长年四季都是水汪汪的……因此，这篇小说读起来是那样的真实而亲切。

　　《破碎的琥珀》的主人公孟彩云家里是开染坊的，小有钱财，解放时期划分阶级，家里成分就有点高。孟彩云长得玲珑漂亮，人也纯朴善良，有一副清亮的好嗓子，在小城的戏台上扮演过女主角，是个活泼可爱的女人。女人啊，漂亮了，成分高了，到了那不正常的年代里，就注定了会多灾多难。孟彩云的一生真是过得十分艰难。

　　但在刚解放的头几年，她的日子还是很舒心的。抗美援朝捐款、文艺演出、扫盲识字班……都有她活泼的身影，有她朝露一般晶莹的笑声。她是用朝露一般晶莹的心情迎接新生活的到来的。可是随后，政治运动就开始了，一个一个地接踵而至。"三反五反""反右""文化大革命"，其间还遭遇大饥荒……她的命运很快就变得诡异而多舛。

　　先是丈夫遭人诬陷，含冤自杀，从此孟彩云就多了一种容易让人诟病的身份：寡妇。无论现实生活还是文学作品中，寡妇都要比常人更多一份难受，孟彩云自然不可能例外。接着大女儿夭折。她独自带着儿子艰难度日，挨到饥荒年代，不幸遭人逼奸，还怀上了孽种，生下了一个女儿。善良的她思虑再三，甘冒天下之大不韪，咬牙把这个小生命留了下来。孟彩云没有工作，没有固定的经济来源，就靠卖杂货、纳鞋底挣点小钱，在挨饿的时期挖过野菜，捞过泔水，好好歹歹把一双儿女拉扯大了。有好几次日子都过不下去了，她寻死，却没有死成。

　　孟彩云没有死成，可儿子却死了。儿子在乡下表现十分优秀，大队、公社都推荐让他招工，却因为家庭出身不好而没有如愿。儿子一时想不开，气疯了，后来又在一座大水库中迷走丧生。痛失爱子，孟彩云号哭了一场后，竟奇迹般地挨过来了。人常常就是这样，经历了很多灾难以后，反而变坚强了。好在后来的世道好起来了，孟彩云的心情和身体也一天天好起来，一直活到了八十多岁，才无疾而终。孟彩云去世前很平静，她叫女儿搬了一张竹躺椅放在院子的草地上，说："我想一个人清清静静待一会儿。"她是晒着太阳，闻着青草的气息，安详地走的。

我猜想孟彩云这个人物是有原型的，也许就是作者熟悉的人物。小说里面的很多细节，那么真实，那么生动，如非亲历，恐难想象得出来。

小说里还写了另外两个人物：曹家祥和林子高，这是作为孟彩云生活中的对立面出现的。两个人都缺失人性。一个因为没有娶到孟彩云而心生嫉妒栽污宏盛，另一个则以进步和革命名义逼死宏盛，造成了孟彩云的悲剧。一个使的是阴招，另一个则是明火执仗，但下手都够狠。作者是用漫画式的手法来描画这两个人物的，有点简单。曹家祥遭到亲人的唾弃、命运的捉弄，死于非命。而林子高呢，一个理直气壮地整别人的人，后来却落得个被人整残了的下场，所幸的是，林子高痛定思痛之后，终于找回了失却的人性和良知，这是个耐人寻味的人物。

还应该提一提老侯和赵素华，这是一对夫妻，一个是教师，一个是文化干事。夫妻俩都很善良、热情而细心，无论职业，无论为人处世，都让人很敬重。两个人物在作品中都着墨不多，都是在要紧处才出现。但已经足够了。小说写人，不在于铺排张扬文字很多，在于传神，只在关键处着力，虽寥寥几笔，抓住几个细节、几句话，就把人物写活了。这一对人物出现的意义还在于，任何年代，人都应该有同情心，有向善之心，尤其在别人遭遇困窘的时候，能搭把手，拉人家一把。孟彩云就是在最困难的几次，因为有了他们的关照鼓励，才坚强地活了下来。

我总是希望天底下多些老侯、赵素华这样的好人，少点曹家祥和林子高这样的歹人。

还有，小说中对爱情的描写也是很耐人寻味的，传统的中国人对"爱"这个字是羞于出口的，但对爱的践行却含蓄、真诚、执着到要命的地步，所以，孟彩云一辈子心心念念的人永远是宏盛；所以，孟彩云一生都在想方设法澄清宏盛的冤案，还他的清白；所以，孟彩云灵魂出窍的那一瞬间，她没有悲伤，而是欣喜地和丈夫宏盛团聚去了，因此她的"嘴角满是笑意"。

我不知道作者是否读过美国作家卡佛的作品，但她确实是把极简主义的表现手法使用得很到位。《破碎的琥珀》语言十分简洁，基本上都是叙述，很少描写。就像高山上的一脉清溪，一出地面就顺着漫坡，玲玲琮琮，有声有色地往下流淌，中间没有停顿，没有拐弯，很少旁顾，流畅自如，一泻而下。当然，这种流淌不是清亮透彻，一眼就可以看到底的。流水中含有很多让人赏心悦目余味多多的各种元素。因为作者既讲究文字的流畅隽永，更注重情节的编排，着眼在人物命运的浮沉以及人物之间的恩怨纠葛，这样，就使得文字流畅而不轻飘，情节顺畅而不板滞，依形随势，跌宕起伏，摇曳有味，读完后还不得不掩卷回味，含泪思量。

这也正是很适合我们现代阅读的。

我读《粤海风》

晚上睡觉之前，我喜欢躺在床上乱翻一阵书，其中杂志居多，目的在让心境安静下来，好入睡。而一些好书，还有少数几种杂志，则是须在书桌前正襟危坐阅读的。因为读过了，思想还停不下来，还会思考一下。有时还做点笔记。《粤海风》便是这类杂志之一。《粤海风》在封面上给自己的定位是"文化批评杂志"。文化的意义很宽泛，各种定义的差别也很大，但明显地《粤海风》也谈文化，却重在批评。我对《粤海风》上面刊登的文章也不是全读，有时读四五篇，有时读一两篇，是选择性的。这跟自己经历和兴趣爱好有关。比如写红卫兵、写知青的文章，读了，能勾起自己对那个年代的回忆，并进而自省。又如写三四十年代文艺界、写鲁迅的文章、写新时期文学现象的文章，都给人有眼前一亮的感觉。此类文章已经很多，谓之汗牛充栋亦不为过，然而《粤海风》的有关文章总是能从这老而又老的题材中写出新意（哪怕是一点点），冷不防地一下子击中了读者的兴奋神经。我想这大概是因为作者的角度和观点不同的原因。他们的角度和观点往往有点偏。自古文章不忌偏，忌的是太正（我理解的"偏"大概含有偏颇、偏激、偏见、偏执、偏锋……的意思；"正"则有正经、正统、正式、正规、正牌、正宗、正出……的意味)。"偏"一点的文章更能见出作者的骨格。

每期刊物的"卷首"语我都会读。在短短的篇幅中，对当前的热点、焦点问题表示关注。旗帜鲜明，言辞锐利，情感炽烈，可见一颗拳拳之心。"卷首"语表明了《粤海风》办刊的一种情怀。我们的社会这几十年发展十分迅猛，经济快速发展的同时，各种社会问题丛生，物欲挟人性中"恶"的一面激发膨胀得厉害，面对一些乱象，有些人表现的是冷漠、仇视、谩骂、毁谤，而有些人虽然也说，也批评，态度也很激烈，言辞也颇锋利，但血是热的，是善意的，希望一切都能得到诊治，社会风气能好起来。我以为《粤海风》的旗下就聚集了这样一批有良知的文化人。从他们文章的一些题目上经常看到的词汇，如"忧患""忧思""拯救""意义重建"等，则可见一斑。

以《粤海风》"文化批评杂志"的定位，在眼下泛娱乐化的社会风气里，明显是"不合时宜"的。我却以为它"正合时宜"。"不合时宜"，注定了刊物的读者面不会太广，发行量不会太大；"正合时宜"则是我们这个时代正需要的。不是么？我们这个时代是太需要这样一批以天下为己任、有文化坚守的人和刊物了。

附带说说，在我"工作"的时候，寄赠的刊物有几十种，退休以后，忽然就少了十余种，《粤海风》仍然照寄不误。为了能让我及时看到刊物，又及时修改了寄赠刊物的地址。这也是让我殊为感念的。

难得的人文关怀

肖存玉很早就跟我说过要写一本关于少教所的书，我有点不以为意。那地方有什么好去的，又有什么好写的？不过我却是很为肖存玉的精神所感动。她为少年教养所开设了一门写作课，每个星期去讲一次。从2002年开班，她已经坚持了8年。整整8年啦！寒来暑往，风雨无阻，以她过了花甲之年的稍过肥胖之躯，每次须换乘三趟公共汽车，到广州市郊外的少教所去上课、采访，这是一种什么精神？她的讲课当然是免费的。她还要花很多时间批改作文。还自费给那些表现突出的孩子买奖品，激励他们树立信心，积极向上，鼓励解教学员早日回到自己的亲人身边。还想方设法为孩子寻找失散的亲人，动用各种关系为走出少教所的孩子联系就业。有一天我去她家，跟她先生聊天，很晚了才看到她回家。风尘仆仆，神色疲惫，一进门就坐到沙发上，喘了好久才回过神来。原来她是去火车站送少教所解教学员上车，路上碰到塞车，只好下车慢慢走回家。

也就在那一天，肖存玉把她刚刚出版的新书《别放弃我》送了我一本。《别放弃我》还有个副标题："十六个失足少年的流浪经历和内心迷惘。"我首先给她的精神所震撼了，觉得不马上把书看一遍就太对不起人了。于是，连夜拜读，直至天光。

我的感觉是：新鲜，别致。

《别放弃我》的内容有三个部分：一、昨天的故事，二、给肖老师的信，三、我在少教所。第一部分是作者肖存玉以她的笔写下的失足少年的故事。这些故事，不是光靠采访能得到的。是肖存玉把自己的心、把自己的慈爱付给他们，以心换心得来的。里面的一些情节和大量的细节，是我们连想象都很难想象的，若非长时间的接触，像春风化雨般一点一点地滋润，他们是不会轻易吐露的。另一位儿童文学作家刘小玲说："儿童文学作家注定要走进儿童的心灵，肖存玉走进的是一群被遗弃的儿童的心灵。她用自己的大爱化作阳光，去温暖那个几乎看不到希望的角落，她走的每一步都令人感动。"是的。是这样的。肖存玉用她的言行深深地感动了那些涉世未深却误入歧途的孩子。

《别放弃我》里面第二、第三部分是这些孩子写给肖存玉的信以及他们的作文。无论信，无论作文，都写得直率、质朴、坦诚。很难想象这样一群孩子，竟能写出这样的文字来（这里的有些孩子基本上没有读过什么书）。这里面当然首推少教所民警们的帮教工作，但显然，肖存玉的另一种帮教也起了很大作用。读着这些文字里孩子们的真情表白，令人心酸，也令人深省，更令人感动。由此，再一次体味到，唯有真实，最是动人。

游历大地的实录

这是一本流浪诗人写的浪游记。

作品的主人公是两位残疾人：一位叫李国定（笔名野宾），一位叫陈泳潮。后者残疾得很厉害。双脚掌朝后，足跟在前，跟常人的脚板完全反了个方向。可是他们在二十世纪的九十年代初，用三年时间，走了三万多里，足迹到了十几个省。

他们的这种毅力，让我吃惊。

作者是以日记的方式出版这部作品的。他们在游历途中，记下了一百多万字的日记，拍了几百张照片，还搜集了近百万字的资料。这次花了两年时间整理出来的文字，计40万字。

他们是带着37块钱上路的。他们的目的很明确：壮游天下，观山川之盛，体民生之艰，抒自由之情。

他们从湖南郴州出发，走过了广西、贵州、云南、四川、重庆、广东，一直到海南。沿途有大道通衢，鸡鸣狗吠，晓风残月，繁华市井，但更多的是羊肠小径，高山密林，蛇蝎横行，旧瓦破庙，还有的地方，是很少有人到过的，荒凉无比，险恶无比。每经一地，那山形地貌水迹，民风民俗民情，都有详尽的记叙。这些记叙，很原始，很真实，很生动，读来饶有趣味。

他们一路上接触了很多人，各式各样的人。但最多的还是农民、教师、工人，还有乡村干部。他们常常借宿在这些人家里，做彻夜长谈。两位都是诗人，怀有善良的透明的关爱的心，想要切实地了解在这块土地上的人的生活。他们见到了最真实的人生。在对越自卫反击战中立过功的退伍军人，回到村里，只是默默地劳作、生活。从湖南支边过来的教师，在小小的山村学校里，每月领着十几二十块钱的工资，勤勉地做着奉献。几户村民，守着几块薄地，每年的收成只有几百斤苞谷，寒来暑往，经年累月，他们就那样坚守着，无怨无悔。还有诙谐的乡干部，木讷的村干部，天真活泼的小学生。他们还遇见过一些高人、奇人。这些人知天文，知地理，会武术，通晓政治经济，精研民间医术，各怀绝技，出语惊人，让人读了顿开眼界。两位徒步游历的人都带有严重的腿疾，途中难免会碰到不怀善意的人，他们也会记叙下来，但都表示了理解，祈望每个人都能善待别人。这种情怀也是一种自然的流露，没有做作。我觉得是人都具备这种情怀。

看多了各类虚构的作品，忽然读到这样一本非常真实具体的游历日记，感到一种清新之气扑面而来，十分过瘾。

没有什么比真实更有力量的了。

一部当代产业工人的命运史

——读邓鸣的长篇小说《大变革》

　　《大变革》写的是二十世纪70年代的工人生活，那个时间我也在长沙卷烟厂当工人。所不同的是，我所在的工厂地处城市中心，《大变革》中写到的工厂却是建在荒山野林中，周围几十里路以内都没有村落，没有人烟。在那样一个封闭的、男人绝对多女工非常少的环境里，生活会很单调，很枯寂，工人的情绪也很压抑，很沉闷，可是在作家笔下，表现得却是很丰富，很有味道。

　　邓鸣对那段生活很熟悉，他把一些人物都写活了，写出了个性。

　　陈强、黄头发、宝生、刘军、罗锁喜、李志平……这些青年工人，我在工厂都见到过，他们天天和我生活在一起。这些人身上都重重地打着二十世纪五六十年代的烙印。他们都曾经有理想有激情。可是到了二十世纪70年代，理想变得很缥缈，激情也一点一点地丧失了。这些人变得或者实际，或者世故，或者刁钻，或者玩世不恭，或者愤世嫉俗。但也有的理想不灭，壮志犹存，坚持偷偷地大量地读书。读政治，读哲学，读历史，读文学，废寝忘食，走火入魔，不断把自己眼前的肥皂泡吹得越来越大。这种人确实有，但很少。

小说里的工厂党委书记陈鹏和厂长骆天成，是两个带有悲剧色彩的英雄人物。这样的人物，我没有碰到过。我所在的工厂几任领导，都是工人出身，受过很多苦，但没有打过仗。我认识的别的厂长，也未见过具有这种禀赋的。但我相信这两个人物是真实的。因为作家在写到他们忠诚、刚强、舍身忘命、铁石心肠的时候，也写到了他们的另一面，细致地刻画了他们的心路历程，用几个细节点染了他们复杂的性格。写了他们对青年工人的理解，写了他们的善良，写了他们对家人的严格要求，写了他们的克己。所以，两个人物虽然"高大"了一点，但却是可信的。不是很可亲，却确实是可敬的。而后来升任党委副书记的利忠，着墨不多，但个性尽显，才华尽显。这类人物，有能力，有心机，委屈时可忍胯下之辱，伸展时大刀阔斧，还擅择机而行，一鸣惊人。这类人在现实生活中很多。这是环境造成的，似乎也是中国人才成长的传统。这种现象，很可以探讨。

还有姚孟辉、毕偏头、蔡丽，亦具个性，给人留下深刻印象。

一部长篇小说，能写出这么多个性鲜明的人物，很难得。现在的一些长篇小说，不大讲究写人物，甚至对刻画人物性格的说法很是不屑。我对此有点不以为然。我还是主张长篇小说应该有人物，有情节。

　　《大变革》主要由两个大情节结构而成。

　　第一个情节由青年工人陈强接到"母病危速归"的电报引起。母亲病危，做儿子的马上请假回家探望，这是天经地义的事情。可是车间主任竟然不批给他假。理由是电报可能有假。于是，借着不准陈强请假的这件事情，闹起了一场很大的风波。这场风波，几乎波及了全厂所有的干部工人，让他们各有态度，各有响动。

　　第二个情节是山洪暴发。这是一场天灾。山洪是半夜发生的，转瞬即至，威力巨大。摧毁了厂房，淹没了机器。又是全厂几千干部工人一起，投入到了这场保卫工厂的斗争中。那是一场惊心动魄的斗争。

　　表现人物性格无非是两个场景：一是在日常生活中的常态，二是在极端情境中的异态。陈强因母病危请假和工厂遭受山洪突袭，这是两件突发的、偶然的事件。在事关个人前途、工厂前途、生命攸关的是非面前，谁能无动于衷？每个人都势必带着自己的态度，自己的个性，出场表现一番。在极端的情境中，一个人的人性能展现得十分充分。作家的高明正在这里。

　　《大变革》表现的是二十世纪六七十年代建设华南虎汽车制造厂的艰难历程，如果从正面强写，难免乏味，不易写好。作家邓鸣却能从非常态入手，对工厂的生产经营方面几乎未见着墨，而是另辟蹊径，从青年工人陈强的个人故事开端，引出了一部当代产业工人的命运史。

　　写小说，尤其长篇小说，最难的是结构。看一部作品的结构，可以看出一个作家的功力。

邓鸣在这方面，着实下过一番功力。

多年来，描写工厂生活的小说，似不多见。偶有谈到，总觉得缺少一点什么东西，写得不到位。到底缺少什么？我自己也没有想清楚。正因为没有想清楚，没有抓到那种巴心巴肝的东西，所以，我虽然在工厂生活过八年，却轻易不敢动笔触及那段生活。我是以下放知青招工进厂的。一直住在集体宿舍，睡的高低铺。我们那帮青年工人，天天在一起。一起打饭吃，一起逛街，一起打球，一起打牌，一起坐在锅炉房门口的坪里喝茶聊天，一起在大澡堂里洗澡，一起去看厂门口饮食店新来的漂亮服务员。我跟班里的老师傅们非常熟悉，跟车间主任，跟厂长，跟厂部秘书，都很熟悉。可是，这种熟悉都是表皮的，没有深入了解。他们每天都在想什么？不知道。他们到底需要什么？也不知道。对于工厂发展之类的事情，知道得就更少了。离开工厂30多年了，常常想起那段生活，也尝试着写过几篇小说，可是，都很浅表，找不到感觉，写不出那种味道，没有神韵。

应该说，《大变革》的作者邓鸣做了很好的尝试。这种尝试可以给我们很多启发。

邓鸣是位具有哲学思辨能力的作家。他精读过很多哲学著作，并坚持做读书笔记。一个好的作家，是应该读点哲学著作。这样，他的思想会变得复杂一点，能以多元的文化为人性参照，去俯视人生，思考人生，尊重人生，善待人生，他的视域也就能比一般人更宽泛，思考更深入，语言也更凝重。读书，思考，使他能站在人生高处以独特的视野审视世相百态，表现出一种豁达、厚道、包容、宏观的人文胸怀。

作家应该具有这种情怀。

邓鸣已经发表了三百余万字作品，这对于一位业余作家，是个不小的收获。人之所以为人，多些阅历总是一件很好的事情。可以读社会和人生这两部大书。邓鸣有很丰富的阅历，而又选择了文学创作这条道路，这真正是一件幸事。除了极少数文学天才，阅历到底是一个作家极其重要的基础。有了阅历，就有了生活实感，也才有了想象的基础。土地肥厚了，还怕长不出好花好草么！

我以为邓鸣可以走得更远。

脚踏三界的人

——小记王昉

采访完王昉，我跟他求一幅字。王昉笑眯眯地望着我，略一凝神，就着案头的笔、蘸墨，屏气，一挥而就。写毕，手指在宣纸上轻轻抚弄，想了想，又写上一句。

王昉写的是：静水无形，蓄势而发。

头一句是我的提示，后面是他临时加上去的。

字很俊朗，枯润相间，计白当黑，不俗。

我觉得跟王昉的身世也很贴切。

王昉是位书法家、企业家。他的书法造诣很高，他的房地产生意也做得相当成功。可是最早让他出人头地、转变命运的却是乒乓球。王昉乃湖南郴州人氏。早年间，郴州并不出名。后来出了"郴州烟"，又有了郴州中国女排基地，才为外人所知道的。旧时郴州，因为远离朝廷，地处偏远，不少官员被贬谪，就流放到了这里，或是经过郴州，流放到更荒芜的广东、海南岛。可是郴州人有血性，有忍性，清灵剔透。唐代文学家韩愈说过："郴山奇变，其水清泻……清淑之气，蜿蜒扶舆。"王昉的血管里，流动的是湘南人的血液，发得狠，霸得蛮，做什么都要做出个名堂。王昉从小就长得敦实（郴州人大多是这种体形），身上的劲整天咕嘟咕嘟地往外冒。可是王昉小时候的生活并不好。他的出身不好。母亲1957年又被打成了右派，处境就更为艰难。所幸的是父亲在中华人民共和国成立前读过大学，有一技之长，还能留在城里当教师。那时候的教师子弟都很争气，要么学习成绩很好，要么在体育运动上有特长。王昉的强项是乒乓球。王昉的书包里，随时都带了乒乓球拍子，有机会就可以到台子上抽打一阵。学校里爱打乒乓球的人很多，乒乓球台却有限，同学中通行的一条规则，败者退下，胜者留住。王昉总是能长久地占住在位子上，将挑战者一个一个地打下去。王昉占位时间多，球艺进步更快。用现在的话说就是：强者更强。王昉打球的特点是爆发力强，步法灵活，左推右攻，抽打凶猛。长期的锻炼，让他具有了一副极好的体魄。

可是，良好的学习成绩、超群的乒乓球技术，并没有使王昉逃脱厄运。1965年初中毕业，他被下放到了农场，后来又下放到农村插队落户当了一名知青。王昉在农场学会了插秧、扮禾。春种秋收，四时农活，基本精通。他还能把一截一百五六十斤的筒木挑在肩上一口气走出两里地。他还偷偷拜师，学会了木匠活路。他觉得会干农活就饿不死人了，再有一技在身，才能活得更好。

王昉偷偷学会了手艺，也只能偷偷地揽活。那时候村生产队对知青管得很紧，按时出工、收工，不能随意地擅自违反。

王昉每次揽到了木工活，就想办法请假开溜。他常常请病假、伤假（天知道他的那些伤是怎么来的），有时也请探亲假。那时生产队每隔五天，会给大家放半天假。原因是附近公社的墟场上每隔五天赶一次墟，队里让大家去墟场上走一走，买点日常用品。没学木匠手艺之前，每个墟期王昉都要去墟场上挤一挤。农场的生活太艰苦、太枯索、太无聊了，他需要去放松放松自己。自从学会木匠手艺，他就再没有去过墟场。他把假都积起来，到有木工活做的时候，方便休假外出。

时间一长，王昉的木匠活在远近都做出了名声。都知道他手艺上乘，做事认真负责，都愿意把活交给他做。有一次王昉接了县里一个机关单位的活，那里离农村远，离家近，他就干脆请了长假，溜回到城里。他在街上碰到中学同学陈岳（此公后来也成了企业家、作家，现在是郴州市作家协会主席）。那正是陈岳同学最倒霉的时候，他本来在一家工厂做合同工，已经快成正式工人了，也是因为家庭出身问题，突然被解雇了，一时生计无着，他早早地谈了个女朋友，都到了谈婚论嫁了，顿时也悬了。陈岳焦急得不得了。王昉听了他的诉说，沉吟有顷，丢下一句话："你等着我。晚上我到你家里找你。"王昉转身回去找到给干活单位的负责人，只说这活一个人干不了，他找了个木工师傅打下手。他请求把已经谈好的每天工价两块八毛三降到两块四毛八，然后给那位师傅每天一块六毛九。其实陈岳对木工活一窍不通。不会拉锯，不会使刨子，更不会抡斧头。王昉就叫他搬搬木头、递递墨盒之类的。那位单位负责人对这个愣头青一样的新手颇不信任，到工房探看过几次。

王昉每次听到门外有脚步响，赶紧就叫陈岳蹲下磨斧头。一次磨斧头。两次磨斧头。三次还是磨斧头。单位负责人就不高兴了，开口骂出粗话：你咯卵一块六毛九的只晓得磨斧头啊！王昉临时编了个理由，解释这是因为斧头重，磨出来是要砍大料的。好歹糊弄得单位负责人走了，赶紧教陈岳使斧头砍木料。陈岳倒也心聪（他原来跟他外公学过打铁），发狠操练了两天，到那位负责人再来视察时，他将一把斧头抡得呼呼生风，很像一回事了。王昉一边带着陈岳做木工，一边想着同学马上要结婚了，还什么家具都没有置办，应该帮他想想办法。他想帮同学做个五屉柜和一铺床。那时一个新房，能摆个五屉柜，才像个样子。可是王昉只有手艺，没有钱买木料。没有木料，手艺再好也是空的。王昉于是想到一招。王昉还给了自己这一招一个说法，叫作：就地取材。从此王昉做事更加发狠了，每天都做到很晚才收工。心里盘算着，如果每天拿一块木板或木料回去，兴许有十天半个月，就可以做一个五屉柜了。可是，冤家路窄，当王昉第一次扛起一根木头出来时就被那位负责人逮个正着。此人本来就对一块六毛九的事情耿耿于怀，现在抓到此事更是不依不饶，非要搞到派出所去教训一番，害得陈岳和王昉的老婆担心得不得了。然而王昉是何等精细的人物，筹划之前，可能出现的各种意外他都想到了，化解的办法也都想好了。不一会，他就从派出所出来了。进一次派出所，并没有吓住他。他照样睡觉，照样上班。只是做五屉柜的计划落空了，怎么办，陈岳婚期已近，没办法，只好临时把门前一棵苦楝树倒下来锯成板子做柜子了。柜子做好了，油了漆很漂亮。

陈岳婚礼完美，这几样家具增色不少。只是据说经过一个热天柜子的门板已开裂很厉害，后来，陈岳他们如果只拿背心、短裤的小物件不必开门。诚哉！同学情谊，不过于斯。

王昉再回到农场时，一个好消息正等着他。县里电话通知，让他马上到县里报到，准备参加地区的乒乓球联赛。

王昉开始交好运了。

他到场部赊了50斤谷，挑到公社粮站换出35斤划拨粮票，就直奔县里报到去了。王昉隐隐有种感觉，参加这次乒乓球比赛的意义非同一般，他必须拿出上阵的状态，打出最好的成绩。他很想要拿第一，可是他有这个把握和功力吗？全地区四百多万人口，乒乓球是最普及的一项体育运动，爱好者众多，佼佼者也众多，到处藏龙卧虎，才俊济济，要把他们一个个斩于马下，谈何容易？他知道面临的是一场场恶战。但他更知道这是一次机会。他只能胜，不能败。王昉双手捧着拍子，小声说："伙计，你要争气呀！"

王昉很争气。他和他的队友一路攻城掠寨，高歌猛进，首先夺得团体冠军，为县里争了荣誉。接着单打，他越发骁勇，左推右攻，杀伐凌厉，势不可挡，再次拿下第一。王昉成了双料的冠军。在郴州体育界，一时成为美谈。

王昉的出色表现，让县里领导高兴了好久。当年的情形我知道，那时候"文化大革命"还在进行中，可是人们已经厌倦了那种伤天害理的大批判大斗争，转而喜爱看体育比赛和文艺表演。所以，体育人才和文艺人才格外受青睐。

第二年，王昉被借调到了郴县体委，做乒乓球教练员。

　　王昉没有想到，打得一手好乒乓球竟会改变他一生的命运。王昉至今非常怀念下放的地方，他很动情地跟我说起那里浓绿的大樟树、笔直的翠竹，还有一到春天就开得满山满坡的杜鹃花。他说是年复一年的艰苦劳作，给了他无比的韧性，悟到了很多生活密码。王昉跳出农门，回城当了干部(由于他工作努力，成绩突出，到县里第三年就被正式录用为国家干部，然后又调到地区的机关里)，这是多少人梦寐以求的事情。是多少人找关系走后门，花钱，送礼，甚至不惜以身相许，却还不一定能做到的事情。一般人回了城，有了归属感，一心想的是以后怎么居家过日子。可是王昉不会这么想。他绝不会到此止步。他想的是要有更大的发展。

　　王昉从小练就两个绝活：一个是乒乓球，还有一个是——书法。

　　王昉的书法是家传的。王昉的父亲是从旧社会过来的知识分子，写得一手漂亮的毛笔字。中年以后，家道日艰，生活窘困，父亲只能靠写字来一浇胸中的愁苦。父亲在家的时候，大多是伏在书案上，抖索着毛笔，一笔一画慢慢地在纸上书写。王昉当然是体会不到父亲的心境的。只觉得父亲的字写得很好看，很黑。耳濡目染，王昉对书法也产生了兴趣。父亲点拨过他几次，发现他对书法很有悟性，就找了一些帖来，让他临帖。从小临帖，又有父亲随时指点，王昉练出了扎实的童子功。书法这东西，一定要练，天天练。王昉的书法初习唐楷、汉隶，后专攻行书，倾心于米芾、黄山谷诸家，博采众家之长，使他的书法具有了自己的特色。王昉到了机关单位以后，这个特长很快显露了出来。

那时候机关单位很多活动，常要写个标语，写个横幅，王昉偶露峥嵘，组织上立即发现了这个人才。人才难得，组织上当然就抓住他不放。王昉知道展露才华的机会来了，顺杆而上，凡有写字，随喊随到，偶尔也到社会上参加一些书法活动，不过几年，就在郴州市有了名气。这时他不光是给人写字了，还教人写字，每有书法比赛或书法展览，都被请去当评委。后来郴州市筹备成立书法家协会，他被推为主要负责人。一时间，王昉声名如潮。

王昉是个十分清醒的人，也是个志向高远的人，知道外面的世界大得很，不会得意于一地一处的称雄。他觉得要更上一层楼，就必须到北京那些地方去闯一番，拜名师，开眼界。

1985年，王昉考取了北京师院书法专业。王昉的导师是著名的书法家欧阳中石先生。

王昉永远记得先生在开学之初说过的一席语。先生说："现在你们是大学生了，首先要戒掉那种草莽气息，要做学问，要板凳甘坐十年冷。光从写字来说，你们都有很高的水平了，甚至我的字也没你们写得好。但是光写字有什么用呢？不读书，只写字，以后充其量是个写字匠。写字匠是不值钱的。过去的写字匠替人家写碑文，悬腕悬肘，一气呵成，功夫也不可谓不深。然而一天下来，只是一壶酒两个菜而已，社会地位极低。同学们，你们看，历代书法家凡能留得住的，哪个不是大学问家或者是其他方面的专家。书法与其他的艺术还不一样，就是从来就没有一个人是光靠写字而成为所谓'书法家'

的。很难想象，一个没有文化的人，或者是其他任何方面都没有建树的人，他的字能够流传于世。同学们，功夫在书外啊！"

王昉很幸运。在北京几年，亲耳聆听了著名书法家启功、欧阳中石、沈鹏等一批中国当代艺术巨匠的讲授；游历了故宫珍宝馆、西安碑林、泰山摩崖石刻。在洋洋洒洒历代书法大师的墨迹和石刻前，王昉感到了一种心灵的震撼。

欧阳中石先生还在单独辅导王昉时说道："字不好没关系，但不要'俗'。唯'俗'不可耐也。所以学书一开始取法一定要高，取法高低往往决定一个人的艺术前途。你到北京来这两年又要学理论又要练字，时间肯定不够。一定意义上说，到这里，我不是教你写字，而是教你如何写字。你掌握方法，回去慢慢练就是了。这就是'授人以鱼'和'授人以渔'的关系。"

王昉学习很刻苦——十分刻苦。王昉也很对得起自己的导师。王昉在北京学习两年后，书法艺术有了质的进步。后来他的作品多次入选全国书法展览，获得过全国首届电视书法比赛的铜奖。他的名字和简历收进了《中国当代书法家辞典》。

王昉的书法成就是耀人的。

学成，王昉回到郴州市，组织上让他担任行署接待处办公室主任（那时郴州还未建市）。这是件繁杂、琐碎、二十四小时都要处于工作状态的差事。王昉认真地做着这件工作（他做什么事情都十分认真），一面积蓄经验，积蓄资源，寻找时机，蓄势待发，他要闯更大的世界。

　　机会来了。1992年初，海南建省不久，他追着十万人才下海南的尾声，到了海口。他在海口的职务是，郴州行署驻海口办事处主任兼海口华联实业公司总经理。公司主营的业务是房地产。

　　那时候有一个时髦的话题：公职人员下海。王昉不算完全下海。他的一只脚下了海，一只脚还留在岸上。这种情况当时只有在海南这个特定环境可以存在。

　　初涉商场，开始还顺风顺水，可是不到一年，国家实行宏观调控，海南经济形势骤降，公司投入的资金迅速套牢，王昉顿时陷入困境。

　　恰在这时，他的妻子因病去世了。这真应了那句老话：祸不单行。妻子与他，同是下放知青。几十年风风雨雨，几十年患难与共，恩爱情深。王昉曾多次发誓，要多挣点钱，让妻子过上好日子。可以想象，中年丧妻，这对王昉的打击，要比经济破产大得多。那一段时间，王昉真是痛不欲生。

　　然而活着的人毕竟还是要生活下去。王昉这条汉子，什么样的打击都击不垮他的。他把账上为数不多的钱全部取出，只身闯上海去了。

　　在上海人眼里，王昉是个乡下人；在十里洋场的大上海，能行吗？

　　王昉也没有把握。他只是觉得一定要去再搏一搏。而且就要到最繁华竞争最激烈的最大都市去搏。他是怀了一种破釜沉舟背水一战的心情去的。他当然也想好了退路。实在不行，败下阵来，就回到郴州原来的岗位，按月领薪，还去过那种平淡复平静的日子。

但他却是怀着一腔"风萧萧兮易水寒"的豪情上路的。

王昉给自己买了一套名牌西装，在五星级酒店租下一套豪华套房，手提包里随时放了软中华烟。生意场上讲究面子，他首先在气派上不能输给上海人。到了上海，他才更加强烈地感受面临的竞争比设想的要惨烈得多。这里已经有很多大房地产公司，也有不少跨国企业，无不资金雄厚，人才济济。王昉要想立住脚跟，只有出奇招。何谓奇招？就是要有新意。王昉没有学过建筑，他学的是书法，懂书法艺术。长期的艺术实践使他形成了自己的审美情趣和艺术品格。其实艺术是相通的。王昉也读过一些有关建筑方面的书，大体知道建筑中有很多风格，诸如古典的、现代简约的、繁复的、明快的、凝重的，而古典中又有欧式和中式之分，还有极简主义和后现代风格等等，这种明显属于哲学审美范畴的知识，极大的考验着投资商或决策者的素质和眼光。从某种意义上说，决策者的品位决定建筑的品位。王昉专门花了十几天时间，考察了上海的一些建筑群。王昉心里十分明白，上海人是十分挑剔的——比任何地方的人都更挑剔，自己手里的产品更要出新，但又必须符合上海人的审美习惯和实际需求。这很难。太难了！

王昉常常整夜地在上海外滩流连，反复思量，踌躇难定。

王昉决定先投石问路。他以招标的形式同时约请华东建筑设计院、同济大学建筑设计院和上海城市规划设计院为项目进行初步方案的设计。这三家建筑设计院，都具有国家一级资质，都有着非常丰富的设计经验。可是这三家设计院的设计方案都没能入得了王昉的法眼。他都不满意。

过去了一个多月，事情总是原地踏步，毫无进展。王昉真是心急如焚啊！

也是天无绝人之路。忽然一天，王昉在报纸上看到，上海市政府公布上海音乐厅建筑设计国际招标结果，看两个设计事务所同获一等奖，一个是日本东京的，一个是德国斯图加特的。王昉眼睛一亮：请国际设计师！这是个非常大胆的想法。连王昉也被自己的这个大胆设想激动起来。要知道，在九十年代初，上海除了重大工程或标志性建筑由市政府聘请国外设计公司设计外，民用建筑是极少请国外设计公司设计的。这有两个原因，一是人们的认识水平达不到，二是设计费用昂贵。王昉决定聘请德国的设计师，一问设计费，果然昂贵。——是国内设计费的三十倍。

是三十倍呀！

这无疑有很大的风险，反对的声音也很强烈，但王昉决定就这么干了。风险大，刺激也大，成功后的喜悦会更大。王昉把自己的设计理念和思路同对方一谈，竟一拍即合，德国设计师很快理解了他的想法。德国人很钦佩王昉的眼光和魄力。

合同签下来了。

设计出来了。王昉很满意："我正是这样想的！我正是这样想的！"激动不已。

一年后，楼盘落成，成为上海的一道景观。建筑外形奇特，却符合中国人的审美习惯。内部结构合理、实用、舒适。一时间，赶来洽谈购买和租赁的客人络绎不绝。其中有不少名人，如画家陈逸飞、正泰电器的董事长南存辉，也有一些大企业，如上海实业集团，还有香港、台湾的知名企业。楼盘的价格有点吓人，在上海当时是最高了，但还是很快售罄。上海人是识货的。上海人也是很有钱的。

王昉就这样在上海赚到了第一桶金，更重要的是在上海造出了影响。他们都很惊讶一个郴州人能够一出手就在大上海造出奇迹。他受到了上海市政府的表扬。

此后他的路就顺畅得多了。因为他有了名气。名气这东西在很多地方是通行证。很好玩的是，他在上海服装界也有了相当的名气。他几乎是在上海所有世界名牌服装的VIP。一些世界名牌服装在上海举行服装发表会，他都会作为嘉宾被邀请出席。

也许他从名牌服装上也能够得到某种灵感，古代"竹林七贤"的阮籍就是把房屋比作自己的服装的。

现在，王昉在家乡也有了自己的实业。他把郴州文化路一幢旧建筑买下来，按照国际时尚理念改建成一幢五星级酒店，取名"东方摩泰酒店"。酒店不大，颇具特色，入住的人很多。

我同王昉是郴州老乡，我们的爱好、经历，有不少相似之处，所以，我愿意写一写他。

辑五

田园已芜才归来

我有很长一段时间不写小说了。到2008年，我忽然发了一下狠，重拾旧业，又写起来了。那时候还在工作岗位上，依然是忙乱，依然是纠结，依然是心累，"终日乾乾，夕惕若厉"，白天、晚上，都无法安静。写小说是件需要有整块时间又需要静和心情的事情，不能将就和草率。我只有早晨那段时间，是安静、清净，而又整块的。于是，早晨一到五点钟就爬起来了。我静静地坐在书桌前，点上一支烟，开始写作。一坐两三个小时。久不写作，稍有生涩，思路常受阻隔。有时能写几百个字，有时一个字也抠不出。天天如此，竟有小半年坚持下来了。没有耽误工作，也没有被累垮。

那部中篇小说《短火》就这样写出来了。我感到了一种喷发的快乐。然后，接着写了《中锋宝》《轻轻一擦》《县长搭台》《唢呐有灵》……

我是在1991年停止写小说的。那年的上半年我还在湖南省作协快乐地工作着，突然一道调令下来，不由分说，让我到湖南文艺出版社任职。窝了三年。随后又被拉到了广东花城出版社。在那里的时间真是太长了，一下窝了16年。两处相加，将近20载，我把一生中最好的时光就挥霍在出版社那把掉了漆而人一坐上去就吱呀乱叫的硬板凳上了。我不可能还有时间和心情写小说。"社会效益"和"经济效益"这一对杠杆像两把强力的弹簧，把社长全身的神经绷紧。脑子里装得满满的，都是选题、图书品种、发行量、码洋、利润，是全社员工的工资福利、吃喝拉撒、生老病死。还得周旋承受各种矛盾和污垢。而时常会有的因内容而生的检讨轰炸则让人几近疯傻。日复一日，年复一年。我觉得自己就像一个落在洪水中的学生崽，稍懂水性却并不会水，只好随波逐流，载沉载浮，听由天命，无暇他顾。我是个有点认命的人。我以为中国有句老话是非常好：随遇而安。

最近发表了几篇小说后，一些朋友都为我惋惜，说："老肖如果一直写下来，完全不是现在这个样子。"我想了又想，得出的结果是：那又能是什么样子呢？如果我一直在作协待下去，一直写，一碗水看到底，以我的资质，以我的思想，以我的阅历，大约也不容易写出多好的作品来。失之东隅，收之桑榆。什么事情都是很难说的。十几年光阴，换回来最大的收获是增加了阅历，提升了对生活的感悟能力，让我对社会人情有了比较深刻的了解。我在湖南省作协搞创作的时候，常常到下面采风，有时单独去，有时组织去，走马观花，转一圈回来，笔记本里也会记下好多事情（包括好多精彩的语言）。但那都是听人家说的，跟自己关系不大，不巴皮不巴肉，不会有痛切之感。而且对事情的来龙去脉，事情的生成土壤、背景知之甚少，也就很难做出准确的价值判断。30岁时，去做过两年挂职副县长。有职务，也管事，但因为是挂职锻炼，人家还是把我当作客人看待，很多深层次的东西，很多细微之处，并不知晓。我仍然算是半个看客。做了社长，情形就很不一样了。好多事情需要操心，好多事情需要做主，好多矛盾都集中到了这个点上，好人得做，丑人也得做。什么事都得担当。出版社是个有点特殊的行业，除了自身的经营和发展，还要跟很多作者打交道。任何一个社会层面，都可能会有（文学）作者。跟这些作者打过几次交道，自然对他们的工作生活会有些了解。一个作者就是一个生活面。无数个生活面叠加起来，就是整个社会生活的总和。写小说的人，需要对一个点深入透彻地了解，也要知晓社会面上的状况，才有可能形成自己对社会对生活独有的见解。一个作家，总是需要对社会对生活有独到的发现和看法的。拿19年的时间在一个点上滚打，生活逼着我对周围的一泥一土一草一木都熟透了，让我对世道人心有了比较深入的了解。身体力行，趴在一个地方深入体察和道听途说相比较，终究是大不一样的。那种体验，那种痛感，唯有自知。在这19年中，每年要审读大量的书稿，这让我提高了识别作品优劣和审美的能力。正是19年的历练，让我改变了很多对生活、对文学的看法。有看法，却没有想法，我以为自己这辈子大约是再不会写小说了。

我真的没有想到最后还是憋不住，又写起了小说，这让我想起40多年前下放到农村时，我做得最多的两样农活，一是打农药，一是出牛栏淤。出牛栏淤真是又苦又脏又难受。牛屎和稻草层积在一起，紧绷绷，厚可几尺，一钉耙扎下去，一翻，一股沤气蹿出来，那气势好足，能把人呛晕。其实，任何农肥层积久了，都会发酵，都会呛人。把农肥和写作连在一起做比喻，似乎有点没来由，没道理，不卫生，真是一种亵渎。但是，话虽难听，道理相同，话歪理不歪。

而恰当其时，我荣幸地"退居"到了"二线"。未到退休年龄，却可以享受退休的轻松了，我真是从内心里感谢领导和这项政策的制定者(虽然有人质疑这项政策近人情，不尽人事，但我欢迎)。我有种梅雨天抖落烂蓑衣的感觉，松快无比，轻盈无比。我带着遍体鳞伤又坐回到书桌前，面壁思过，整理心情。一根接一根地抽着烟，半个月没有下楼。我需要尽快把自己的心思安妥下来，找到那个属于自己的精神时空。那是一个安宁、安详、澄净、澄明的时空。我心里反复想到的一句话是：终于可以安安心心地写小说了。这才是我的生活。

我的中篇，大多是两万字、三万字，比短篇略长，比通常意义上的中篇要短。这并不是有意为之，只是因为作品中的人物较少，情节比较简单，让它们把作者的意图表现出来，就完了，就可以结束了。这些作品，完全是遵从自己几十年的生命体验和生活感悟，有点匆促地写出来的，再加上久不写小说，难免手生，也就难免青涩，留下遗憾。

我的小说的背景大多是我的家乡——湖南南部的那座山区县城。家乡对一个人，尤其是写作者，往往有一种特殊的提神醒脑作用。"退居二线"以后，我即回了两趟家乡。我得赶紧回去，把地气接上。我在那些老街和陌巷上慢慢地走，一趟一趟地走，努力找回那种基调、气息、氛围，还有家乡的语言特有的韵味。家乡的一切对我都是新鲜而又熟悉的。我在那些已经踩踏得光滑泛亮的石板街道上，找回了很多昔日的感觉，也捕捉到了一些小说创作的触发点，但更重要的是，舒缓了身心，让我觉得生活还是很美好、很值得留恋的。

这批小说里头的人物大多有原型。有的情节、细节、感受，是我自己亲身经历过的。好些场景，在我家乡的县城里现在还能看到。《短火》是在1998年就有了构思，且写出了开头，却是在十年以后才重新写完的。《短火》发表以后，家乡的一些熟悉作品里头主要人物溆桶仔的读者，又给我讲了好多这个人物后来的遭遇。《县长搭台》直接就是用的我在挂职副县长时的一段经历。当然没有照搬生活，里头有加工，有增删，有糅合，主要还是加进了现在的眼光、现在的角度、现在的意识。但主要情节和人物没有改变。而《唢呐有灵》则是上次回乡，在县城正街上听一位女子述说触发的结果。我写的这些人物，大都是真实的。我写他们的生活，写他们的喜怒哀乐，我只是想通过他们的生活让人们看到真实的人生。小说不是不需要虚构。相反地，虚构是非常重要的一个要素，是才华的表现。但虚构总是要有所依托。我想能够依托的就是社会中活生生的一个一个的人。有真实的人物原型做依托，在刻画人物、表现人物，生发开去的时候，更能获得我们通常喜欢说的"真实感"的效果。

我深深后悔在一个地方待得太久了，没有早点拔身出来。这也是性格决定的。性格即命运，这话一点不假。我现在才重新归山，似是晚了点。我也许还能写10年、写20年，或许更长，但总还是不够，心里难免有种紧迫感。"文化大革命"中有一句用得很多的毛泽东主席的话："一万年太久，只争朝夕。"不争了。我不想太勉强自己。时间还大把，还很悠长。二十世纪90年代初我停笔的时候，文学还很热闹，很喧嚣，20年过去，文学已经很平静，归于边缘化了。平静，这才是正常的。热闹其实很嘈人。我的性格，我现在的心态，都很适宜这种平静的氛围，它有利于身心健康。有利于真正意义上的写作。我不会急着写（虽然心里好多东西蹦着跳着要表现出来，越这样，越不能急），我还想"歇"一"歇"，把这大半辈子的经历理一理。把以前那些事情都推远，再推远。我现在有时间了，可以慢慢思考，一点一点地沉淀。我倒是有好多书要抓紧读，前一阵子耽误了，需要恶补一下。我还想在写作上有所变化。这就需要不断地反省自己，补充自己。我明白，到了这种年纪，多写一篇，少写一篇，都不重要了。重要的是要把自己最想写的东西，用最合适的形式表现出来。

我很庆幸，现在有时间了，可以从容地心无旁骛地去做这些事情，可以从容地写。坐卧随心，忙闲皆可。在从容的写作中享受那份愉悦。

噢——我是2008年抽烟上瘾的。

家乡的水土养人

　　我选择定点深入生活的地方是湖南省郴州市，重点是嘉禾县。

　　嘉禾县是我的出生地及少年生活的地方。我在那里生活了16年。1968年10月，我刚满16岁，就响应毛泽东主席"知识青年上山下乡"的号召，离开了家乡。一晃44年过去了。到了临近退休的时候，很强烈的一个愿望是到家乡去生活一段时间。我想念家乡厚重沉着的堂屋，想念家乡小时候的伙伴，尤其是想念家乡的狗肉。我的想法是要尽快唤醒对家乡的童年记忆，并且接续上中断了40多年的生活链条，接上地气，为退休以后可以专心创作而充实和丰富自己的写作资源。

　　我是1972年开始发表小说的。到1991年从湖南省作协调到湖南文艺出版社担任社长以后，由于工作忙、压力大，就基本上停止了小说创作。此前已经发表了300多万字作品，出版了近20本书。这里面有以县城生活为背景的，也有写农村的、写工厂生活的、写大学生活的、写城市生活的，但翻拣旧作，还是觉得写县城生活的小说更踏实和舒服，有一种味道，更有分量。

　　县城当然不是我记忆中曾经生活过的那个样子的县城了。县城之外，已经有了新城。新城是崭新的，充满生气的，像全中国所有的城市一样，有宽敞的马路，有红绿灯，有来往如梭的汽车，店铺林立。但我感兴趣的却是老城。老城是更老了，街道上的石板磨得更厉害了，有的房屋都倒塌了，堂屋正中还长起了半人高的草。我小时候和小伙伴打"纸蝈蝈"的"衙门口"没有了，我小时候看电影的义公祠没有了，我小时候经常去游水玩的拱花滩头也完全变了样子。但老城区的老百姓还照旧在生活着，戏台楼头还在，珠泉亭还在，香烛店还在，面铺豆腐铺铁铺都还在，好多好多人家都还在，都还在不紧不慢地过着他们的日子。而我要探寻的，就是他们这样过着日子的底细。我总是这样问自己，也问他们：日子是怎样过过来的？而我笔下想要表现的，也正是这些老百姓在变动的时代里的日常生活状态，是他们怎样把日子过下来的。我在那些老街和陋巷上随便地走，随时跟人聊上一阵，感觉身心特别放松。我在一篇随笔中写过"我的小说背景大多是我的家乡——湖南南部的那座山区县城。家乡对一个人，尤其是写作者，往往有一种特殊的提神醒脑的作用……我在那些老街和陋巷上慢慢地走，一趟一趟地走，努力找回那种基调、气息、氛围，还有家乡语言特有的韵味。我在那些已经踩踏得光滑冷亮的石板街道上慢慢地走，找回了很多昔日的感觉，也捕捉到了一些小说创作的触发点。但更重要的是，舒缓了身心，让我觉得生活还是很美好的。"

在我小的时候，我家在县城没有自己的房子，到处租房子住，我们在四条城门都住过。这就使我对整个县城都非常熟悉，都有很多记忆。小时候认识的人，很多不在了，但更多的都还活着。即使不认识的，坐下来聊上几句，他们都会恍然记起来：哦，你就是肖同志的崽啊！我父亲在解放后很长一段时间在县公安局当治安股长，县城里的老人都认识。老城区人家门都是敞开的，随时可以走进喝茶聊天，人到老了都很健谈，一句土话，马上就把话头扯出来了，絮絮叨叨地可以同你扯好久。聊着聊着，就把一个人的生命轨迹接续上了。人到上了年纪，一般都会变得豁达开朗很多，过去艰辛的日子，经过岁月的过滤、沉淀，也会变得温婉纯净——写小说不也是需要对生活的过滤、沉淀么？我在聊天中，知道了他们的日子是怎么过下来的，知道了生而为人，应该怎样面对生活的各种翻滚，怎样过好自己的生活。我母亲早先是县服装厂的工人，她的厂长已经90岁了，还好好地活着。这位厂长的裁缝技术非常好，他裁好的衣服，派给谁就是谁做。母亲那帮女工为了多点事做，一到中饭的时候，就到隔壁面馆里端碗面回来孝敬他老人家。那时候光头面八分钱，肉丝面一角两分钱。我常常看到他的案板上摆着七八碗面。当我跟他交谈过一阵后，几次想到外面再端一碗面孝敬他一次。我跟一位老居委会主任交谈过无数次，我印象中他是个拖板车的，是个投机倒把分子。他在城关镇篮球队打中锋，粗蛮无比。他整过不少人，也被人整过不少次。他已经80多岁了，开了一家日杂店，似乎没有什么生意，整天是坐在柜台后面一个人打纸牌。我从他口里知道了很多二十世纪五十年代、六十年代、七十年代的事情，也知道了他丰富的内心世界。我和一个小时候的朋友一起去打过几次猎。他带着他的叫"瞎子"的狗在前面走，忽然，"瞎子"矮下了身子，他也矮下了身子，蛇形一段以后"瞎子"猛然蹦高一蹿，就见一只野鸡腾地飞了起来，他也一下蹦起来，抬枪一枪就把野鸡打下来了。小时候，他是我们篮球队最忠实的球迷，他对我投篮的神准非常崇拜，没有想到他如今的枪法竟如此神准。于是，我知道了一个人在艰难的生活困境中是如何挣扎生活过来的。我听说一家旅店养了不少暗娼，无意中逛到门口，旅店的老板竟是我小学时的一位同学。这位小学同学在一次车祸中变得面目全非。可是，这样一个人却把自己的生意经营得非常热闹。这真是一个奇迹。我在老家县城待着的几个月，确实丰富了我的很多生活阅历。

我也会常常跑到乡下去，看看现在农村的景象。我走访了曾经很繁华如今衰落的村庄，也看了过去很贫穷现在富裕起来了的村庄，比较切近地了解了现在农村和农民的真实生活状况。

我翻看了几种旧版的《嘉禾县志》和一些文史资料，让我对嘉禾的历史有了比较深入的了解。

我还找机会跑了嘉禾县邻近的桂阳县（桂阳是我父母亲的家乡，我在那里下放了一年），跑了永兴县（我在永兴县当过两年分管政法和乡镇企业的副县长，扎扎实实地做过一些基层工作），跑了宜章县（宜章县在莽山脚下，翻过莽山，那边就是广东地界了。古时创下一句老话：船到郴州止，马到郴州死，人到郴州打摆子。古时候广东是被视为瘴疫之地，是谪放官员的流放之地，莽山是瘴疫之地的一道屏障）。郴州属于湘南，湘南各地的风土人情、人口流徙、官话体系都大致相同。虽是走马看花，但也了解了一些这里的历史沿革、老百姓繁衍发展的历程，为我以后在创作中能更好地把握题材提供了参照。

我还专程跑了广东的东莞。嘉禾县人口35万，但在东莞就有将近10万嘉禾人。同那里的一些成功的或不太成功的老乡交谈，了解了他们很多艰苦创业的经历，反过来更深地理解了嘉禾人"打铁硬，硬打铁"的不屈不挠、死里求生的性格。

这次的定点深入生活，让我了解了湘南地区一些大村落几个家族的来源和流变，让我的生活库存中增加了一些性格鲜明的人物原型，让我增加了很多社会知识，让我对社会和人生有了更深切的了解，让我更加确定了以后的创作方向。那就是：表现县城老百姓的日常生活。县城是一个具有中国特色的城乡接合部，是极具创作元素的地方。这里保留着一切传统的东西，却又最容易接受外来文化。这里有国家该有的行政机构，这里也有外面都有的文化娱乐设施，这里也有个体户，有工人，有农民（二十世纪叫"农业户"），有豪华酒店，有娱乐场所。这里的人在观念上也趋向时尚，但在感情上更接近乡下。这里同大城市有着千丝万缕的联系，而跟乡村也有着说不清道不明的牵绊。尤其在这迅猛发展的时代转折时期，县城的特点将会显得更加突出。从某种意义上说，吃透了县城，也就是吃透了中国。

很感谢中国作协对我的定点深入生活所给予的支持。在深入生活期间，我写了两部中篇和一部短篇。接下来，打算再写几个中篇，同时也在酝酿长篇的写作。但我已经不满意过去的表现手法，更不愿意重复别人的老路子。我很希望在文本的探索上走出一条自己的路子来。当然这会很难，相当难。我自己都不知道最后能不能达到自己的一些想法。但正是因为难，我觉得做起来才有点意思。

作家的责任

于我而言，参加这次全国作代会，比以前几次感受都要更复杂一些。从大处说，适逢党的十七届六中全会刚刚开过，全国人民都在关注和议论文化建设这件事情；从小处说，我刚刚从出版社社长的岗位上退居"二线"，一身轻松，成了无事之人，从此可以专心专意地做一些自己喜欢做的事情了。这次会议，让我想清楚了一些头绪。

我从1972年开始发表小说，至今快四十年了。我非常喜欢小说创作这种形式，觉得它能比较好地表现自己对社会、对人生的一些看法。我一生的最大愿望，就是能成为专业作家，专事写作。可是命运没有迁就我，它只让我在1988年到湖南省作协做了半年专业作家，刚刚尝到一口新鲜，那种创作的兴头才开一个头，就又被驱遣到了另外的岗位上。不久又被先后调往两家出版社担任社长，一待十九年。不愿为却不得不为之，这是件让人很痛苦的事情。可是，在其位，就得谋其政，这是先人告诫我们的。我毕竟是个比较守规矩的人。我只能认认真真地、本本分分地、尽心尽力地去做好屁股下面的事情。写小说需要有整块的时间，需要有安静平和的心态，我再不可能分心去搞创作。我偶尔也还写点应景式的散文，或是有了感触，不得不发，随处记下来的随笔，那也只是为了检验自己久处事物之中，是否还保有心志的明澄和文字的灵敏。但小说创作是完全放下来了。我心里常常听到一个声音叫唤：田园将芜，胡不归？

一门荒疏了近二十年的手艺，再要重新捡起来，还能回到那种感觉和状态么？退下来后，我做了三件事情：一、整理心情；二、回了几趟老家，接上地气；三、试着写了几个中篇小说。诸事尚好。

整理心情其实就是翻捡旧事。几十年走过来，经历过的人和事可谓多矣。我总以为，阅历对一个小说作者是十分重要的。一部作品，无论怎样虚构和想象，都需要有阅历做依托。当然，阅历多，还需要思考多，要有自己对生活、对社会的看法。这段时间，总有一些人物在我眼前蹦跳。这些人物都是鲜活鲜活的，有血有肉，眼神诡异。我很急迫地想要把这些人物表现出来，把他们的生活表现出来。可是我担心，依我现在的年纪，还写得那样多么？

写小说，尤其是写中篇、长篇小说，是很需要体力的。很多前辈作家，过了六十岁就不大写小说了。我现在才重新开始，这种心情是很硬涩很复杂的。二十世纪90年代初我停笔的时候，文学还很热闹，很喧嚣，二十年过去，文学已经很平静，归于边缘化了。平静，是正常的。热闹其实很噪人。我的性格，我现在的心态，都很适宜这种平静的态势，它有利于身心健康，有利于真正意义上的写作。我无法做到不写。我们正在经历着一个闹哄哄波澜壮阔的时代，亲身经历和见证了人性最丰富多彩的表现，我有责任把这些用文学的形式好好表达出来。我觉得这已经不是写不写的问题，而是如何把自己最想写的东西，用最合适的形式表现出来。

我想我会抓紧写，而不会赶着写。

厚爱

　　那是1985年。年初，我挂职锻炼，到永兴县担任副县长。新到一地，免不了到处走走、看看。永兴是山区，很多山，很多水。我走了便江、大布江、湘阴渡，爬了宝山、龙王岭、八仙岭、举子岭。永兴又是银都，是煤炭产区，我去看了锡矿、铜矿、锑矿、煤矿；看了砖厂、瓦厂。然而这些都没有触动我。让我触动的是村里的一排排新屋和永兴豆腐。

　　我在《新屋》里写道："那里的新屋，不是一栋两栋，不是三栋五栋，是一二十栋，是三五十栋，成阵成片，一村的新屋。我转了十几个村，村村如此景象。新屋大多是在旧有的地基上新砌的……新屋的造型，在许多地方颇粗糙，也嫌俗气；但亮堂，经济，干燥，冬暖夏凉……我没有想到那里会建这样多新屋，也特别惊叹民间匠人装饰墙壁门面的技能……"我在《永兴豆腐》中写道："那豆腐洁白细嫩，亮汪汪的，似乎吹弹得破，令人看一眼便要不由得在它跟前停下来。也有的豆腐用水桶装着。这都是远地来的。豆腐已经划成了一块一块，层层叠叠从桶底码上来，桶里满盛着清亮亮的井水，一眼望去，豆腐都成了水中玛瑙。"

两篇散文，都登载在当年《湖南日报》的"湘江"副刊上。一经发表，即成轰动。文化馆把它们装裱起来，嵌在了镜框里。外地来了客人，都点着要吃永兴豆腐。常常端起酒杯了，又点名要见文章的作者。永兴豆腐一时成了那个县的品牌。

至年底，我又根据在县里生活的积累，写了短篇小说《赖崽宝生》，在《湖南日报》发表出来时，整整一版。当时，副刊版面不多。一年之中，却连续发了我的3篇作品，足以看出《湖南日报》对我的厚爱。这让我一直心存感念！

其实，我跟《湖南日报》的缘分，早在二十世纪70年代初就有了。那时，我在长沙卷烟厂当工人。我被称作过"工人通讯员"。给报纸写通讯，代老人写忆苦思甜文章，至今保存着报社奖励的印有"通讯员积极分子"字样的红壳笔记本。后来又成了"工人作者"。有一段时间在报刊上发表作品，在作者名字前面都要冠以"工人""农民"或"解放军战士"字样。那是很荣耀的。我这"工人作者"主要编小说，很少写散文。一般都是寄给《湖南日报》。我跟副刊部的编辑老师大都认识，有的还很熟。在一些文艺界聚会的场合，我们常常见面。但我对《湖南日报》一直有种敬畏感，对副刊部的编辑老师一直心存敬仰。所以，写了稿子，我都是从邮局寄去。每次投稿，无论到了谁的手里，都是非常认真。可用的，留下；还需修改的，附上详细修改意见，客客气气，洋洋洒洒；不合适的，照退不误。就在这些交往中，我感觉到了他们的坦诚、坚守、担当、见地和热忱。

　　到了1985年，连续写出几篇散文后，《湖南日报》副刊部的朋友们让我进一步体会到，文学作品一定要有感而发，要有真情，要写得简洁，要好看。我感念他们对作者的理解和支持。

《静水无形》后记

二十世纪的九十年代初，我离开作家协会，到了一家文艺出版社担任社长；几年后，到了广州，还打同样的一份工。当社长是很忙，很累，也很烦人的，谓之"夙兴夜寐，靡有朝矣"，一点不过。所以，我基本上停止了写作。

但也不是完全停笔。写作是我安身立命之所在，是我生命的一部分，能够停止么？不可能。但确实写得少了，——很少。我是个喜欢安静的人（我总以为，写作是件"安静"的事情），然而身上披了个职务，却是件扰攘的事情，使人无法安宁。当然有个实职也有点好处，可以全身心地投入在生活这个泥潭里搅混，可以比较贴近地观察生活。生活中的林林总总，常让我生发出许多感慨。有感触，就会有思索。我常常在心里发问：生活怎么会是这样子的？生活中的人是怎么走到这一步的？每有所感，如果当时能有点时间，能"安静"下来，便会发而为文。这些文章，大多是短小的。情绪上多少带了点伤感，带了点沉郁。可惜是能把思绪圈住，写成文章的情形不多。往往是，思绪飘忽，徒然感叹，疏于动笔。

在这本集子里，有相当一部分作品是应一些报刊的征文活动而作的，算是命题作文。这些年，报纸杂志的征文活动多了起来。事先，举办者总会找几位作者约稿，据说是为了保证征文作品的质量和代表性。每有约稿，我都欣然应从。这有个好处，可以逼着自己不得不坐下来，认真地构思、写作。征文的内容，大多与过去的生活有关。这就需要回忆、翻检。跟同辈人比较，我的经历要略为丰富一点，这使我增加了很多阅历，也使我的思索有了更多的依托。当一些故人往事、一些声音、一些场景、一些细节重新在眼前生动起来的时候，我的情绪也隐隐会激动起来。这种情绪，往往是很复杂的。这些忆旧的文章，因为有了几十年的阅历做底色，也不会是单纯意义上的忆旧了。

细算下来，我在花城出版社已经工作了十七年，是我工作时间最长的一个地方，可是在我的作品中涉及甚少。写了几篇书评文章，大约跟出版社的工作沾点边。那也是因为我们出版了好书，愿意说一说，推荐给同好分享。其实，在出版社因为是一方主事，才有机会接触了很多的人和事，经历了诸多的艰难困厄，眼观耳听，身体力行，创巨痛深，加深了我对社会和人生的一些理解，应该是有很多东西可写的。可是，小说创作需要沉淀，散文创作也需要沉淀。而对人生了解越深，越感受到自己的浅薄、渺小，越觉得文学是多么的无力。再等等吧。

我在国内到过不少地方，也出过几趟国，但都来去匆匆，逗留时间很短，没有留下什么印象。大好河山只是心里的一个向往，异国风情也难得细细领略。我不喜欢泛泛地谈自己的行踪。每写文章，必要出自心得。所以，也不多。

几年前搬新家的时候，请书法家苏华给我的书房题写了三个字：静水斋。我并不是个喜欢附庸风雅、好给自己书房挂个雅名的人。那是第一次。有一年我和几个朋友在湘西南的山里行走，傍晚时分到了一座水库。碧青碧青，光滑如镜。四周的杂树倒映在水里，溶出成团的墨影。彼时天已向晚，暮色四合，天地阒静。我们站在堤坝上，却分明感受到脚下水底深流的威慑力。我深深地感到了一种震撼。

苏华的题字，我没有挂出来。只是每天坐进书房，我就会想起湘西南那座不知名的水库，我觉得应该不断地吸纳，让自己充盈，饱满。

十几年的光阴，只收获了这么一本小集子，心里面的愧疚，忽然是很强烈的。差可告慰的是，我还时时记着文学这件事，我还稀稀拉拉地在写。

我希望以后能写得多一点，——更多一点。

创作随感

一

从1991年以后，我就中断了小说创作。我到了一家文艺出版社当差，接着又到了另一家出版社当差，一干十八年。我一天到晚地忙着，忙得很上劲，忙得形神皆疲，忙得了无情趣，再没有余暇想写作的事。我当差的地方离老家很远，每年过年，我都会回去看看父母。后来父母亲过世了，到了清明，我会回去扫墓。我每次回去，待的时间都不长，但我能感觉县城在飞快地变化，真是一年一个样。新区一个一个地建设起来了，大马路一条一条地修起来了。很多人家都搬离了老县城，我的弟妹们也搬离了老县城。新的住宅区都很好，很宽敞，很明亮，很干净，有很多汽车来去，花圃里的草木养得很旺盛。可是我每次回去，总喜欢到老县城里走一走。小时候，我们家在县城的东南西北四条城门都租房子住过。那些房子，都还在。只是经过几十年的岁月磨蚀，更陈旧了，更灰暗，更潮湿了。那些老房子里面，当然都还住着人家。这些人家里，都摆着电视机，摆着冰箱、电话、电饭煲，床底下很多酒瓶子。但这些人家里都很拥挤，很凌乱，太阳光还是照不进去。我在街巷里左一脚右一脚地走着（街巷上左一摊右一摊地散乱着狗屎和积水），我闻到了小时候就熟悉了的气息——只是多了点沧桑和陈腐。我常常还会碰到熟人。我的小学同学、中学同学，大多都还留在县城里，有些人就住在老城里。我们在街上不期而遇，会拉着手说上好久。如果家在附近，一定会拉到家里，喝一杯茶，或是烫一壶酒。少年时候的情谊，真是纯正。经过几十年时间的封存，越发真醇。他们什么话都愿意跟我诉说。他们的日子跟过去比，真是好了很多很多。可是他们心里积郁着很多怨气，很多愤懑，很多感慨。感慨最多的是人心不古，道德沦丧，风气太坏。他们不明白生活怎么会变成这个样子。

《短火》这篇小说，在1998年就有了构思，甚至写了开头。可是过了十年才重写出来。现在的《短火》，跟十年前的构思已经完全是两回事情。

《短火》中写到的一些事情，是在别的地方发生过的。创作，总是一些人和事杂糅在一起的。

谢谢《北京文学·中篇小说月报》。谢谢读者。

二

在中篇小说《中锋宝》里，我主要写了一个人物：雷日宝。写了雷日宝小半辈子的生活，写了他几十年的心路历程。

雷日宝是我十分熟悉的一个人物。二十世纪的六十年代末，在我生活的那个小县城里，集合起了一批小球迷。我们不用上学读书了，天天汇拢在一起，找地方去打篮球。在那个动荡混乱的年代，打篮球就算是一件正经的事情了。后来，这些球友们下放到了农村。但很快就招工回了城。那年头有两种特长的人特别受重视，一是会打篮球，二是会上台演节目。我们这些人被第一批招了工，很重要的原因就是能在篮球场上蹦跳几下。

我被招工的地方远，去了长沙。我的球友们却大部分留在了县城里，分散在各个工厂和单位。每年春节回家，球友们都要张罗几场球赛，在县城里的灯光球场上聚一聚，让我们找回往昔的感觉，也让昔日的球迷们再一睹我们的风采。我们当然会轮流做东喝酒，也会结伴去他们上班的地方游逛。那时候每到年底，工厂的大门口都会张贴红榜，公布当年的先进生产者。我的那些球友们，大都榜上有名。看到熟悉的朋友胸佩大红花，脸上笑得灿灿烂烂，心里特别亲切，特别受用。我知道这些球友们不光篮球打得好，人也很正派，工作努力，上进心很强，节假日加班，或是有什么攻坚任务，他们都是冲在最前面的。好几个人还是厂里的技术尖子和劳动能手。他们的努力都得到了组织和社会的认可。无须送礼，无须走后门，无须依仗后台，都受到了重视，有的当上了班组长，有的当了车间主任，有的当了厂长副厂长，有的还调到了政府部门"以工代干"。那时候他们生活中也有很多烦恼，也有很多牢骚，有很多迷茫，但总还觉得身上有劲，有心气，情绪很昂扬。

后来我回去得就很少了。我不再回去过年，而改在了清明节回去。待的时间也很短，给父母的坟头上点几炷香，燃一挂鞭炮，锄一锄野草，同兄弟们吃一餐饭，匆匆就返回了。我偶尔还会碰到旧时的球友们，他们的变化却往往让我大为吃惊。用一年一个样来形容，一点不过。他们都已过了耳顺之年，应该是知天命、顺时势的年纪了，言语间却没有这个年纪的人应该有的豁朗、平和、通达及宽容，多的是感慨、伤感、迷茫，甚至是压抑不住的恼怨……

我已经十几年没有写小说了，当我重新拿起笔来创作的时候，这些人物就闯出来了，在我眼前乱跳。于是慢慢回忆，慢慢写，就有了《中锋宝》这篇小说。

三

我做过两年副县长。

1985年，我从省里抽调到一个叫永兴县的地方挂职。永兴县和我的家乡同属一个地区，音相同，习相近，山水相连。我们那届县政府班子一正七副，八个人。县长负责全面工作，几位副县长各管一摊。有分工，亦有合作，我们相处得十分融洽。那一年县里举行篮球联赛，因为我参加了县政府球队的缘故，开幕式上，县委书记、副书记和全部正副县长都坐在主席台上捧场，让县里的篮球爱好者们十分振奋，传诵一时。我有空时常到几位同僚的家里小坐，混得很熟。有时下乡回机关晚了，他们的家属会把我拉到家里，煎一个鸡蛋，炒两个青菜，再摆一碟剁辣椒，让我吃得热汗腾腾。后来我要离开县里时，县政府派车到长沙把我的家属接过去，县长们每人斗四块钱，一起热热闹闹喝了顿酒。两年共事，我熟悉了那帮同僚的作风和习性。

在县里我分管的是乡镇企业和政法。我的很多时间都是在乡下各处走动。我在《县长搭台》里写道："初到县里，不免到处走走，看看。也看了一些农户。那些农户真穷。几块杉木板架起来做了床，一领破席，两口土砖便是枕头。也看了几家冶炼专业户（炼银的、炼铜的、炼锡的），看了几家煤矿。他看了油茶林，看了砖瓦窑，看了万头猪场，也看了冷浸田。每一处地方，感慨一回……"写的都是实情。既为"县太爷"，到了乡里村里不光走走看看，是要研究处理事情的。乡里的工作，真是很多，很繁杂。每到一地，当然总有乡里村里的头头脑脑陪着。我们一起开会，一起上山，一起下煤窑，一起杀狗打平伙，拿一个土钵子倒满米火酒轮流喝过去。有时实在困了，我们会和衣抵足而眠。我们在一起的时候，也听汇报，也聊工作，但更多的是扯闲谈，听他们谈发生在自己身上的事情和周边的人事。我很快发现了一个人类的弱点：面对自己的上级领导，只要你表现得体己、亲和，他是什么话都愿意跟你讲的。由此我和很多乡村干部都成了很熟的朋友，无话不谈。有时候，我找个空子，就随当地的文学爱好者潜到了乡下，住上一两天。我同农民一起下田割禾（我在做知青时学会了田里的全套功夫），我在月光下的晒谷坪里听老人讲古，讲他们过日子的艰辛，我也去寻访旧祠堂、古庙堂，我还同一位叫桂生的农民拿了雷管去河里炸鱼，驾个小船折腾了一天。晚上，就睡在农民家铺了厚厚新稻草的木板床上。我至今记得淡淡的温润的稻草香味，记得那一翻身就沙沙沙的细碎的响声。

在那两年，我深切地体察到了乡村干部和农民们的生存状态。

我利用职权，从档案馆把一部孤本县志借出来，看了，又抄下来。我一边抄着县志，一边努力把触角伸进这块土地的历史深处，寻找，触摸，探究。

两年的"县太爷"生活，让我经历了好多刻骨铭心的人和事。

其中有一件就是处理一场矿洞纠纷。那场纠纷，不是小纠纷，它有纠结的现实背景，又有深层的历史渊源，事关两个县，几个乡、几个姓、几千人的切身利益。为了处理那场纠纷，为了制止一触即发的大规模宗族械斗，我带着一支由政府、公安和乡干部组成的十几人队伍，驻到山上，历时两个多月。艰难和劳苦自不待说，紧张和焦虑更是折杀人。这段经历，一直很小心地埋藏在心的深处，不时咂摸。直到24年后，我受邀重返县城，参加县里的"煤炭节"，创作的念头才一下被触发起来，那些过去了的人和事猛然被阳光照亮，于是，我开始写《县长搭台》。

很多时候，小说创作都是在不经意间被触发的。

四

《县长搭台》里主要的故事情节，是我亲身经历过的。很多细节，也是真实有过的。

事情距离今天已经有点淡远，渐近模糊了。那是二十多年前的一段经历。

　　我已经记不清楚我是如何被推上处理那次纠纷的主角的位置。而且，显然那场纠纷的发展前景是扑朔迷离很难把握的。而我哩，只是一个刚刚从省里下去不久的挂职副县长。我不熟悉那块土地。我没有切实的基层工作经验。我只有一副结实的身体和一腔木炭火一样的热情。我那时真是初生牛犊不怕虎，县长叫我上，我坐上小吉普就上去了。

　　到山上转过一圈，我才知道，我是遇到一个大难题了，这场考验会非常严峻。我心里真是叫苦不迭。其实我完全可以找出至少五条理由把那件工作推掉，拍屁股一走了之。但我还是硬起心肠干下去了。

　　我都不知道那两个多月是怎么扛下来的。其间，我也曾想过抽身退出，也曾悲壮地想过假如制止不了那场大规模械斗，真会要因工作不力而接受法律的制裁。最后，当我带着一干人马，把"万金坳"上几十个矿洞里的人都劝出，当我从最后一个矿洞里检查完爬出来后，站在山顶上，看着山坳里空茫茫一片真寂静，想着几个钟头后，曾经热闹一时的矿洞将被完全炸毁，心里一片空茫和悲凉。

　　我没有看到几十包炸药同时爆炸时的情景。但我记死了自己最后离开那一刻的心境。我也记死了那两个月里遭遇的一些人和事。那段经历成了我心里十分宝贵的一个记忆。人都那样，越是宝贝的东西，越不肯拿出来轻易示人。后来，我也写过一些小说，写过一些回忆的散文，却总是没有触动那段经历。我把它埋藏在心底里沤着。慢慢地，一些记忆淡忘了，一些人和情节却越来越凸显出来，让我常常咀嚼。直到去年，我受邀重返县城，参加那里的"煤炭节"，在老县长的陪同下，看了几处旧地，会见了一些旧人，创作的念头才猛然触发了，遂有了《县长搭台》。

　　《县长搭台》当然是虚构的。里面的人物、情节、细节，很多是虚构的。小说创作，总归是为了表达作者对人生、对社会的一种思索。

创作·打球（代后记）

　　其实，以我早先的性格真是不适合搞文学创作的。那时，我是个极其本分的人，拘谨、孤僻、死板、守旧、执着、专注，少言寡语，很不合群，在一个地方坐下就可以坐出一个眼来，对什么事都喜欢打破砂锅问到底。一些朋友、老师，都认为这种性格的人最适合的是做学问。小时候并不太用功，但学习成绩一直都不错，在年级，在县里，总能名列前几名。如果读书一直读上去，我想考个大学应该是没有问题的，然后选个自己喜欢的专业，搞点研究，平平静静地过一世，那应该是十分理想的人生。可惜生不逢时，读初中时就遇上了"文化大革命"。运动一来，什么都乱了，都改变了。我只能中止学业，在时代的裹挟下，下放、招工，十七岁就进厂当了工人。在二十世纪六七十年代，能够被招工进厂，而且进的还是国有工厂，确实非常幸运。同时进厂的一大帮男男女女，无不心满意足，意气飞扬。年轻的同事们统一住在大仓库的楼上，朝夕相处，工余时间就是尽兴地玩耍。我却很茫然。是新到一处地方后的茫然，又显得很不合群。我很少参加打牌，基本不参与围在一起的聊天，也不想跟随一起去逛街、去师傅家串门，十几岁年纪，更不想早早就谈女朋友。工厂对面的饮食店新到了一位漂亮女服务员，工友们轮番跑去坐馆子，每次叫我一起，我都拒绝了。我不知道那有什么意思。我不想像工友们一样碌碌终日，可我也不知道自己该做些什么。每天上班做着一种简单的重复劳动，每个礼拜打一两场篮球，偶尔去湘江游一次泳，很多时间就是坐在宿舍的窗户边上，望着天空发呆。从工厂过马路，斜对面是长沙市第一师范，有时吃过晚饭，也会信步走过去，爬上妙高峰的亭子里，看一看满城灯火。第一师范是毛泽东到长沙最早求学的地方，那里到处刻有伟人留下的痕迹，令人感慨，也给了我很多想象。我就是在这种茫然空虚的情况下，选择了走上创作这条道路。我设想过几种选择，都因为不太现实而一一放弃了。我最想的是能够专攻一门学问，钻研一辈子，可是我初中尚未毕业，底子那么差，而且我以为做学问是要有老师指导、要系统读很多书的，而我是一个乡里伢子进了长沙城，人生地不熟，两眼一抹黑，哪里去找老师？在那万书皆禁的年代，我又怎么能找得到那么多的书来读？我觉得一个人要想做什么事，必须要看清楚自己处在什么时代、什么环境里，要能顺时而动，因境而为。我想试着写写小说吧，可能还行。在我的内心，从小就喜欢和向往这个行当。我还是依从内心的意愿吧。

我很快就热爱上了写作这件事情。

但也许是天分不够，我一直写得很笨，很艰难。我简单地把写作喻为作田，以为只要辛勤耕作，就会有收获。我十分在意"勤能补拙"那句话，竭力践行。我的业余时间，大多是写作。回想起来，我有几段职业都是很辛苦，很煎熬的，常常身心俱疲。但一得空闲，还是会在书桌前坐下来，吭哧吭哧地写作。写作，其实是件比别的工作更辛苦的事情，可是奇怪，一到了书桌前，看到摊开的稿纸，精神一振，疲劳就没有了，一扫而光。接下来的劳作，也许更为辛苦，常常枯坐半天，绞尽脑汁，写在稿纸上的却没有几句话。有时一坐通宵，腰酸背痛，眼网血丝，却并不感觉辛苦，更辛苦的是写到某个关节处，一时过不去了，那种焦虑，那种烦躁，那种抓耳挠腮，那种坐卧不宁，才真是磨人。而一旦顿悟，豁然开朗，那种兴奋，那种愉悦，又是无法言喻的。那时候，我喜欢做的，经常是情不自禁地跳起来做几个投篮动作。

我另一件热爱得着迷的事情是打篮球。

其实，以我的身材，更不是一块打篮球的料。我在读小学六年级时，就喜欢上了篮球运动，那时的个子，只有一米四多点。成年以后，也才长到一米六五。南方人的个子普遍偏矮，我在南方人里头顶多属于中下等次。篮球本是高个子的运动，我这等个子，注定不会有大出息。可是我偏偏对它十分地着迷。我喜欢在操场上跟同伴们的拼抢，喜欢那种无拘无束的表现，尤其是投进空心篮时篮网振动的"唰——"一声，让人心颤。我当然明白自身的不足，做梦都想着能长得高一点。我在家里门框上拿铁丝做了两吊环，缠上烂布，每天早晚各做五十下引体向上，试图让身体拉长一点，几年下来，不见收效。我知道必须要有其他方面的弥补。比如，速度。我后来的百米短跑达到了十三秒八。又比如，弹跳。我后来站在原地起跳能有九十厘米。还有，体质。身体不够高就必须让自己粗壮结实，能撞得动别人，别人撞不动你。更重要的当然要有纯熟精妙的球技。"文化大革命"中，学校停课，我就成天泡在球场上，晚上回到家里还把一个篮球抱在手里玩，玩熟了。在后来的几十年里，我加盟过不下十支业余球队。中学校队、县队、厂队、大学校队、县直机关联队……在每支球队，无一例外我都是最矮的一个。但我都能打上主力。在高个子如林的阵仗中，来往穿梭的感觉是特别爽的。因为先天不足，知道把篮球玩得再好也是上不了档次的，成不了职业球员，也就死了那种害人的功利心，只做一种爱好。没有功利心的爱好，其实是让人身心都很受益的。它能使人沉静、专注、开朗、包容，剔除掉身上的诸多杂质，走向丰富和纯净。有很长一段时间我们天天都有球赛。每有赛事，我都很兴奋，打得特别发狠。奔跑，拼抢，三步上篮，轰轰烈烈地出一身暴汗。然后，好多人散坐在一个地方，吹着风，吃冰西瓜，喝冰啤酒，把一身的疲累发散掉，享受天底下最无忧无虑的快活。

　　篮球，让我十五岁就成了我们那县城里的名人。十七岁时，下放农村刚刚一年，就因为出色的球技被点名招工进了长沙卷烟厂，这让我的篮球娱乐活动难得地染上了功利色彩。二十三岁时，我们厂队同长沙纺织厂队同时打进市"一轻"系统篮球联赛的半决赛，对方上场队员全部是一米八以上的大个子，我们阵中却只有中锋勉强一米八。但是，不好意思，我们赢了比赛。我们的表现撼动了纺织姑娘们。她们黑压压地围在我们的汽车旁边，一遍一遍地高声嬉叫："把8号留下来！""把8号给我们厂！"我的球衣上，号码是8号。我打了几十年的8号。

篮球，带给了我很多欢乐和美好的记忆，只要一打球，就会忘记了写作。这是套用了梁启超先生的那句名言："只有读书可以忘记了打麻将；只有打麻将可以忘记读书。"我的下半句则是：写作忘记了打球。

本来，人到退休年纪，很多事情都会戛然而止，生活的轨道从此转向。读读书，养养花，做点好菜吃吃，到处走走，看看朋友，回忆一点往事，颐养天年。这是件很自然也很合乎人道的事，是基本规律。好多人都是这样规律着的。可是我享不了这个清福。几十年没有间断过的上班下班，亲身经历过那么多东西，心里堆集了太多的人和事，几十年地接触人，观察人，让我对社会和生活都有了一些自己的看法，以前没有时间写下来，现在得闲了，那些鬼魅一般的东西纷纷觉醒过来，在我心里躁动不已，希望得到表现，让人不得安宁。我想命运就是这样安排的，要我到六十岁了还必须把一些东西写下来。人的一辈子，吃多少饭，赚多少钱，写多少文章，都是有定数的，这就是命，违拗不得的。我明白，到老了还继续写小说，是自讨苦吃。不可能再有十年、二十年前的那种冲劲，也不可能再有那种体力和心力。但有一点是明显的，少了很多躁气和火气。对俗世的一些东西，也不会再去在意了。我可以从容地、慢慢地写，把心里的一些想法写出来。这是我的责任，也是我喜欢做的事情。

本来，人到了退休年纪，跟篮球是应该无缘的了。我看到过六十岁、七十岁还打篮球的，但我不想再冒那个险。我现在着迷的是看电视上美国NBA篮球赛的直播。这个爱好是从1995年开始的，很快就着迷上瘾了。我不知道这是不是一种移情作用。自己年纪渐长，慢慢地会要退出曾经十分热爱过的球场，这种热情就转移到看球上去了，NBA赛场上的那些家伙，简直不是人，是一群鬼——篮球的鬼。他们怎么能有那么强悍的体质，又怎么能把篮球玩得那么熟？看他们打球，真是赏心悦目，是一种享受。我常常会想到两句话：出神入化，叹为观止。我曾经写过一篇《我喜欢NBA的理由》，约略谈了对NBA着迷的程度。十几年过去，这种热情丝毫未减，还越来越浓。现在，退休了，所有时间都属于自己，尽可以从容地安排。每年的十一月到次年六月，是NBA赛季，中央电视台了解到NBA的球迷越来越多，安排的赛事直播多了，再加上地方台也凑热闹，差不多每天上午都能看到比赛。每天我都会早早泡好茶，把电视开起，窝在沙发里，守候比赛开始。那时候什么都不会想，只专注在比赛上，看着那班家伙神鬼一般的表现，觉得活在这个世界上都要有意思一些了。每天的报纸，首先翻到体育版看NBA的消息，几份报纸，内容重复，那就重复地看，重复有重复的味道。

NBA已经打到了东、西部决赛，随后是总决赛。比赛越来越精彩，但离休赛的日子也越来越近了，心里不免有一点小小的恐慌，在休赛的四个多月时间里，日子该怎么过呢？

好在我还有另外那个爱好，那是由不得NBA总裁掌控的。

他们休赛，我正好可以集中精力读点书，写点东西。等到手头这些事情做得差不多，下个赛季就又该开始了。人总得要有点事做，又有所期盼，日子才会充实。

　　总归是，日子还长。